I0683219

THE SHEARING
GUN

EDIZIONE ITALIANA

RENAE KAYE

 Triskell Edizioni

Pubblicato da
Triskell Edizioni di Barbara Cinelli
Via 2 Giugno, 9 - 25010 Montirone (BS)
http://www.triskelledizioni.it/
Questa è un'opera di fantasia. Nomi, personaggi, luoghi e avvenimenti sono il frutto dell'immaginazione dell'autore. Ogni somiglianza a persone reali, vive o morte, imprese commerciali, eventi o località è puramente casuale.

The Shearing Gun – edizione italiana - Copyright © 2016
Copyright © 2014 "The Shearing Gun" di Renae Kaye pubblicato da Dreamspinner Press
Traduzione di Laura Di Berardino
Cover Art and Design di Laura Di Berardino

Tutti i diritti riservati. Nessuna parte di questo libro può essere riprodotta o trasmessa in alcuna forma né con alcun mezzo, elettronico o meccanico, incluse fotocopie, registrazioni, né può essere archiviata e depositata per il recupero di informazioni senza il permesso scritto dell'Editore, eccetto laddove permesso dalla legge. Per richiedere il permesso e per qualunque altra domanda, contattare l'associazione al seguente indirizzo: Via 2 Giugno, 9 – 25010 Montirone (BS)
http://www.triskelledizioni.it/

Prodotto in Italia
Prima edizione – Dicembre 2016
Edizione Ebook 978-88-9312-162-0
Edizione cartacea 978-88-9312-182-8

Dedica: a mio nipote, Henry
Febbraio 2011 – Giugno 2012
So che saresti stato un grande tosatore!

CAPITOLO 1

«Ehi! Credo che il dottore sia finalmente arrivato.»

Neil mi diede una gomitata, provocandomi un dolore lancinante alla spalla e alla clavicola presumibilmente dislocate e molto probabilmente rotte. Gemetti e mi agitai sulla sedia, poi gli assestai un pugno allo stomaco. Lo colpii con precisione, trovando la zona molle sotto le costole. Il respiro gli passò fischiando attraverso i denti e la faccia gli diventò rossa come una barbabietola. Tenendosi la pancia, cadde a terra con le gambe all'aria.

Mi bruciavano le nocche per il colpo, ma ne era valsa la pena. Per un attimo dimenticai i miei dolori: la scena drammatica di Neil che si contorceva sul pavimento mi divertiva molto. Forse non si era meritato un colpo così forte, ma un pugno o due tra amici non sono poi la fine del mondo, no?

L'infermiera/segretaria alzò lo sguardo dalle cartelle e ci squadrò in modo torvo attraverso la sala d'attesa vuota, ma non a lungo. Sono sicuro che avesse già visto un sacco di ragazzi fare esattamente la stessa cosa. Infatti, quando eravamo arrivati all'ambulatorio con ancora la divisa da football addosso, sporchi di fango ed erba, e io che mi tenevo il braccio, aveva semplicemente alzato gli occhi al cielo e preso in mano il telefono. Ci aveva indicato le quattro sedie di plastica nella saletta d'attesa mentre componeva il numero. «Sedetevi laggiù mentre cerco il medico di guardia.»

La nostra piccola città di Dumbleyung, che si trovava nella zona di produzione del grano e di

1

allevamento di pecore nel sud dell'Australia occidentale, non aveva un ospedale. Aveva solo un ambulatorio di medicina generale con due medici che facevano anche Pronto Soccorso se mai ci fosse stata un'emergenza o un incidente. Il vecchio dottor Larsen era lì dalla Prima Guerra Mondiale, o così sembrava. Era vecchio come le colline e la comunità lo amava. Lavorava ancora a tempo pieno quando avrebbe dovuto essere già in pensione.

Cinquant'anni fa, ogni piccola città in tutta l'area rurale aveva il suo medico, ma con l'ammodernamento delle pratiche agricole i paesi si erano spopolati e i dottori non potevano guadagnarsi da vivere. Quindi avevano dovuto coprire un territorio più esteso e condividere le risorse. Il vecchio dottor Larsen aveva assunto un dipendente a tempo pieno; assieme gestivano l'ambulatorio in città e ricevevano pazienti in altre tre città vicine ogni settimana, in giornate diverse.

Un giovane sulla trentina su un fuoristrada bianco si fermò sul davanti. Entrò e, visto che non era il dottor Larsen, pensai si trattasse del nuovo medico. L'uomo spinse gli occhiali da sole sulla testa e lanciò un'occhiata a Neil sul pavimento prima di rivolgersi all'infermiera.

«Ehi, Gloria, cos'hai per me? Gastroenterite, a quanto pare.»

Resistetti alla voglia di ridergli in faccia. Uno stronzetto di città, a quanto sembrava. Solo chi è nato in città avrebbe indossato un paio di jeans color crema con la piega in campagna, dove bastava fare il tragitto da casa al cancello per sporcarsi; solo uno di città poteva pensare che due ragazzi avrebbero infastidito il dottore di domenica per una cosa da niente come una gastroenterite.

Dalle nostre parti si andava all'ospedale solo se si stava morendo. I tizi di campagna sapevano curare qualsiasi animale – qualsiasi cosa, dalle complicazioni post-parto ai punti per le amputazioni – e gli umani non erano altro che degli animali, giusto?

Ci ricucivamo le ferite da soli, oppure chiedevamo a un amico di farlo se erano in un punto che non potevamo raggiungere. Avevo visto ragazzi steccarsi e fasciarsi ossa rotte da soli e tornare a lavorare dopo aver ingoiato una manciata di antidolorifici. Le infezioni erano trattate con i prodotti veterinari e andavi dal dottore solo se eri troppo malato per occuparti del bestiame.

Gastroenterite? Merda, il mio amico Gavin ne aveva sofferto quando avevamo lavorato per Broun un po' di tempo prima. Aveva vomitato anche l'anima tra una pecora e l'altra mentre le tosava, e aveva passato tutta la pausa accovacciato tra i cespugli. Era riuscito lo stesso a tosarne duecentosessanta, quel giorno.

«No,» rispose l'infermiera Gloria al dottore. «Quello è affetto da un brutto caso di stupidite. È incurabile e colpisce quando meno te l'aspetti. Il tuo paziente è quello che si stringe il braccio, con quel ghigno.»

Sentii il bisogno impellente di togliermi dalla faccia quel sorriso che non mi ero reso conto di avere. Gloria era una brava persona, e ovviamente conosceva Neil meglio di quanto pensassi. Non c'era da stupirsi che si fosse offerto di accompagnarmi all'ambulatorio.

«Ah,» disse il dottore. «Capisco.»

Neil tossì un paio di volte e si alzò dal pavimento. «Cazzo, Hank. Puoi almeno dare a un ragazzo la possibilità di scusarsi per i suoi sbagli prima di prenderlo a pugni?» Scosse la testa.

Gloria consegnò al dottore una cartellina bianca, lui diede un'occhiata al nome prima di guardarmi di nuovo. «Henry Woods?»

Ignorai il suono di derisione proveniente da Neil e mi alzai, rispondendo al dottore: «Hank. Chiamami Hank.» Odiavo il nome Henry.

Lo seguii dentro la sala visite e salutai con la mano Neil che diceva: «Mi troverai al pub quando il dottore ha finito.»

C'erano due lettini, mi appoggiai sul bordo di quello più vicino mentre il dottore si lavava le mani nel lavello accanto. Visto che nella stanza non c'era nessuno a parte noi due, mi sentii abbastanza sicuro da lasciar vagare lo sguardo lungo il suo corpo, dandogli una sbirciatina al sedere. Era un po' ossuto, ma non era male. Il suo fisico non era così sviluppato come quelli a cui ero abituato lavorando con i contadini, però era abbastanza gradevole. Niente di così entusiasmante da parlarne a casa, anche se papà e Paul fossero stati di idee tanto aperte da discutere con me di certe cose.

Ma non era il loro caso.

Non toccavamo mai quell'argomento. L'omosessualità, intendo dire. Papà e Paul ne erano al corrente, ma fingevano di non saperlo. Se una cosa non l'ammetti, non esiste, giusto? Ero persino dovuto andarmene dal paese dove ero nato, in caso si fosse venuto a scoprire il mio segreto.

Non che volessi rimanere a casa. Sarebbe stato un suicidio, un suicidio professionale. Nessuno avrebbe dato lavoro a un tosatore gay. Non capivano che vivevo la mia vita a compartimenti stagni. Sul lavoro non guardavo mai i ragazzi. Ma la sala visite vuota dell'ambulatorio locale non era "sul lavoro". E quindi piantai gli occhi addosso all'uomo.

Non ero particolarmente colpito.

Il dottore si asciugò le mani e si voltò verso di me. «Allora, cosa ti è…»

«Come ti chiami?» lo interruppi.

Per un attimo sembrò sorpreso. Dal momento che era un medico, con tutta quella roba imparata sui libri che gli riempiva la testa, mi chiesi se pensava di essere Dio.

Alcuni erano proprio così. Tre anni prima avevo avuto l'appendicite, subito dopo essermi trasferito lì, ed ero stato in quell'ambulatorio. Allora c'era un dottore giovane, di origini straniere, forse indiano o qualcosa del genere. Non mi aveva mai guardato negli occhi mentre mi parlava, tenendo la testa sempre bassa sui suoi appunti.

Vidi un lieve rossore passare sul viso dell'uomo che rimase lì, con in mano la salvietta di carta con cui si stava asciugando.

«Chiedo scusa,» disse con un sorriso. «Non mi ero reso conto di non essermi presentato. Sono il dottor Elliot Stockton-Montgomery. Come va?»

Trasalii nel sentire quei nomi pretenziosi e quelle parole boriose, chiedendomi se facesse male avere sempre un palo infilato su per il sedere. «Cazzo, dottore. Sono qui in ambulatorio di domenica, come diavolo pensi che vada?»

Quello mi fece guadagnare un'altra smorfia. «Sì… giusto.» Si schiarì la voce. «Dimmi cosa ti sei fatto e vedremo di rimediare.»

«Mi sono fatto?» sbuffai. «Credi che me lo sia fatto da solo? No, sono stati quei bastardi dei Corrigin. Non hanno idea di come dare un calcio al pallone e allora ti mettono ko, così non sai più riconoscere il didietro del tuo cane. Quei cretini mi sono saltati addosso nel secondo tempo. In tre. È stato quel Big D MacDonald del cazzo a farmi volare per aria e poi suo fratello e suo cugino mi sono saltati sopra come se fossi un trampolino. Mi hanno pestato di brutto, quei figli di puttana. Gliel'ho fatta pagare, però. Sono riuscito a segnare da cinquanta metri. Poi altre tre volte in quel tempo, e una nel terzo, prima che l'allenatore mi sbattesse fuori perché mi sono lasciato scappare un touchdown già fatto perché non ho usato il braccio che mi faceva male.»

Il dottore sbatté le ciglia un paio di volte durante la spiegazione, ma devo riconoscere che non abbassò mai lo sguardo. «Fammi capire bene,» disse. «Stavi giocando a football contro una squadra di Corrigin, i cui giocatori non erano un granché, e che quindi hanno cercato di compensare le loro carenze giocando duro. Un giocatore ti ha fatto finire a terra e altri due ti si sono buttati sopra. Ti hanno dato un'ammonizione e hai provato a segnare. Hai fatto un touchdown e poi ne hai segnati altri quattro prima che, dopo circa quaranta minuti da quando ti eri fatto male, l'allenatore della tua squadra ti facesse smettere di giocare perché non avevi fatto una buona presa?»

Aggrottai la fronte. «Sì, non è quello che ho appena detto?»

Aveva un sorrisetto divertito sulle labbra mentre mi osservava il braccio e la spalla. «Volevo solo essere sicuro. Allora, puoi indicarmi dove ti fa più male?»

Mi esaminò il braccio e me lo fece alzare e girare. Cercai di limitare al minimo le parolacce, ne dissi solo cinquanta anziché centocinquanta.

«Dovrò tagliarti la maglietta, Hank. Lo so che è la divisa da football, ma la devo togliere.»

Sospirai. «Certo, dottore. Lo so. Se puoi, tagliala lungo la cucitura sulla spalla così dopo posso ricucirmela.»

«Sai cucire?» mi chiese stupito.

«Certo,» gli risposi. «Mi ha insegnato mio padre, così posso ricucire le ferite delle pecore, se ce n'è bisogno.»

Credo di averlo scioccato, quel povero ragazzo. Quelli di città non sanno cosa voglia dire vivere in campagna. Adesso che me lo aveva fatto muovere, il braccio mi pulsava dal dolore, così strinsi i denti finché finì di tagliare la maglietta. Con molto tatto, me la fece passare sotto il gomito e poi me la sfilò dalla testa, lasciandomi a torso nudo.

Nonostante il dolore, ebbi l'impressione che mi stesse guardando. Avete presente? *Quel* tipo di sguardo? Forse mi stava occhieggiando o forse mi stava controllando le ferite con discrezione. Ho una cicatrice sulla pancia dovuta all'operazione per l'appendicite, e non è proprio piccolissima. Avevo aspettato troppo prima di andare all'ospedale, ed era scoppiata. A quanto pareva mi aveva causato un po' di casino dentro. Ne ho anche una bella grossa sul pettorale sinistro, appena sopra il capezzolo. Da adolescente ero stato incornato da un ariete selvatico. Mi aveva strappato la maglietta e lacerato la pelle. I punti me li aveva messi mio padre.

Il dottore mi esaminò di nuovo le ossa, spegnendo ogni mia fantasia sessuale.

«Ti farò una lastra veloce per un ulteriore controllo, ma sono quasi certo che si tratti di una frattura della clavicola. Non dovrebbe esserci alcuna lussazione e l'osso sembra ancora abbastanza stabile. Se l'osso è a posto, si tratta solo di riposare per almeno otto settimane. Niente lavoro. Se la frattura non è stabile, dovrai andare a Perth per bloccarla.»

Otto settimane?

«Stai scherzando, dottore! Chi pensi che si prenderà cura della mia fattoria se non posso lavorare per otto settimane? Per non parlare dei soldi della tosatura che perderò. Non posso stare a riposo per otto settimane!»

Ma il dottor Elliot Stock-come-cavolo-si-chiamava era diventato sordo. Mi infilò un ago nella coscia per calmare il dolore e poi mi scortò verso la minuscola macchina per i raggi X sul retro. Dopo avermi fatto le radiografie, mi aiutò a salire sul lettino e mi lasciò lì a contemplare il futuro.

Merda!

Tosare era di sicuro fuori questione nell'immediato futuro. Per fortuna era solo l'inizio dell'inverno e l'alta stagione della tosatura era ancora lontana, però avevo lo stesso un paio di lavori che avevo accettato per i due mesi a venire. Possedevo una fattoria a nord del paese e un allevamento di duecento pecore. Inoltre ogni stagione piantavo vari terreni con colture diverse. L'impossibilità di tosare avrebbe significato una perdita di reddito a cui avrei dovuto porre rimedio in qualche modo, inoltre bisognava anche riparare la fattoria. Ma se non potevo prendermi cura della terra e degli animali, ero davvero nella merda fino al collo.

Intontito da qualsiasi antidolorifico il dottor Elliot mi avesse dato, cominciai a fare piani maledicendo la mia sfortuna.

CAPITOLO 2

Venni mandato a casa con degli analgesici e una fascia azzurra da frocio. Ignorai l'ordine del dottore di non lavorare.

Tiè!

Cinque giorni dopo tornai all'ambulatorio per un controllo. Mi era stato detto di non guidare, ma lo avevo fatto. Mi era stato ordinato di non lavorare, ma lo avevo fatto. Mi era stato consigliato di non sollevare pesi... va bene, quello non lo avevo fatto. Non importava quanto fossi tosto, la spalla mi faceva un male cane, così avevo fatto tutto con una sola mano.

Mi sedetti nella sala d'attesa dell'ambulatorio a parlare con Keira Davies. Era enorme, in attesa del quinto bambino, e sapevo che suo marito, Tim, voleva disperatamente che fosse un maschio.

«Allora questo sarà Tim Junior?» le chiesi.

La povera Keira mi lanciò un'occhiata che la diceva lunga. «Speriamo. Non posso continuare a sfornare come le tue pecore da concorso.»

Le feci un sorrisetto. «La mia pecora migliore ha otto anni e l'ho allattata io con il biberon quando vivevo ancora nella fattoria di mio padre. L'ho chiamata Lilly, produce la lana migliore che tu possa immaginare. E ogni anno mi regala una coppia di gemelli.»

Keira sbiancò all'idea dei gemelli e si massaggiò la pancia gigantesca. Un minuto dopo, il dottor Larsen la chiamò nel suo studio. «È fuori discussione che siano gemelli, vero dottore?» la sentii chiedere mentre la porta si chiudeva.

Dopo qualche minuto, il dottor Elliot aprì la porta e mi chiamò per nome. «Hank?»

Perlomeno quello se l'era ricordato. Entrai a passi pesanti e mi sedetti su una sedia vicino alla sua scrivania. Quel giorno la mia mente non era più offuscata dal dolore e notai molte più cose di lui. Era più basso di dieci centimetri del mio metro e novanta. Aveva i capelli ricci, scuri, corti e dal taglio perfetto. Era ben rasato ma non una di quelle barbe sagomate come la portavano alcuni ragazzi o una di quelle alla *non ho voglia di farmela*. Non era brutto, però non era neanche un modello. Aveva gli occhi di un bel color nocciola e, per qualche motivo, rimasi colpito dalla lunghezza delle sue ciglia. Non sono il tipo che le nota in un ragazzo, quindi ero un po' sconcertato che avessi notato le sue.

Era di nuovo vestito con pantaloni marrone chiaro e una camicia beige. Mi sentii mancare al solo pensiero di quanto dovesse stirare. Per via del braccio legato al collo, non riuscivo ad alzarlo più in alto della testa e quindi, non potendo mettermi il pullover, avevo frugato nella parte posteriore e bassa dell'armadio, e avevo trovato due camicie. Una a maniche lunghe e una a maniche corte. Entrambe erano spiegazzate ma io non stiravo, anche se avevo un'asse da stiro e tutto il necessario. Quindi la camicia che indossavo era tutta stropicciata ed era macchiata sul lato dove quella mattina avevo portato il mangime per i polli.

Il dottor Elliot si accomodò sulla sua sedia con in mano la mia cartella aperta e mi lanciò un'occhiata radiosa. «Come andiamo, Hank?»

Strinsi a pugno la mano destra sul ginocchio e borbottai: «Starei molto meglio se riuscissi a guarirmi questo maledetto braccio. Voi dottori non avete delle pillole magiche o roba del genere?»

Mi fece un sorriso a trentadue denti. «Mi dispiace. Ho lasciato le pillole magiche a Melbourne assieme alla bacchetta e alla tiara di diamanti. Piuttosto dimmi, hai seguito le mie istruzioni? Hai tenuto il braccio a riposo?»

«Umm…» Cercai qualcosa da dire.

Il dottor Elliot aggrottò la fronte e mi disse con tono severo: «Senti, Hank. Hai un osso rotto che non guarirà dalla sera alla mattina. Se si fosse trattato del braccio avrei potuto ingessarlo per immobilizzarlo, ma non posso fare lo stesso con la clavicola. Quindi devi trovare qualcun altro che possa fare il tuo lavoro, altrimenti non farai altro che peggiorare la situazione.»

Alzai la spalla sana. «Benissimo dottore, ma non c'è nessuno che possa farlo. Posso chiedere a mio fratello di venire per un fine settimana a seminare, e a un paio di amici di aiutarmi con i lavori più pesanti, ma c'è bisogno di fare di più, altrimenti il bestiame morirà. Cercherò di portare le cose con una mano sola e di non usare questa, però non posso fare come dici tu.»

Il dottor Elliot sbuffò e mi guardò in cagnesco come faceva la signora Brady, la mia maestra di terza elementare. Lo conoscete no? Quel sospiro esasperato alla "non so proprio come devo fare con te"? Poi scosse la testa e indicò il lettino nascosto dietro la porta del suo ambulatorio. «Mettiti a sedere qui, devo controllare che l'osso non si sia mosso.»

Mi ordinò di togliermi la fascia azzurra dal braccio, e poi di liberare il braccio dalla camicia, in modo da potermi visitare. Mi aiutò ad aprire le cinghie e mi slacciò persino due bottoni quando vide che non ci riuscivo. Era un po' imbarazzante togliermi i vestiti con lui così vicino. Il problema era che non potevo tirare fuori dalla camicia solo il braccio dolorante, prima dovevo sfilare quello sano e poi far scivolare la stoffa lungo la spalla sinistra in modo da non doverla alzare. Elliot mi aiutò con delicatezza.

Lavorare la terra e tosare le pecore mi teneva in forma, anche se avevo la parte superiore del corpo più sviluppata. Le braccia e il torace erano molto muscolosi per via dello stile di vita che facevo, ma la vita era piuttosto stretta. I contadini più attempati mettono su una pancia rotonda quando iniziano a fare affidamento sulle generazioni più giovani e sulle macchine per i compiti più pesanti. Avevo solo venticinque anni e passavo le giornate chino su pecore che si dimenavano mentre cercavo di tosarle. Se lo fai tutto il giorno non puoi avere la pancia da bevitore. Nei capannoni per la tosatura faceva sempre un caldo maledetto e quindi indossavo solo una canottiera. Niente segni di maniche per me.

Mi era già stato detto, da dei ragazzi gay candidi come dei gigli incontrati in città, che ho un corpo da sballo. Ma io non me ne rendevo conto. Sono abbronzatissimo e forse in futuro mi ammalerò di tumore alla pelle. I miei muscoli sono sviluppati, ma non gonfi come quei modelli palestrati nelle riviste gay. Ho i muscoli da lavoratore, più o meno come tutti gli altri ragazzi della zona.

La mia unica vanità? Niente peli sul petto. Ne ho un sacco di scuri sotto le ascelle e sotto la cintura, ma sul torace niente. Sono così di natura. Sono contento di non essere un gorilla come certi uomini. I miei lineamenti non sono niente di speciale – due occhi, due orecchie, un naso e una bocca – quindi mi piace quando entro nei night club per gay in città con la mia unica camicia buona con due bottoni aperti, e vedo qualche ragazzo sospirare.

Un ragazzo, a football, aveva insinuato che non avevo peli sul petto perché ero una femminuccia e mi facevo la ceretta. Il mio pugno e i venti touchdown che segnai in quella partita gli dimostrarono il contrario.

A torso nudo, spiai il dottor Elliot con la coda dell'occhio per vedere le sue reazioni. Negli ultimi cinque giorni mi ero convinto di avere avuto le allucinazioni quando l'avevo visto mettermi gli occhi addosso domenica. Così lo osservai con attenzione per vedere se notavo qualcosa. Non che m'importasse molto. Né che volessi fare qualcosa, anche se avesse avuto quelle tendenze. "Divieto di pesca nel mio giardino", era quella la regola che seguivo.

Il dottor Elliott sembrava davvero professionale. Si limitò a guardarmi e a toccarmi la spalla, senza mai fare qualcosa di inappropriato.

«L'osso è ancora a posto,» dichiarò. «Quindi riguardati e torna a farti visitare fra tre settimane o prima, se il dolore peggiora e se c'è un osso che sporge.»

Mi aiutò a rimettermi la camicia stropicciata, ma si allontanò per permettermi di abbottonarla da solo. Ma non lo feci e mi riallacciai solo la fascia attorno al braccio.

«Tutto qui?» chiesi saltando giù dal lettino.

«Sì. Starai a riposo?»

«Forse no,» gli risposi allegramente.

Fece un altro sospiro e abbassò gli occhi sulla mia camicia aperta. «Hai bisogno di aiuto con i bottoni, Hank?»

«No,» declinai. «Così hanno qualcosa da guardare, no?»

L'avevo detto tanto per dire, ma gli occhi di Elliot si abbassarono sui centimetri di pelle che la camicia aperta lasciava intravvedere e poi, con mia grande sorpresa, scesero ancora più in basso e controllarono il mio ventre piatto e la fibbia della cintura. E altre parti.

«Oh.» Quella singola esclamazione di stupore mi uscì dalla bocca prima di riuscire a bloccarla. Ero sbalordito di non essermi sbagliato su di lui. Non volevo di certo giudicarlo, del resto persone con case di vetro non dovevano andare in giro a raccogliere sassi, figuriamoci tirarli. Però lui arrossì, fece un altro passo indietro, alzò la mano come per sistemarsi la cravatta ma si accorse di non indossarla. Si schiarì la voce e guardò il computer.

Sembrava che non sapesse cosa dire, e cavolo non lo sapevo neanch'io. Così allungai la mano verso la maniglia della porta. «Ci vediamo, dottore.»

Mi diedi alla fuga sbattendomi la porta alle spalle.

CAPITOLO 3

Sarebbe stato un duro colpo per l'ego di quel tipo se fosse venuto a sapere che dopo quell'episodio l'avevo completamente dimenticato. Come ho già detto, "divieto di pesca nel mio giardino" e quindi non m'importava. Tornai a casa e finii i lavori come meglio potei. L'unica volta che pensai a lui fu quando il braccio mi fece un gran male. La maggior parte del tempo maledicevo Big D e la sua famiglia, a volte anche Elliot, anche se non era affatto colpa sua.

Così mi misi a cincischiare, imprecando contro alcuni membri del clan dei MacDonald. Stavo caricando alcuni attrezzi sul retro del mio mezzo agricolo quando Buck cominciò ad abbaiare come un matto. In campagna non esiste una relazione più sacra di quella tra un uomo e il suo cane. Buck era bravissimo. Era raro che si allontanasse da me, non disobbediva mai e riusciva a capire il bestiame come se ci parlasse. Non era un cane da pastore o da bestiame addestrato come quelli di certi allevatori, era solo un cane che mi ubbidiva. Non gli era stato insegnato a radunare il gregge, ma bastava che fischiassi e gridassi: «Buck! Vai a prendere quella maledetta pecora laggiù!» e lui correva per il prato e riconduceva l'animale ribelle al gregge.

Interruppi subito quello che stavo facendo per scoprire perché il cane si era innervosito. Un veicolo bianco che non avevo mai visto veniva su per la stradina tortuosa, cercando di evitare le pozzanghere più grandi salendo sui bordi erbosi. Quella settimana avevo programmato di rimettere in sesto il vialetto, maledetto braccio! Appena vidi il veicolo, Buck smise di fare baccano. Il mio cane era un incrocio tra un boxer, un pastore australiano e forse un levriero. Ma di qualunque razza fosse, avevano fatto un buon lavoro con lui. Conosceva il mio linguaggio del corpo e ora che ero in allerta per il pericolo, si era seduto per terra con le orecchie in avanti, in attesa di istruzioni.

Finii di sistemare gli attrezzi e lanciai la bottiglia dell'acqua dentro la macchina prima che il veicolo arrivasse in cima alla stradina e parcheggiasse per bene sotto l'eucalipto vicino alla casa. Quando scorsi le lunghe gambe di Elliot scendere dall'auto, e lo vidi con indosso i suoi pantaloni da cittadino, raggiunsi l'ombra per cercare di capire che effetto mi facesse vederlo nella mia proprietà. Certo, ero sorpreso e incuriosito. Non mi sarei mai aspettato una visita di persona da parte del dottore, e mi domandai perché fosse venuto a trovarmi. Provavo anche un po' di disagio e del senso di colpa perché mi aveva detto di andarci piano e io me ne stavo nel capannone degli attrezzi a disobbedire. Ma penso che in quel misto di emozioni ci fosse anche un po' di apprensione. Era per caso riuscito a capire che ero gay ed era venuto ad affrontarmi? Mi ero fatto scoprire? Era alla ricerca di sesso?

Di sicuro non l'avrei mai scoperto standomene lì nell'angolo del capannone. Quando il dottore si incamminò verso la casa per cercarmi, fischiai forte e agitai la mano sopra la testa per farmi notare. Dalla casa al capannone erano più di cento metri, e per raggiungermi doveva attraversare un cancello. Mio padre mi avrebbe dato uno scappellotto e mi avrebbe detto che era da maleducati lasciare che un ospite attraversasse il recinto con le sue scarpe pompose, ma se era venuto in cerca di sesso non lo avrei fatto avvicinare alla casa per nulla al mondo.

«Fermo!» ordinai a Buck e lui mi obbedì, dimenandosi sul posto per l'eccitazione. Agitò la coda nella polvere e restò fermo lì invece di andare ad accogliere quella strana persona che avrebbe potuto dargli una pacca o due. Il mio linguaggio del corpo non emanava vibrazioni di paura, quindi Buck non temeva il dottore.

Tornai nel capannone e presi un altro paio di pinze e un martello che in realtà non mi servivano, così che sembrasse che stessi facendo qualcosa oltre che starmene lì a guardarlo mentre si avvicinava. Il dottore armeggiò un po' per riuscire ad aprire il cancello, e io alzai gli occhi al cielo senza farmi vedere. Uno di campagna l'avrebbe saltato o sarebbe passato attraverso il recinto di lato. Mi assicurai che lo richiudesse. Una delle regole d'oro della campagna è: se apri un cancello lo devi richiudere. Da qualunque posto arrivasse il dottore, non ero sicuro che glielo avessero insegnato.

Con la coda dell'occhio, lo osservai venire verso di me. Aveva una camminata sexy, dovevo ammetterlo, un'andatura ancheggiante e disinvolta. Se mi si fosse avvicinato nel buio di un night club mi sarei eccitato. Tuttavia, visto che eravamo nel mio cortile, dove era vietato *pescare*, ero un po' turbato, non proprio eccitato, ma di sicuro non indifferente.

Mentre si avvicinava a grandi passi, buttai gli attrezzi nel retro della macchina e chiusi le portiere posteriori, legandole con un pezzo di filo metallico che avevo saldato su un lato. Il mio mezzo agricolo era più vecchio di me, una Land Rover a cui erano stati rimossi i sedili posteriori, senza due finestrini, e tenuta insieme da ruggine e sporcizia. Non osavo lavarla per evitare che mi si disintegrasse sotto gli occhi. Facevo manutenzione al motore e fino ad allora non mi aveva mai lasciato a piedi. Elliot ormai era abbastanza vicino da sentirmi, così mi appoggiai alla fiancata e gli gridai: «Ehi, dottor Elliot! Che cosa ti porta da queste parti?»

Buck si protese verso Elliot ma rimase seduto, scodinzolando come un dannato. Ora stava di fronte al dottore, alla ricerca disperata di una mano amica. Vidi Elliot lanciargli uno sguardo un po' diffidente, standogli alla larga, ignorando la mia domanda inespressa: «Che diavolo ci fai qui?»

«È buono,» gli dissi, indicando il cane che stava quasi tremando per la gioia. «Non morde, a meno che non glielo ordini io. Vuole solo essere accarezzato.»

Con un timido sorriso nervoso, il dottore allungò la mano verso Buck e schioccò le dita. Buck si precipitò verso di lui, con la lingua di fuori per l'estasi mentre Elliot lo grattava piano dietro le orecchie. Gli vidi stamparsi un sorrisone sulle labbra mentre lo accarezzava, e il cane gli rispose con un guaito di gioia.

Anche le mie labbra si curvarono involontariamente in un sorriso. Non sapevo che cavolo volesse da me, ma se gli piaceva il mio cane, mi faceva contento.

«Non sei abituato ai cani, vero?» chiesi curioso.

Mi rivolse un sorriso imbarazzato e mi rispose: «Quando ero piccolo, mia madre aveva una cagnolina. Una barboncina bianca. Una volta alla settimana la portava a tosare e a farle pitturare le unghie di rosa.»

Feci una smorfia a quell'immagine e lui mi rispose con un sorriso di approvazione. Diede un'ultima carezza a Buck e si raddrizzò, guardandomi in faccia senza alcuna espressione. Non avevo la più pallida idea di che cosa avrei dovuto fare o dire. Gli avevo già chiesto perché era lì e mi aveva ignorato. Dovevo chiederglielo di nuovo? Deglutii, tamburellando nervosamente le dita sulla coscia.

«Allora…?» dissi.

Il suo sguardo mi metteva a disagio, ma poi Elliot sospirò e si grattò la testa. «Hank, ti va di prendere un caffè assieme e fare quattro chiacchiere?»

Prendere il caffè voleva dire andare in casa e mettere il bollitore sul fuoco, e quella era l'ultima cosa che volevo fare. «Umm…» Mi guardai intorno per cercare qualcosa da dire, ma poi mi ricordai che cosa stavo facendo prima che arrivasse. Presi la palla al balzo. «Non posso. C'è uno steccato rotto nel recinto a nord e non voglio che il bestiame lo trovi. Devo andare a riparalo prima che qualche animale scappi.»

Elliot aggrottò la fronte e osservò la fascia azzurra che avevo sul braccio. Era sporca di polvere, olio e Dio sapeva solo cosa. «Non cercherai mica di farlo con quel braccio, vero?»

Mi sistemai il berretto da baseball sulla testa e gli feci un sorriso sfacciato. «No! Stavo aspettando uno stronzo che venisse a darmi una mano, e indovina chi è arrivato?»

Batté rapidamente le palpebre e arrossì. Se fossi un romanticone, direi che aveva un aspetto adorabile con quelle guance rosse. Ma non lo sono e non pesco. «Senti, Hank,» disse. «Non ne so nulla di…»

«Non c'è problema. Ti insegnerò io, dottore. Se hai intenzione di vivere qua in campagna, devi conoscere un paio di cosette su ciò che i tuoi pazienti fanno per vivere. Inoltre, non va contro la tua etica di medico sapere che se non mi aiuti adesso, lo farò da solo e probabilmente finirò per farmi ancora più male?»

Avevo esagerato un po', ma abboccò. «Certo che posso darti una mano, ma volevo davvero fare una chiacchieratina con te…» disse con un filo voce.

«Grande! Puoi parlare mentre guido. Salta su.»

Indossava ancora i pantaloni chiari, ma secondo me gli stavo facendo un favore. Se li avesse macchiati abbastanza, li avrebbe buttati e si sarebbe comprato dei vestiti più appropriati. I suoi scarponcini erano più adatti al trekking che alla campagna, ma gli avrebbero protetto i piedi dalle spine, dalle rocce e dai serpenti.

«Oh, ma…»

Lo interruppi senza permettergli di obiettare. «L'unico problema è che dovrai sederti nel mezzo. Buck si mette sempre sul sedile del passeggero e diventerà aggressivo se glielo prendi. A proposito, quella portiera non si apre.»

Andai dall'altra parte della Rover, aprii la portiera del guidatore e chiamai il cane con un fischio. Buck si precipitò subito, saltò in macchina e si mise a sedere al solito posto con la testa fuori dal finestrino mancante del passeggero. Poi feci cenno a Elliot di accomodarsi sul sedile di mezzo e, con mia sorpresa, esitò solo per mezzo secondo prima di seguire Buck e salire.

Mi piazzai al volante e accesi il motore. «Per fortuna che sei qui, dottore, perché ho un sacco di problemi a cambiare le marce con questo braccio del cavolo.» Le Land Rover non erano state realmente concepite per far sedere tre persone sul sedile anteriore, in quanto la leva del cambio era proprio nel mezzo. Ciò significava che la leva finiva dritta tra le gambe del passeggero, e non volevo che la mia mano finisse vicino all'inguine di Elliot. «Metti la retromarcia,» gli dissi e lui armeggiò un po' prima di riuscirci.

Il pascolo dove si trovava il capannone era abbastanza piano, ma dovevo scendere giù per il recinto del bestiame, e quella zona era calpestata da centinaia di zoccoli. Procedemmo sobbalzando giù per la collina; l'unica cosa che potevamo fare era tenerci aggrappati e lasciare che il fuoristrada affrontasse quella superficie accidentata. Chiunque avesse delimitato la proprietà aveva fatto un lavoro abbastanza discreto. Vicino alla casa c'erano quattro terreni recintati per la coltivazione. Ognuno era di circa sedici ettari e il terreno era stato ripulito sia delle pietre che degli alberi. Uno steccato per il bestiame, largo appena quattro metri, si estendeva in linea retta lungo i pascoli recintati e portava alla parte settentrionale della proprietà. Le pecore potevano passare in modo sicuro per il recinto e arrivare fino al capannone, per essere poi tosate o trasportate senza dover attraversare i pascoli dove si coltivava il prezioso grano.

Il recinto si trovava su un pendio e terminava in un piccolo torrente. Percorremmo la stradina sobbalzando, e ci fermammo al cancello prima dell'acqua. «Metti in folle, per favore,» chiesi mentre frenavo e premevo il pedale della frizione. Elliot obbedì, io tirai il freno a mano e saltai giù per aprire il cancello. Passammo e ripetemmo la procedura quando chiusi il cancello. L'anno in cui avevo acquistato la proprietà avevo installato dei grossi tubi e costruito un ponte. Riuscimmo così ad attraversare il ruscello senza sporcarci di fango. Entro la fine dell'inverno, l'acqua sarebbe arrivata fino a quella rozza struttura, e per attraversare ci sarebbe stato bisogno di sgasare un po'.

Il terreno a nord era un'enorme distesa troppo rocciosa e collinare per essere coltivata, quindi le pecore svernavano lì mentre i raccolti crescevano. Poi sarebbero passate in altri pascoli quando il grano veniva tagliato. Dovevamo risalire il pendio e poi scendere dall'altra parte per arrivare al punto in cui dovevo andare. Il gregge ci vide e si sparpagliò per il prato.

«Quante pecore hai?» chiese Elliot.

«Ce ne sono circa duecentosessanta in quel gregge,» risposi, indicando con la testa gli animali che correvano. «Ho altri cinquanta montoni nel pascolo qui vicino e ci sono altre ottanta pecore oltre quella collinetta a est. Dall'altra parte della casa ci sono gli animali speciali da riproduzione, sono solo ventotto. Quindi in tutto ne ho più di trecento. Mio padre e mio fratello hanno una tenuta vicino al lago King, spesso mandiamo avanti le cose assieme. Trasportiamo gli animali con i camion da un posto all'altro, a seconda di come va la stagione. La zona del lago King è molto più arida di questa. Certi anni non piove quasi per niente e devo spostare gli animali per far posto anche alle greggi di mio padre.»

Elliot annuì mentre ci fermavamo al cancello successivo e ripetevamo la stessa routine: folle, freno a mano, aprire il cancello, attraversare con la macchina, folle, freno a mano, chiudere il cancello. Seguii lo steccato su per la collina rocciosa prima di costeggiare un grosso masso e fermarmi dove un albero era caduto rompendo la staccionata. Feci un cenno verso quel danno e dissi a Elliot: «Questo steccato divide i miei montoni dalle mie migliori pecore da riproduzione. Voglio evitare a tutti i costi che le ingravidino senza permesso.»

Elliot e Buck scesero dalla Rover e io raggiunsi il retro della macchina per prendere la prima cosa che mi sarebbe servita, la motosega. Vidi le sopracciglia dell'uomo alzarsi, e sapevo che nell'ora successiva mi sarei divertito. Era proprio un pappamolle.

Appoggiai la motosega su una roccia lì vicino e cominciai a spiegargli come usare quell'attrezzo in tutta sicurezza. Devo riconoscere che prestava attenzione e annuiva, mi fece persino una domanda. Alla fine gli feci mettere in moto la bestia, anche se ci vollero diversi tentativi, e con quel rumore assordante nelle orecchie, gli mostrai dove doveva iniziare a tagliare.

Fece un lavoro ammirevole, tagliando tutto intorno all'albero come gli avevo indicato di fare. Per fortuna, il tronco era dalla nostra parte della staccionata, in una posizione stabile. La motosega ronzava avanti e indietro sotto il mio sguardo attento. Non era un compito facile, e vidi il sudore scendergli sulla fronte mentre lavorava. Osservai le sue spalle mentre spingeva la motosega nel legno. Era magro, ma aveva una forza incredibile. Quando ebbe tagliato quasi tutto il tronco, gli feci cenno di fermarsi prima che la motosega toccasse terra e la catena si rovinasse. Spense il motore con un gesto improvviso, mentre le nostre orecchie continuavano a ronzare nel silenzio relativo.

«Fermati,» dissi. «Non tagliarlo tutto altrimenti la catena toccherà per terra, rimbalzerà e probabilmente ti mozzerà un braccio. Poi dovrò trovarti un dottore da qualche parte, e so da fonte sicura che almeno uno dei dottori oggi è già impegnato.»

Sorrise e si asciugò le goccioline di sudore dagli occhi, sporcandosi la fronte. «Allora come facciamo?»

Mi piaceva il suo atteggiamento. Aveva subito pensato che l'avremmo fatto insieme.

Saltai sulla Rover e feci retromarcia fino a che non fu allineata con l'albero. Poi andai avanti piano e diedi un colpettino di lato all'enorme eucalipto con il paraurti tubolare, cercando di farlo rotolare. Ma non si mosse. Indicai un grosso ramo che lo bloccava.

«Ehi, Ell! Sega quel ramo dal tronco e spostalo dall'albero.»

Questa volta Elliot riuscì ad avviare la motosega al primo colpo. Piantò il piede sul ramo come gli avevo mostrato e cominciò a segare. Ci vollero meno di trenta secondi prima che il ramo si staccasse dal tronco e cadesse a terra con un tonfo. Aspettai con il motore al minimo mentre Elliot lo spostava a un metro di distanza. Poi gridai: «Stai indietro, dottore! Adesso dovrebbe rotolare, non voglio schiacciarti.»

Come previsto, il tronco fece mezzo giro, io tenni il piede sul freno per impedire che rotolasse indietro mentre Elliot segava l'ultimo pezzo. Non ci volle molto. I rami dall'altra parte della staccionata, liberati dal peso del tronco principale, rimbalzarono nella loro posizione iniziale con un forte tonfo. Dopo che Elliot spense la motosega, gli urlai: «Ehi, dottorino. Bravo. Adesso prendo il cavo d'acciaio che ho dietro e lo stendiamo sul terreno dove c'era l'albero.»

Misi il fuoristrada in folle e tirai il freno a mano. Stendemmo il cavo assieme. Mentre facevo retromarcia, l'albero ritornò nella sua posizione originale, permettendo a Elliot di passargli il cavo attorno e di agganciarlo alla barra da traino nel retro della Rover. Mandai su di giri il motore e trascinai via quel tronco gigantesco.

Lo sganciammo e trascinammo l'altra metà a mano, dato che era quasi tutto foglie e rami. Ero piacevolmente sorpreso che Elliot ce l'avesse messa tutta. Non si era lamentato e non aveva avuto da ridire, aveva fatto semplicemente quello che gli avevo detto.

Poi mi aiutò a rimuovere il palo rotto e ne piantammo uno nuovo. Il filo era spezzato e rovinato, quindi bisognava sostituirlo. Tagliai il filo vecchio, e lui, ancora prima che glielo dicessi, lo portò via. Presi gli attrezzi e gli mostrai come mettere la nuova staccionata attaccandola a quella vecchia, tendendo il filo per tenerla in posizione. Alla fine era tutto sporco, ma orgoglioso. Gli diedi una pacca sulla schiena. «Ben fatto, dottore. Faremo di te un uomo di campagna, eh?»

Elliot raccolse gli attrezzi e li ripose nel retro. Poi, prendendomi in giro, mi disse: «Faccio prima io a diventare contadino che tu dottore.»

«Ovvio,» assentii con un sorriso. «Ci vorrebbe un secolo per fare in modo che questa zucca impari tutte le cose che sai tu. Fare il contadino è un lavoro molto più facile del tuo. Per questo in città ci sono solo due dottori e più di duecento contadini.»

Si accomodò sul sedile di mezzo senza che gli dovessi dire niente e mi guardò perplesso. «Allora perché oggi mi hai dato una lezione su come costruire un recinto, se non per provare che sono meno intelligente di quanto creda?»

Girai la chiave e schiacciai la frizione, aspettando che inserisse la marcia prima di rispondere. «Non si è trattato di provare se sei intelligente o meno. Più che altro volevo insegnarti che cosa facciamo noi contadini. Così quando ti arriverà un paziente da ricucire, che ha cercato di fare il lavoro di due uomini da solo, non lo farai sentire come un bambino per la sua stupidità. Perché sa di avere sbagliato, ma se non avesse fatto quel lavoro in quel momento avrebbe potuto perdere tutto il raccolto di un anno, perché il bestiame si sarebbe sparso nel pascolo. È dura fare il contadino. Non possiamo permetterci di aspettare finché arriva qualcuno ad aiutarci. Lavoriamo come muli. E quel toro che ha rotto la gamba al tizio che è venuto in ambulatorio? Forse ce l'ha con l'animale, ma il toro vale denaro, con la sua vendita l'anno prossimo riuscirà a pagare il mutuo per due mesi. Poi c'è quello che si è preso la polmonite perché ha lavorato venti ore al giorno sotto la pioggia per raccogliere il seminato. Be', o lo faceva o avrebbe dovuto dire addio alla terra che la sua famiglia coltiva da più di un secolo.»

Mi fermai al cancello e saltai giù per aprirlo. Quando risalii, Elliot mi stava aspettando. «Ti ho fatto sentire stupido?»

Passato il cancello feci marcia indietro, lo richiusi e quindi gli risposi. «Non mi hai fatto sentire stupido, ma non hai ascoltato quello che ti ho detto. Nessuno in questa zona può riposare per otto settimane. Te lo devi mettere in testa e cambiare i tuoi consigli. Allora perché non mi dici di non alzare il braccio, di stare attento a non sbatterlo, e che per le prossime otto settimane avrò bisogno di aiuto? Dammi degli antidolorifici perché sai che ne avrò bisogno, e dimmi che potrò tornare a lavorare a pieno ritmo entro la fine di agosto. La vedi la differenza, dottorino?»

Elliot annuì con aria pensierosa.

CAPITOLO 4

Solo dopo aver parcheggiato nel capannone mi ricordai che Elliot era venuto per fare quattro chiacchiere. Aveva lavorato sodo e come minimo si meritava un caffè, così lo invitai in casa. Accesi il bollitore e presi le tazze.

«Allora, di cosa volevi parlare Ell?» gli chiesi.

Si era sciacquato la faccia sporca con l'acqua della cisterna e quindi aveva i capelli un po' umidi, e un segno rossastro gli circondava la fronte dove non si era lavato. O stava arrossendo o si era scottato, cosa molto più probabile, visto che non aveva un cappello.

«Ah, vero.» Esitò, trascinando un po' la sedia mentre la spostava. Sollevò la mano come se volesse sistemarsi la cravatta. Cercai di non sorridere immaginando che l'uomo sporco che mi stava di fronte indossava la cravatta tutti i giorni per andare al lavoro. «In realtà sono venuto per scusarmi qualora ti avessi in qualche modo offeso quando ieri sei venuto da me in ambulatorio.»

Versai il latte e aggiunsi l'acqua bollente in ogni tazza. «Non mi hai offeso, dottore. Di cosa stai parlando?»

Lui tossì e diventò di una tonalità ancora più accesa di rosso, confermandomi che stava arrossendo e che non era solo colpa del sole. «Cioè… ehm… sessualmente. Il dottor Larsen è il mio capo, e ieri gliene ho parlato. È stato lui a suggerirmi di venire a scusarmi per chiarire ogni fraintendimento da parte tua sulla situazione. Non ho fatto nomi, ma ho accennato che forse avevo… guardato un paziente in modo inappropriato.» Pronunciò le parole a stento e io nascosi il mio sorriso girandomi di spalle per gettare il cucchiaino nel lavandino. Sapevo cosa voleva dire, ma era più divertente che fosse lui ad ammetterlo.

«Intendi quando mi hai visitato?» Gli poggiai di colpo davanti la tazza di caffè e andai a prendere la scatola dei biscotti nella credenza.

«Sì.» Elliot era tutto serio, come se fosse stato davanti a un tribunale o qualcosa del genere. «Mi scuso profusamente per le mie azioni. È stato davvero poco professionale e inadeguato. Si è trattato solo di un errore di giudizio e sono molto imbarazzato per il mio comportamento. Spero che mi perdonerai per la mia cattiva condotta e che non mi… ehm… giudicherai per le mie preferenze. Ti prometto che non succederà mai più.»

Gli porsi la scatola dei biscotti e ne afferrai uno per me. «Non mi interessa se ti piacciono gli uomini, dottore. Non sono offeso se mi hai dato un'occhiatina. Ma dovresti stare un po' attento, soprattutto da queste parti. Noi gente di campagna non siamo famosi per accettare queste cose, lo sai, vero?» E poi mi sfuggì di bocca una domanda personale. «Il dottor Larsen lo sa che sei gay?»

Si agitò un po' sulla sedia, e il rossore continuò a coprirgli il volto. «Umm… no. In realtà non avevo intenzione di rivelare la mia… ehm… sessualità a nessuno.»

Gli feci un cenno di comprensione. «Certo. Forse è la cosa migliore. Ma non ti preoccupare di me, dottore. Terrò la bocca chiusa, adesso che lo so.»

Si rilassò visibilmente alla mia dichiarazione e diede un morso al biscotto. Sulla faccia gli era tornata quell'espressione perplessa, era carino. «La stai prendendo piuttosto bene. Qualcuno che ti è vicino è gay?»

Fu solo grazie alla mia enorme forza di volontà che riuscii a non soffocare con il caffè. Qual era la sua definizione di "vicino"? Gli dovevo dire che ero stato talmente vicino a diversi ragazzi gay da averglielo messo nel didietro? Era un'ottima opportunità per condividere con qualcuno il mio orientamento sessuale. Se Elliot non voleva che si sapesse che era gay, non sarebbe andato in giro a raccontare di me.

Ma alla fine non lo feci. Ero un pappamolle. Inoltre non erano affari suoi. Così gli dissi la verità, ma non *tutta*.

«Il fratello di mia madre.»

Mio padre odiava lo zio Murray e lo riteneva responsabile della mia "perversione". Era stata quella la parola che aveva usato appena l'aveva scoperto.

«Oh. Abita da queste parti?»

Scossi la testa. «No. Viveva vicino a Merredin, aveva un appezzamento di terreno lassù. Quando si è venuto a sapere che era gay, è stato quasi ucciso da un gruppo di ragazzi che pensava che cose del genere fossero contro natura. Questo è successo quando ero un bambino. Lo zio Murray adesso vive in città. Ha perso l'udito da un orecchio e forse gli verrà una brutta artrite prima dei sessanta per via di tutte le ossa rotte, ma è un tipo in gamba.»

Non parlavo molto dello zio Murray, ma stavo cercando di mettere in guardia Elliot dai pericoli che poteva correre se non avesse tenuto gli occhi a posto. Certo, eravamo nel ventunesimo secolo e in alcuni paesi i matrimoni gay erano stati legalizzati, ma la provincia dell'Australia occidentale aveva una mentalità tutta sua.

Finimmo i caffè e lo accompagnai alla sua auto.

«Grazie dell'aiuto, dottore. Te ne sono davvero grato.»

Lui sorrise. «Quando vuoi, Hank.»

Volevo prenderlo in giro un altro po' e gli risposi: «Benissimo. Allora ci vediamo domani?»

Elliot si mise a ridere e a me venne un brivido. Non dovevo sentirmi attratto da lui. «Domani cosa fai?» mi chiese.

Feci un sorrisetto. «Se vieni lo scoprirai. Inizio alle sei di mattina, quindi le otto sarebbe un orario perfetto per uno di città come te.»

Non sembrò per niente intimidito. «Amico, ho fatto i turni in ospedale. Non riuscirai a spaventarmi con queste levatacce. Posso essere qui alle otto e darti una mano, basta che non andiamo troppo lontano perché devo essere reperibile in caso di emergenza.»

«Non sarà un problema. E cerca di venire con i vestiti giusti, capito?»

Si guardò i pantaloni con una smorfia; ormai erano di un color rossastro a causa della polvere e del sudore. «Va bene,» fu tutto quello che disse. Mise in moto l'auto e mi salutò con la mano mentre si allontanava.

Come promesso, Elliot arrivò poco prima delle otto la mattina seguente, indossava un paio di jeans neri e una maglietta blu scuro. Come al solito attraversò a lunghi passi il recinto dirigendosi verso il capannone, ma questa volta lasciò perdere il cancello. Passò tra i fili della staccionata come gli avevo mostrato il giorno prima.

«Buongiorno, Hank!» gridò allegramente, chinandosi per accarezzare Buck.

Mentre si avvicinava, notai i suoi vestiti e imprecai tra me e me. *Per l'amor di Dio! Divieto di pesca, te lo sei scordato, Hank?*

«Che cavolo ti sei messo, dottorino?» mi lamentai alzando gli occhi al cielo con fare drammatico.

Elliot abbassò lo sguardo, un po' confuso. «Jeans. Maglietta. Scarponi. Tutto di colore scuro. Ho sbagliato qualcosa?»

Scossi la testa. «Se quei jeans fossero solo un attimo più stretti ti fermerebbero la circolazione nelle palle. In gergo agricolo li chiamiamo castra-montoni. È quello che stai cercando di fare? Chi stai cercando di impressionare? Le pecore?»

Avrei voluto rimangiarmi quelle parole non appena lasciarono la mia bocca, anche prima di vederlo arrossire. *Chi stai cercando di impressionare?* Ero proprio un coglione. Un paio di giorni prima mi aveva guardato con occhi interessati. Se c'era qualcuno che stava cercando di impressionare, quello ero io.

E il grosso problema era che c'era riuscito. In qualche modo, la prima impressione che avevo avuto di lui come un tipo tutto pelle e ossa si era rivelata sbagliata. Non era grosso come gli uomini con cui lavoravo, ma quello non lo rendeva poco attraente. Era solo magro.

Divieto di pesca, Hank!

«Non preoccuparti dottore, andranno benissimo. Allora, vuoi una tazza di tè prima o cominciamo subito?»

Non era un chiacchierone come alcuni uomini con cui lavoravo, e quello era un sollievo. Ed era anche più forte di quello che sembrava. Dovevo costruire dei recinti mobili e mi aiutò a imbullonare i pannelli. Riuscivo a trasportarli con una sola mano, ma ne servivano due per assemblarli.

Usando il braccio sano, portai i pannelli dove si trovava Elliot, improvvisamente interessato ai miei muscoli che si gonfiavano mentre li alzavo. Indossavo una maglietta originariamente a maniche lunghe, che avevo strappato la sera prima perché mi davano fastidio. Avevo le braccia nude e in bella mostra, e sì, sorpresi Elliot a guardarmi più di una volta.

Dopo avere costruito i recinti, saltammo sulla Rover e andammo a prendere le pecore.

«Oggi porteremo qui i montoni, quindi devi stare attento,» lo misi in guardia mentre guidavo. «Hanno corna grandi e potenti e se ti si avventano contro ti aprono un buco come niente. La ferita che ho sul torace me l'ha procurata un'incornata. Sono animali da riproduzione, quindi sono pieni di testosterone. Sono forti e cattivi. Tu guiderai la Rover e io andrò a piedi con Buck. Dovrai avanzare a passo d'uomo, anzi più lento ancora, e incanalarli verso il recinto. Stai attento al mio segnale e non andare a finire sulle rocce.»

Sembrava semplice, vero?

La gente che crede che le pecore siano animali stupidi è perché non ha mai avuto a che fare con loro. Certo, sono animali gregari e una volta che riesci a fare andare il capo del gregge nella direzione giusta, tutti gli altri lo seguono, ma sono anche intelligenti, scaltri e testardi. Il problema era che si trovavano in un terreno lontano. Dovevo fare un giro molto lungo per non farle passare dal pascolo a nord, dove si sarebbero mischiate con l'altro gregge.

La prima parte del lavoro andò bene. Arrivai prima della macchina e aprii il cancello. Con me che camminavo ed Elliot che guidava, i cinquanta montoni obbedirono, spostandosi verso il fondo del recinto e passando attraverso l'apertura. Uno cercò di scappare scavalcando la staccionata, ma Buck lo fermò e lo riportò indietro.

Feci cenno a Elliot di avanzare. «Continua a spingerli verso la staccionata, Ell. Chiudo il cancello e cammino lungo il ruscello per dissuaderli dal saltare.»

Il cancello successivo era già aperto e i montoni entrarono nel pascolo che avevo precedentemente arato per la semina. L'ultima parte dell'operazione consisteva nel farli passare dal cancello all'estremità superiore e condurli nel recinto.

Ci avvicinammo, Elliot alla mia sinistra e Buck alla mia destra. I montoni si fermarono e ci guardarono, quasi fossero incerti su cosa volessimo. Erano anni che allevavo quei bastardi. Spostandomi lentamente, sventolai il cappello nella loro direzione e gridai: «Avanti, stronzi! Muovetevi. Ell, continua. Così. Adesso fermo, Buck!»

Qualche montone cominciò a scalpitare, prima avvisaglia del fatto che erano incazzati. Poi uno di quelli in fondo tentò la fuga e ben presto tutti gli altri lo seguirono. «Cazzo! Ell, bloccali!» Fischiai, e Buck venne di corsa ma non riuscimmo a fermarli. Il gregge si divise e ci passò di fianco, andando a raggrupparsi lontano dal cancello da cui dovevo farlo passare.

Riprovammo. Elliot tornò indietro e li spinse lungo lo steccato mentre io e Buck ci avvicinavamo dal lato destro. Erano spaventati e osservavano la Rover, il cane e lo strano uomo che gridava, strillava e agitava le braccia e il cappello.

«Piano!» urlai a Elliot mentre il gregge si avvicinava al cancello. Si fermarono di nuovo, incerti su dove andare, ma decisi a non passare da quella stretta apertura. Uno abbassò la testa e caricò Buck, ma il mio cane a modo suo gli rise in faccia, abbaiò tre volte acutamente e digrignò i denti.

«Attento, dottorino!» gridai mentre puntavano lo spazio tra l'auto e lo steccato. Il dottor Elliot girò il volante e li bloccò, ma loro furono più veloci del veicolo. «Cazzo, dottore! Ell, prendili!» imprecai mentre dieci di loro correvano lungo la staccionata. Gli altri quaranta approfittarono dello spazio tra me e la macchina e scapparono. Mi tirai indietro e li lasciai passare sapendo che era troppo tardi.

Elliot arrivò con la Rover e si fermò vicino a me mentre guardavo quelle pecore ribelli. «Merda, mi dispiace. Sono più veloci di quanto pensassi,» disse scusandosi, al di là del finestrino aperto.

Mi grattai i capelli sudati e mi rimisi il cappello. «No. Non è colpa tua. Quegli stronzi non hanno paura della macchina, ecco qual è il problema.» Diedi un pugno sulla Rover e feci un largo sorriso al mio sfortunato aiutante. «Indovina un po', DottorEllo? Dovrai fare un po' di strada a piedi.»

Elliot mi guardò con gli occhi sbarrati. «Come mi hai chiamato?»

Sorrisi ancora di più e lo fissai impenitente. «DottorEllo. Mi è appena venuto in mente. Dottor Elliot. Dottor Ell. DottorEllo! Capisci?»

Elliot scosse la testa e disse: «Assolutamente no, amico. Non mi chiamerai DottorEllo. Mi rifiuto categoricamente. Alcuni miei amici a casa mi chiamavano Monty, se vuoi puoi farlo anche tu, ma di sicuro non qualcosa che fa rima con pivello». Spense il motore e diede una spinta alla portiera del guidatore. Io gliela tenni aperta mentre scendeva.

«Come vuoi… DottorEllo,» gli dissi con tono canzonatorio mentre mi allontanavo verso i montoni. Lo sentii pronunciare un paio di volte *cazzo* alle mie spalle e, mentre mi seguiva, borbottare qualcosa sul fatto di farmela pagare. Pesavo quasi trenta chili più di lui, cosa poteva farmi?

Ci aprimmo a ventaglio attorno al gregge. Questa volta io e Buck ci eravamo avvicinati da dietro. Io ed Elliot battevamo le mani e fischiavamo per tenerli contro lo steccato. Si fermarono poco prima del cancello, come la volta precedente, e sembrarono valutare le possibilità.

«Abbaia!» ordinai a Buck e lui si mise a latrare come un forsennato, mordendo loro le zampe per farli avanzare. Agitai come un pazzo il braccio sano, fischiai e gridai: «Brutti stronzi, passate per quel cancello o vi porto al mercato! Il sesso con le pecore scordatevelo tutti!»

Ell scoppiò a ridere e provò a imitarmi. Battendo le mani sopra la testa, urlò: «Porca miseria, fate quello che vi ordiniamo! Ho passato l'esame di autopsia a pieni voti e in questo momento ho una voglia matta di guardare dentro a qualcuno di voi!»

Sbuffai, ma i montoni erano più furbi di quanto pensassi. Non gliene fregava niente di perdere un occhio per via di un cane furioso o che un contadino-tosatore abbronzato impedisse loro di divertirsi, ma avevano paura di un dottore magrolino che aveva minacciato di aprire loro la pancia per darci un'occhiata. Si girarono tutti insieme e, passando per il varco, corsero nel recinto. Mi precipitai a chiudere il cancello dietro di loro, con Buck che li inseguiva ancora abbaiando.

Sentii Elliot esclamare: «Sì!» Mi girai e vidi che aveva stampata in faccia una smorfia stupida e stava facendo una piccola danza in mezzo al recinto. Che idiota!

Divieto di pesca, Hank!

«Ehi, DottorEllo, vai a prendere la Rover, su.»

Il buon dottore mi fece un gestaccio e s'incamminò a passo svelto verso la macchina. Fece un'inversione a U perfetta e la portò verso di me. Buck aveva spinto i montoni lontano dal cancello e quindi lo aprii e feci segno a Elliot di entrare. Lui si fermò dall'altra parte e io lo chiusi. Tenendomi aggrappato al portapacchi per mantenermi in equilibrio, saltai sulla pedana vicino a lui mentre salivamo su per la collina. Buck aveva fatto il suo lavoro spingendo gli animali nel primo recinto. Lo richiamai con un fischio e chiusi il cancello, lasciando gli animali dentro.

Elliot parcheggiò e scese. Mi guardò con un sorriso soddisfatto. «E adesso?»

«Pausa,» gli dissi. «Vieni, andiamo in casa a prenderci una tazza di tè. Il mio miglior amico, Middy, sarà qui a momenti.»

Non riuscimmo a portare la Rover più vicino alla casa dato che le pecore erano nel recinto superiore, così tagliammo attraverso la parte alta del pascolo per raggiungerla. Preparai un tè nero per me e un caffè con il latte per Elliot, prima di sedermi con lui nella veranda davanti casa con un pacchetto di biscotti SAO. La casa era in collina. Adoravo la vista. C'erano terreni verdi e alberi sparsi a perdita d'occhio.

Elliot si mise comodo, con il caffè in mano, e indicando a destra disse: «Sono tuoi? Non sapevo che avessi dei bovini.»

Lanciai uno sguardo alle dodici mucche che pascolavano nel recinto a sud. «Sì. Sono cresciuto più a est, in mezzo alle pecore, al confine con il lago King, dove il clima è più arido. Quindi le allevo perché me ne intendo. I raccolti servono a generare reddito extra, la metà serve per dare da mangiare ai miei animali. Ma questa regione è più adatta ai bovini. Per questo ho pensato di diversificare e di provare con un paio di mucche. Sono un po' diverse dalle pecore, ma prima o poi imparerò.»

Elliot annuì. «Perché ti sei stabilito vicino a Dumbleyung se non conosci la zona? Perché non più vicino a casa?»

Quella risposta non l'avrebbe sconvolto? Cercai di glissare. «Ho litigato con mio padre quando avevo vent'anni e mi ha sbattuto fuori, quindi ho impacchettato le mie cose e sono andato a vivere con zio Murray a Perth per un po'. Per otto mesi all'anno riuscivo a trovare lavoro quasi a tempo pieno come tosatore, ma non mi bastava. Dovevo lavorare la terra. Per un po' tra me e mio padre è corso cattivo sangue, ma piano piano ci siamo riappacificati, soprattutto grazie a mio fratello maggiore, Paul.» Deglutii. Ero davvero in debito con Paul per quello. «Zio Murray aveva un po' di soldi e me li ha dati per iniziare con questo posto. Mio padre avrebbe fatto una sfuriata se avessi comprato un posto troppo vicino al lago King, ma duecento chilometri per lui sono abbastanza.»

Elliot sorrise a quella considerazione. In campagna duecento chilometri sono una distanza da pendolare. Mi chiedevo se Ell si sentisse un campagnolo o un cittadino, poi mi accorsi che avevo smesso di parlare. Elliot mi lanciò uno sguardo di incoraggiamento, aspettando che finissi la storia.

«Per un po' ho cercato nelle vicinanze di Dongara, ma non faceva per me, capisci? Il terreno è troppo diverso, troppo rosso.» Dongara si trovava quattro ore a nord di Perth, neanche a metà strada con la regione di Pilbara. «Poi ho trovato questo posto. Il primo anno che sono arrivato ho seminato l'erba medica per ottenere il fieno, ne ho tenuta metà per me e stavo per mettere l'altra metà sul mercato quando all'improvviso mi ha telefonato mio padre. Lui mi ha comprato il fieno e io ho acquistato otto pecore da lui. Da allora tra noi c'è una tregua abbastanza stabile. Non parliamo della lite, ci telefoniamo a turno una volta la settimana, e lui ha il diritto di prelazione per comprare le mie eccedenze.»

Avevo quasi finito il tè, ma Elliot annuì, apparentemente assorto in quello che dicevo, non aveva nemmeno toccato il suo caffè. «Per quale motivo avete litigato?»

«Non voglio parlarne,» borbottai nella tazza mentre bevevo l'ultimo sorso.

«Va bene,» disse.

Lo fissai, curioso di capire perché uno di città fosse interessato alla campagna. «Tu invece?» gli chiesi. «Perché sei qui?»

Si strinse nelle spalle. «In sostanza si tratta di soldi, credo.»

«Soldi? Da queste parti?»

Lo guardai mentre osservava la mia terra. «Ero al secondo anno di università quando i miei genitori hanno scoperto che sono gay.»

«Ah!» Cominciavo a capire. Forse eravamo più simili di quanto pensassi.

«Già,» concordò con un lieve sorriso. «Sono volate parole grosse dettate dalla rabbia e mia madre, che nella mia famiglia è quella con i soldi e i rapporti sociali, mi ha detto che non mi avrebbe pagato gli studi di medicina per farmi andare in giro con dei gay e metterla in imbarazzo. Le ho detto che poteva tenersi i suoi soldi e che avrei pagato l'università da solo. Il giorno dopo ho firmato un contratto con il governo con il quale mi sono impegnato a lavorare nelle zone rurali dell'Australia in cui non si reperivano dottori per lo stesso periodo di tempo che il governo mi avrebbe mantenuto all'università.»

Trasalii al pensiero. Alcuni dottori non studiavano per dieci anni? «Quindi sei qui controvoglia?»

Mi fece l'occhiolino. «Non esattamente. Una settimana dopo la nostra lite, mia madre ha scoperto che era piuttosto di moda avere un figlio gay e ha cercato di farmi riprendere il mio posto in seno alla famiglia. Troppo tardi. Mi ha fatto un enorme piacere dirle dove poteva infilarsi i suoi soldi, e adesso tutte le volte che qualcuno le fa i complimenti per la carriera di suo figlio, impallidisce. Le scoccia che io sia riuscito a fare tutto da solo.»

Scoppiai a ridere, ma il dottore non aveva ancora finito la sua storia.

«Dopo che mi sono specializzato, ha cercato di usare le sue conoscenze per farmi lavorare in un posto esotico ed eccitante. Un posto con un aeroporto, in modo che lei potesse venire a trovarmi quando voleva, un posto che avesse una stanza per gli ospiti e donne di servizio. Non avevo intenzione di assecondare i suoi desideri, così ho consultato la lista delle cittadine che avevano bisogno di un dottore e ho deciso che l'Australia occidentale era il posto più lontano da Melbourne e da lei, poi ho scelto la cittadina con il nome più brutto. Dumbleyung, Goomalling e Mukinbudin erano in cima alla lista delle mie preferenze, e per mia fortuna il dottor Larsen mi ha accolto a braccia aperte. Quindi adesso, quando mia madre passa il suo tempo in società e qualcuno le chiede del suo figlio dottore, deve rispondere che lavoro a Dumbleyung anziché nella Gold Coast o a King Island.»

Scoppiai a ridere, immaginando una signora un po' attempata con una collana di perle, un Martini in una mano e un barboncino nell'altra, che diceva a tutti che suo figlio faceva il dottore a Dumbleyung. Noi poveri abitanti di Dumbleyung avevamo un nome un po' bruttino per cui sentirci in imbarazzo.

Ci scambiammo un largo sorriso. Elliot era carino e simpatico e mi provocava una strana sensazione nello stomaco.

Divieto di pesca, Hank!

CAPITOLO 5

Middy arrivò a metà mattinata e io feci le presentazioni.

«Dottore, questo è il mio migliore amico, David MacDonald. Puoi chiamarlo Dave, Davo o Middy. Ha una tenuta poco a sud di Wickenpin e questa mattina è venuto a controllare i miei montoni.» Middy fece un passo in avanti con il braccio teso e strinse la mano a Elliot mentre io continuavo: «Questo è il dottor Elliot. Lavora con il dottor Larsen. Ha un cognome del cavolo che non sono ancora riuscito a imparare, quindi lo chiamo semplicemente dottore. Ci siamo incontrati la settimana scorsa quando quello stronzo di tuo fratello mi ha rotto la clavicola. Il dottore è così gentile che mi è venuto ad aiutare mentre sono costretto a riposo.»

Middy accettò la presenza di Elliot senza commentare. Fu Elliot a guardarlo sorpreso. «Tuo fratello?»

Middy sputò per terra e mugugnò qualcosa. Era timido, ma era un bravo ragazzo. Balbettava un po' ed era per quello che non parlava molto. Lo aiutai. «Ti ricordi che ti ho detto che era stato Big D MacDonald a iniziare?»

Per un attimo Elliot sembrò confuso, ma poi chiaramente fece il collegamento. Doveva avere un cervello per essere diventato dottore, quindi capì immediatamente la battuta. «Middy? Come Mid D, perché è il fratello di mezzo? Con un Big D e un Mid D, deve esserci anche un Little D, giusto?»

Middy chinò la testa per l'imbarazzo e parlò con il suo fare sommesso. «S-s-sì. D-d-darren, Dave e Daniel.»

Sogghignai. «Purtroppo, Little D ha finito col diventare il più grande, quindi c'è un po' di confusione, a volte.»

Scoppiammo tutti a ridere, e fischiai perché Buck lasciasse in pace la cagna di Middy, Dancer. I due si annusavano ancora dalla testa alla coda ogni volta che si incontravano. Ci incamminammo verso i recinti per controllare i montoni. Middy fece il giro del perimetro per esaminarli, ogni tanto si avvicinava per osservare la lana mentre io spiegavo a Elliot come funzionava.

«Tutti i montoni con il cartellino blu hanno due anni, sono i figli delle mie pecore migliori. Quelli con il cartellino giallo sono di mio padre, e quel paio con il cartellino rosso sono quelli che ho comprato il primo anno che sono venuto qui, quindi sono i padri di quelli con il cartellino blu. Oggi sceglierò un paio di quelli blu per farli accoppiare con le pecore in primavera. Anche Middy ne sceglierà un paio per le sue pecore. Mio padre vuole vendere alcuni dei suoi, quindi li dobbiamo separare tutti.»

Middy tornò da noi. «Bel be-bestiame, Hank.»

Gli diedi una pacca sulla schiena per ringraziarlo e ci mettemmo al lavoro. Mandai Elliot dentro il recinto, dicendogli di stare molto attento alle corna, perché spingesse i montoni verso il corridoio da cui poteva passare un solo animale alla volta. In fondo al corridoio c'erano due cancelli. Mentre i montoni passavano, io e Middy li controllammo. Analizzai la qualità della lana, mi accertai che non avessero deformazioni e ispezionai la taglia dei testicoli, soddisfatto che, nonostante i rischi, i miei sforzi stessero dando i loro frutti. Avevo selezionato uno a uno gli agnelli da castrare e avevo scelto con cura quelli da tenere come montoni.

Quelli contrassegnati con il cartellino giallo furono spinti nel recinto di destra perché Paul potesse classificarli in un secondo momento. Io mi concentrai solo sui miei.

I miei montoni erano contraddistinti da numeri: cartellini di plastica blu con tre numeri e il prefisso W. Cercavo il W002 e il W003 e infatti, quando passarono per il corridoio, erano due dei migliori. Middy mi vide controllare i numeri.

«Mi spi-spi-spieghi?»

Mi strinsi nelle spalle, imbarazzato. «Questi due sono quelli di Lilly.»

Middy non ebbe bisogno di ulteriori spiegazioni, ma con mio grande imbarazzo, Elliot ci sentì e chiese: «Lilly?»

Mi rifiutai di rispondergli, quindi Middy disse a Elliot: «Hank è inna-innamorato di una pe-pecora in particolare. Sa per-persino quali sono i suoi figli.»

Alzai il pugno, davvero mortificato, ma Middy sapeva che stava arrivando e mi bloccò. «Stronzo,» urlai. «Non ho una cotta per una pecora del cazzo. È la migliore che ho in questo dannato gregge, sarei un fottuto idiota a non usarla, no? Ogni anno produce la lana migliore e la qualità di quei due montoni dimostra che sono sangue del suo sangue.»

Middy scoppiò a ridere, allontanandosi dalla mia portata. «Co-come dicevo. Sei innamorato di qu-quella dannata pecora.»

Lanciai un'occhiataccia al mio cosiddetto migliore amico, mentre Elliot mi prendeva in giro. «Oh, non è dolce? Sono sicuro che siete una coppia meravigliosa.»

«Stai attento DottorEllo,» gli intimai a bassa voce. Lui arrossì e chiuse il becco.

Middy selezionò i suoi due animali e li caricammo sul suo rimorchio, poi ci salutò e partì. Non aveva ancora girato l'angolo quando vidi il veicolo di Paul avvicinarsi dalla parte opposta.

«Dai, DottorEllo,» gridai. «È arrivato mio fratello, devo andare a prendere i miei montoni.»

Dovevo scegliere cinque dei miei trenta montoni per la riproduzione di quell'anno. Separammo W002 e W003 dal resto, assieme a due montoni originali con il cartellino rosso e un altro. Spingemmo gli altri bastardi sfortunati nel corridoio attraverso il quale potevamo riportarli più tardi al loro pascolo.

Paul si avvicinò e feci di nuovo le presentazioni. Con l'aiuto di Elliot facemmo passare di nuovo quelli con il cartellino giallo dal corridoio. Questa volta Paul scelse quelli che voleva portare al mercato e quelli che invece dovevano rimanere con me. Ci impiegammo un'altra ora a dividere i montoni e a farli andare dove volevamo. W002 e suo fratello gemello furono liberati nel recinto delle mie migliori pecore da riproduzione nella speranza di ottenere un bel gruppo di agnellini di qualità. Gli altri tre montoni selezionati furono messi assieme alle pecore di seconda scelta. Riportammo i rimanenti trentacinque al recinto con molta meno fatica di quando li eravamo andati a prendere.

Chiusi il cancello del recinto dove si trovavano W002 e W003 e poi indicai una pozza lì vicino. «Chi ha voglia di fare un bagno prima di pranzo?»

Paul aggrottò leggermente la fronte, mentre Elliot sembrava sorpreso. «Fai il bagno lì dentro?» domandò.

«Diamine, sì,» risposi. Ero sudato e spesso facevo il bagno prima di pranzo. «Oggi mi terrò anche le mutande per non farti arrossire come una verginella.»

Sia Elliot che mio fratello avevano un'espressione sconcertata. Scoppiai a ridere perché ne conoscevo il motivo, ma nessuno dei due poteva dire nulla. Sapevo di piacere a Elliot e forse lui moriva dalla voglia di vedermi senza vestiti. Però non poteva soddisfare il suo desiderio e mostrare il suo interesse visto che mio fratello era lì.

Al contrario, mio fratello pensava che, dal momento che ero gay, non mi sarei dovuto spogliare davanti a un altro uomo, gay o etero che fosse. Aveva questa idea bizzarra che mi dovevo coprire e non rendermi "disponibile". Ma con Elliot a portata di voce non poteva dirmelo.

Li lasciai lì a decidere e mi diressi verso quell'acqua invitante; mentre camminavo mi tolsi la fasciatura e mi sbottonai la camicia. Non mi presi la briga di girarmi, anche se sentii la Rover accendersi e seguirmi giù per la collina. Mi sedetti sull'argine, mi sfilai gli stivali e i calzini e, facendo molta attenzione che non ci fossero spine pericolose, mi buttai dentro con ancora addosso le mutande, come promesso. Nuotai verso il centro della pozza prima di girarmi sulla schiena e galleggiare per un po'.

La mia attenzione fu attirata da uno spruzzo nelle vicinanze e alzai lo sguardo, sorpreso. Elliot stava saltando dentro, indossava ancora i jeans ma si era tolto la camicia e gli occhiali da sole. Era pallido e magro, ma al mio membro non sarebbe importato nemmeno se fosse stato verde e bitorzoluto. Un maschio in carne e ossa, nudo lì davanti ai miei occhi: le mie parti basse pensavano solo a quello. Ero davvero preoccupato. Di solito, quando stavo lavorando, riuscivo a controllare le mie reazioni verso altri uomini. Era solo nell'oscurità dei night club o nella privacy di una casa in città che lasciavo che fosse il mio uccello a pensare per me.

«Cazzo! È fredda, Hank!» si lamentò Elliot mentre entrava. «Ti sei dimenticato che è inverno?»

«Pappamolle,» gli risposi immergendomi nell'acqua profonda fino alla vita, in modo che la mia erezione non si notasse. Elliot fece un respiro profondo e si tuffò, nuotò sott'acqua arrivando non lontano da me. Riemerse scrollando i capelli e si mise sul dorso vicino a me per un po'. «Bello, eh?» gli chiesi.

Non si preoccupò nemmeno di aprire gli occhi contro il sole di mezzogiorno. «Chiedimelo di nuovo quando avrò smesso di tremare.»

«Che cazzata, non è così fredda. Non hai neanche la pelle d'oca.»

Si tirò su, galleggiando ancora a pelo d'acqua con la testa fuori. «Tu sì che hai la pelle d'oca,» disse indicandomi.

Sì, ma non per il freddo.

«Smettila di fissarmi, DottorEllo,» sussurrai, in modo che mio fratello, seduto sul cofano della Rover, non ci sentisse.

Elliot ridacchiò e nuotò in tondo finché non diede la schiena a Paul. Abbassò lo sguardo, studiando le mie spalle larghe e i capezzoli, turgidi per il freddo e l'eccitazione. «Smetterò di guardarti quando tu smetterai di metterti in mostra. L'hai fatto apposta, non è vero?» mi rispose in un sussurro con un sorrisetto stampato in faccia.

Non fui molto bravo a trattenere il sorriso mentre gli rispondevo. «Non ne hai le prove.»

Paul scelse quel momento per urlare: «Ehi finocchi, non ne avete avuto abbastanza? Possiamo andare a mangiare qualcosa prima che il mio stomaco si ribelli?»

Decisi di ignorare mio fratello e mi concentrai su Elliot. «Allora DottorEllo, ne hai avuto abbastanza?»

Sospirò in modo teatrale. «Per niente, ma credo che dovremmo andare.»

Mi morsi la lingua e lo presi in giro. «Riesci a controllarti abbastanza da uscire o devo andare a distrarre Paul per un po'?»

Scoppiò a ridere, raccolse un po' d'acqua con le mani e me la gettò addosso. Dovetti fare un bel respiro. *Divieto di pesca, Hank!*

«La sai una cosa, Hank? Non dovresti prendere in giro uno che ha facile accesso alla Chetamina. Una semplice iniezione e fine dei giochi. E dopo potrei farti di tutto. Se volessi potrei farti cantare da soprano.»

Ridemmo come matti mentre barcollavamo per uscire da quell'acqua torbida. Paul stava borbottando da solo e aveva già deciso che al ritorno avrebbe guidato lui; ci aspettava impaziente, seduto dietro al volante della mia Rover. Avevo le mutande bagnate, così buttai i vestiti asciutti sul retro e mi feci dare un passaggio sulla pedana esterna. Elliot seguì il mio esempio e saltò su anche lui mettendosi dietro di me.

Sicuramente controllò per bene il mio sedere per tutto il tragitto verso casa.

CAPITOLO 6

Paul ha tre anni più di me e l'ho sempre ammirato, seguito dappertutto e amato stare in sua compagnia. Nostra madre è morta a causa di un aneurisma cerebrale non diagnosticato quando avevo cinque anni, lasciando soli me, papà e Paul. Diventando grande, ho sempre pensato di essere quello fortunato. I miei ricordi della mamma erano confusi. Quelli di Paul più intatti. Lui ha sempre sofferto più di me per la sua morte e la sua perdita.

La sera in cui mio padre aveva scoperto che ero gay e mi cacciò di casa, Paul mi aveva difeso ferocemente, dicendogli che si stava comportando da stupido e che un giorno se ne sarebbe pentito. Papà aveva trovato i miei giornalini porno ed era andato su tutte le furie. Si era imbestialito e mi aveva dato anche un paio di pugni. Paul aveva reagito così tranquillamente che mi sono sempre chiesto se avesse scoperto i giornalini prima di papà e fosse stato zitto. Non ho mai avuto il coraggio di chiederglielo per non rivivere quella sera terribile.

Quando eravamo soli ne parlavamo, di omosessualità voglio dire, ma non di quella sera, quando ero stato buttato fuori. Paul non evitava più l'argomento quindi non mi stupii quando, dopo avere lavato i piatti della cena ed esserci seduti davanti alla televisione con le birre, lo tirò fuori.

«Allora, Hank, hai una storia con il dottore?»

«Eh?» chiesi sorpreso da quella domanda.

«Sembravi proprio culo e camicia con Elliot. Mi chiedevo se tra voi due ci fosse qualcosa.»

Scossi la testa. «Io e il dottorino? No, fratello. Lo sai che a casa non faccio quelle cose. L'uccello lo tengo nei pantaloni, a meno che non sia in città.»

Invece di avere un'aria sollevata, come mi aspettavo, Paul sembrò triste. «Ma ce l'hai un amico?»

«Vuoi dire un amante? Certo che no. Non posso portare nessuno qui e vado in città solo ogni paio di mesi. Nessuno vorrebbe una relazione a distanza così, anche se ci fosse qualcosa per cui ne valesse la pena. Ti giuro che i montoni là fuori nel recinto si danno più da fare di me.»

«Quindi sono solo incontri occasionali?» mi chiese.

«Sì.»

Paul scosse la testa. «Devi pensare alla tua vita, Hank. Quando avrai sessant'anni non potrai andare ancora nei night club a rimorchiare ragazzi. Dovresti davvero pensare ad avere qualcuno di speciale nella tua vita. Sai, nonostante la reazione di nostro padre, essere gay non è più un problema. Il modello della pubblicità di Target non è gay? E la famiglia di omosessuali in quello show televisivo americano?»

Mi andò di traverso la birra che stavo bevendo. «Che cazzo hai, Paul? Da dove ti escono queste stronzate?»

Mi fratello fece un sospiro e cominciò a staccare l'etichetta della birra. «È solo che… lo so che all'inizio ero d'accordo con papà sul fatto che avresti dovuto nascondere la tua sessualità e tutto il resto, ma ho avuto anni per rifletterci. È solo che…» Ci provò di nuovo. «Sto pensando di chiedere a Narelle di sposarmi.»

«Cavoli! Congratulazioni!» Saltai dalla sedia e andai a stringergli la mano, entusiasta. «Questa è una grande notizia!» Erano anni che Paul e Narelle si lasciavano e si rimettevano assieme. Pensavo che si fossero lasciati di nuovo, ma ero contento di essermi sbagliato.

Aveva un largo sorriso sul volto insieme a un'espressione imbarazzata. «Devo ancora chiederglielo, deve ancora dire di sì, ma cavoli… non posso immaginare la mia vita senza di lei.»

Strizzandogli l'occhio, dissi: «Il mio fratellone è innamorato?»

«Notizia vecchia, fratellino. Mi sono innamorato di lei tanto tempo fa. È questo che mi ha fatto riflettere. Non è che tu hai scelto… di essere gay. Allora vuol dire che devi stare da solo per il resto della tua vita? Fare il contadino non è facile, ho visto quanta fatica ha fatto papà senza nostra madre. Non sto parlando di un paio di braccia in più per lavorare. Intendo una persona con cui festeggiare quando le cose vanno bene e piangere quando vanno di merda. Una persona su cui contare, un legame affettivo. Hai intenzione di continuare così, giorno dopo giorno, da solo per i prossimi sessant'anni? Anche se non vai in giro a sbandierare ai quattro venti che ti piacciono gli uomini, hai bisogno di una persona speciale. Che sia qui o in città. Hank, non puoi rimanere da solo.»

Serrai la mascella e fissai fuori dalla finestra scura che dava sulla veranda davanti a casa. «Paul, non ho scelta. Qui non guadagno abbastanza per permettermi di smettere di fare il tosatore, e non conosco nessuno che darebbe da lavorare a un tosatore gay.»

«Cazzate, Hank. Forse i datori di lavoro più vecchi si farebbero dei problemi, ma le nuove generazioni stanno iniziando ad accettarlo. Hanno un bisogno disperato di bravi tosatori. Scommetto che ti prenderebbero anche se ti presentassi con un paio di tacchi alti e un orsacchiotto rosa.»

«Forse.» Mi strinsi nelle spalle. «Ma non ho davvero voglia di scoprirlo. Sono sicuro che papà sta aspettando l'occasione per vedermi fallire e il solo motivo per cui posso permettermi questo posto è grazie ai soldi che mi ha dato zio Murray. Lo so che mi ha detto che non devo restituirglieli, ma non butterò via così il suo regalo.»

«Lo so. Ma vorrei che potessi trovare qualcuno di speciale come Narelle.»

«E che cosa dovrei farci con questa persona speciale, Paul?»

Paul mi fissò cupo. «Amarlo ed essere felice, Hank. Ecco cosa devi fare.»

CAPITOLO 7

L'oscurità del club era illuminata da lampi di luce abbagliante che pulsavano al ritmo martellante della musica. Potevo vedere il biondino che mi stava davanti un secondo ogni tre. Era carino e sexy e, cosa più importante, interessato. Il Connections Nightclub era uno dei tanti locali gay della città, ma l'unico aperto il mercoledì sera. Odiavo i mercoledì sera. Erano dedicati alla lotta nel fango tra lesbiche e le donne combattevano indossando solo le mutandine, quindi il locale era pieno di donne a cui piacevano donne e di uomini depravati. Avevo aspettato fino a mezzanotte prima di entrare per assicurarmi di essermi perso l'intrattenimento della serata. Avevano tolto la vasca del fango e la pista da ballo era stracolma.

Non m'interessavano né la musica né la pista da ballo. Non so ballare e, cosa ancora più importante, mi rifiuto persino di provare. Quando entro in discoteca, l'unica cosa che mi interessa sono le persone che ci sono dentro.

Indossavo i miei vestiti da discoteca che tenevo a casa di zio Murray: jeans blu scuro attillatissimi e una camicia nera di tessuto morbido, che non portavo mai completamente abbottonata. Era aderente sulle spalle e avvolgeva la forma del mio corpo come un guanto, lasciando scoperto un triangolo di pelle dorata sul torace.

Paul aveva accettato di occuparsi della mia fattoria per un po' mentre mi recavo in città per lui. Domenica si era fermato da me per aiutarmi. Avevamo seminato insieme. Lunedì mattina lo avevo lasciato a finire i lavori a casa mia e io ero partito, guidando per tre ore per portare i montoni in città, al mercato di Midland, e venderli a un buon prezzo il giorno seguente. In seguito avevo comprato le scorte, il mangime, le provviste ed ero andato a trovare zio Murray.

Il compagno di zio Murray, Jimmie, mi aveva accolto con gioia, come se fosse tornato il figliol prodigo. Dopo che mio padre mi aveva sbattuto fuori, ero piombato a casa di Murray e Jimmie a un'ora indecente, alle due del mattino, avevo confessato tutto e li avevo pregati di ospitarmi per quella notte. Zio Murray si era giustamente arrabbiato e, furibondo, aveva minacciato di spaccare la testa a papà. Era stato Jimmie a consolarmi. Quella notte mi aveva abbracciato, quasi come se sapesse che ne avevo bisogno, e mi aveva assicurato che sarebbe andato tutto bene. Jimmie mi aveva stretto mentre piangevo, mi aveva preparato i biscotti per tirarmi su e mi aveva trovato delle cose da fare per aiutarmi a superare quel dolore. Avevo pitturato, strappato erbacce, lavato, lucidato e verniciato, e lentamente ero guarito. Era stato sempre Jimmie a portarmi a fare shopping, mentre Murray mi aveva trovato un lavoro. Amavo quei due uomini.

E la cosa più bella di tutte? Essendo uomini sapevano cosa mi sarebbe servito una volta arrivato in città. I miei vestiti da discoteca erano puliti e pronti all'uso. Jimmie mi aveva tagliato i capelli e aveva insistito perché mi spruzzassi il suo profumo sexy. Mi avevano sorriso e, quando ero uscito alle dieci di sera, si erano assicurati che avessi le chiavi per rientrare. Ero andato in un paio di locali etero a bere qualcosa per iniziare la serata, avevo chiacchierato con dei ragazzi che avevano voglia di parlare e poi mi ero diretto verso la mia meta.

Pagai il biglietto ed entrai, pronto a dare un'occhiatina alla merce ancora disponibile. Guardavano.

Volevano. Un paio di ragazzi quasi lasciarono perdere la persona con cui stavano per avvicinarsi a me, e io sorrisi. Diedi un'occhiatina ai ragazzi che mi stavano osservando e poi andai al bar. Con in mano una bottiglia di birra, mi diressi verso la pista e rimasi vicino al bordo a esaminare le mie possibili scelte.

E c'era un sacco da scegliere, alcuni erano appena maggiorenni, altri dei travestiti e bisessuali curiosi. Dopo un minuto incrociai lo sguardo di un ragazzino carino. Portava i capelli biondi pettinati in maniera artistica, indossava dei jeans che gli fasciavano le gambe magre e la sua maglietta aveva uno scollo ampio che metteva in mostra quasi tutto il torace. Affare fatto. Gli feci un sorriso d'incoraggiamento e lui si fiondò subito vicino a me tutto eccitato.

«Ciao,» ridacchiò senza fiato.

Ricordai a me stesso che il fascino non costava nulla e mi concentrai, facendogli un sorriso accattivante. «Ciao Dolcezza. Hai un nome con cui posso chiamarti oppure preferisci Dolcezza?»

Il ragazzino sussultò appena e si avvicinò strusciando una coscia sulla mia. «Dom, ma se preferisci puoi chiamarmi Dolcezza. Tu come ti chiami?»

«Hank.»

Le sue mani accarezzarono leggermente il mio torace e poi salirono lentamente alle spalle e si strinse a me. Io appoggiai le mie sui suoi fianchi. Era così vicino che vedevo il blu dei suoi occhi. «Hank,» sussurrò. «Mi piace.»

«Posso offrirti qualcosa da bere Dom?» gli chiesi gentilmente. Era giusto che comprassi come minimo due drink in quel posto, in fin dei conti avevo trovato il mio trombamico per la notte. Mi feci strada verso il bar, presi un'altra birra per me e una Smirnoff per il mio nuovo amichetto.

Dom mi chiese di ballare ma io scossi la testa, sorridendo. «Mi dispiace, non ballo.»

Mi si appiccicò di fianco, perlustrandomi il torace con le mani. «Allora, cosa fai di bello Hank? Voglio dire, per vivere? Non ti ho mai visto qui prima.» Le sue mani erano scese alla fibbia della mia cintura e stavano giocherellando con il cuoio. Lo circondai con il braccio, lo strinsi a me e gli piantai la mano sul suo bel culetto sodo.

«Faccio il contadino. Sono qui in città solo per un paio di giorni e speravo di trovare uno carino come te per passare il tempo.»

«Oddio. Porti il cappello da cowboy?» chiese in tono svenevole.

Scoppiai a ridere. «Per te, Dolcezza? Indosserei qualsiasi cosa.» Scese con la mano sotto la fibbia della cintura, e la infilò tra i nostri corpi, così che non fosse ovvio quello che stava facendo. Avevo visto molti darsi da fare in pubblico in discoteca, ma di solito non ero tipo da certe cose. Diedi un'occhiata alla folla per assicurarmi che non fossimo osservati.

Incrociai subito un paio di occhi nocciola – occhi nocciola, adirati e furibondi – incorniciati da lunghe ciglia, che non avrei dovuto vedere. *Cazzo!* Il dottor Elliot era appoggiato al bar con le braccia conserte e mi fissava con uno sguardo di accusa. Ricambiai lo sguardo, con il biondino al mio fianco che mi stringeva il membro sempre più duro.

Non sapevo cosa fare, ma Elliot si stava già avvicinando a grandi passi verso di me, fermandosi a meno di un braccio di distanza. Non la smetteva di fissarmi. All'improvviso Dom si rese conto che avevamo compagnia e si girò a guardare l'intruso. Elliot lo ignorò e rimase a braccia conserte. «Hank,» ringhiò.

Il mio segreto era stato scoperto, ma se Elliot pensava che mi sarei scusato per qualcosa, si sbagliava di grosso. «DottorEllo,» lo salutai con un cenno del capo.

«Cosa ci fai qui?» mi chiese.

Ah, ovvio! Sto bevendo una birra mentre un bel ragazzino mi palpa in pubblico. Cosa pensi stia facendo? Lanciando un'occhiata insolente a Elliot, strinsi Dom a me, abbassai la testa e lo baciai. Dom rispose con entusiasmo, piegando il capo in modo da facilitarmi l'accesso alla sua bocca e alle sue labbra. Era uno schianto e mi eccitava, ma Elliot ci stava guardando e allora gli palpai per l'ultima volta quel culetto delizioso e mio malgrado lo spinsi via. «Dolcezza, adesso devo occuparmi di una cosa, mi dispiace. Facciamo un'altra volta?»

Anche senza guardare Elliot, a quelle parole avvertii la sua tensione aumentare a dismisura. Sarebbe scoppiato da un momento all'altro, e un dottore istruito come lui avrebbe dovuto sapere che tutto quello non faceva per niente bene alla sua pressione sanguigna. Dom s'imbronciò e lanciò un'occhiataccia al dottore. «Una lite tra amanti?»

«No. Più che altro un outing accidentale.»

Dom alzò le spalle ed estrasse da qualche parte del suo corpo un biglietto da visita bianco. «Il mio numero. Cioè, se ti interessa.» Poi fissò Elliot con sguardo risentito e mi infilò il bigliettino bianco nella tasca davanti dei jeans; rimase un attimo lì prima di allontanarsi e disperdersi tra la folla.

Sospirai mentre lo guardavo andarsene e poi mi voltai verso Elliot. «Ehi, DottorEllo. Chi immaginava di incontrarti qui!»

Avevo cercato di sdrammatizzare con una battuta, ma senza alcun successo.

«Ma che cazzo fai, Hank?» gridò lui, e rabbrividii a sentirlo imprecare. No, non sembrava per niente contento.

Cercai di bluffare. «Cosa vuoi dire?»

Mise le mani sui fianchi. «Magari avresti potuto dire qualcosina tipo "Ehi, anch'io sono gay" quando uno viene a scusarsi e ti prega di non dirlo a nessuno. Merda! Non c'è da stupirsi che l'hai presa così bene. Ti sei preso gioco di me per tutto il tempo?»

Aggrottai la fronte. «Certo che no. Sei gay, e allora? Non ha niente a che vedere con me. Come la mia omosessualità non è affar tuo.»

«Non è affar mio, dici!» Per poco non esplose davanti a me. «Sei un gran pezzo di merda, Hank!»

Ci stavamo guadagnando delle strane occhiate dalle persone attorno a noi. Sentii qualcuno dire che c'era una *zuffa tra cagnette*, e sapevo che dovevo calmare il dottore prima che facesse qualche stupidaggine.

«Dai, su, DottorEllo. Dovremmo…»

«Non mi chiamare DottorEllo!» disse quasi strillando. Gli spettatori e i pettegoli stavano formando un cerchio attorno a noi. Vidi un paio di omoni nerboruti vestiti di nero con scritto "Sicurezza" sulle magliette farsi largo tra la folla.

«Mi dispiace, Elliot. Ti chiamerò solo Elliot da oggi in poi.»

I buttafuori ci avevano quasi raggiunto. Li vidi osservare il corpo minuto di Elliot e poi squadrarono me. La postura di Elliot urlava tensione dalla punta dei piedi alla cima dei suoi capelli ricci, mentre io ero ancora tranquillo. Ciononostante, ero io a rappresentare il pericolo maggiore.

«Qual è il problema, signori?» chiese uno dei buttafuori quando si avvicinò. Fissava me e quindi risposi.

«Nessun problema, capo. Stavo per andarmene.»

Era un omone, tre o quattro centimetri più alto di me, con dei muscoli enormi da palestrato. Anche se avessi avuto voglia di fare a pugni, non avrei scommesso che sarei riuscito a batterlo. Annuì. «Ottima idea. Ti indico l'uscita, va bene?»

Annuii, finii la birra senza guardare Elliot, che era ancora furioso, e mi diressi verso la porta. Purtroppo il buttafuori aveva deciso che avevo bisogno di aiuto e mi afferrò il braccio, strattonandomi un po' il braccio malato, che avevo deciso di non fasciarmi per rimorchiare.

Urlai dal dolore. «Porca puttana!» E poi, in maniera stupida come faccio sempre quando mi trovo nei guai, sferrai un pugno. Colpii il tipo alla mandibola e lui cadde indietro per la sorpresa.

Sapevo di avere un problema caratteriale, e Paul mi diceva sempre che un giorno sarei finito nei guai per questo, ma ero un po' brillo e sentivo un male boia. Avevo perso il lume della ragione. Lo avevo colpito senza volerlo, e adesso ero nella merda fino al collo.

Il buttafuori cadde a terra e l'altro suo amico della sicurezza mi caricò di fianco. Barcollai, rimbalzando su alcuni osservatori sfortunati, ma non caddi. Il buttafuori mi afferrò con le sue braccia enormi e mi strinse. Il dolorimetro salì alle stelle. Urlai e cercai di scrollarmelo di dosso.

«Fermo! Hank! No, fermo! Ha una clavicola rotta!» Sentivo Elliot che gridava di lato a me, ma l'uomo che avevo addosso stava facendo pressione proprio nel posto sbagliato. Lo presi per la spalla e lo feci volare via. Il primo tipo si era rialzato da terra, si avventò su di me e mi sferrò un pugno sul naso.

Sentii un male cane.

Urlai di nuovo e abbassai la testa, caricai quell'idiota e lo buttai a terra assieme a una dozzina di clienti che si erano radunati attorno a noi per godersi lo spettacolo. Gli uomini gridarono come delle ragazzine, le ragazze strillarono come dei maialini e la situazione precipitò.

Arrivarono buttafuori da tutte le parti. Uno cercò di afferrarmi di nuovo il braccio che mi faceva male, e io sferrai un pugno, provando piacere quando lo colpii. Un altro mi assestò un pugno nello stomaco e uno sulla guancia prima che riuscissi a fermarlo.

«Fermo! Hank!»

Sentivo Elliot che gridava, ma lo ignorai. Ero circondato da tizi che volevano farmi male ed ero infuriato come un toro punzecchiato troppe volte. Uno mi afferrò da dietro e un altro cercò di agguantarmi per la testa. Mi difesi a pugni e calci.

«Oddio, vi prego, fermi! È ferito! Sono un dottore, ed è arrabbiato perché sente dolore.»

Mentre Elliot stava ancora cercando di calmare le acque, qualcuno mi afferrò il braccio sinistro e me lo torse dietro la schiena. Vidi le stelle mentre il dolore mi esplodeva nel cervello e mi faceva cadere in ginocchio, strappandomi un grido angosciato.

«No!»

Mi sentii salire la bile in bocca, stavo quasi per svenire dal dolore. Ma Elliot era lì. «Smettetela, cazzo! Ha una clavicola rotta. Fermi, fermi! È a terra. Fermi!»

Strizzai gli occhi e mi concentrai sul respiro per non svenire. Poi la pressione sparì. Ero stordito dal dolore, ma qualcuno stava cercando di farmi alzare in piedi. Mi accompagnarono fuori dalla discoteca. «Sinistra, destra, sinistra, destra, eccoci, Hank, dai, amico, sinistra, destra, sinistra, ti tengo io.»

L'aria fredda della notte fu un gran sollievo e caddi di nuovo a terra, questa volta stringendomi il braccio al petto. «Cazzo, cazzo, cazzo.» La testa mi girava all'impazzata, ma mi stavo allontanando dal baratro dell'incoscienza.

«Hank? Hank? Riesci a sentirmi? Apri gli occhi e guardami, amico. Devo vedere se stai bene o se hai bisogno di un'ambulanza.»

Riconobbi la voce di Elliot, anche se mi sembrava che venisse da lontano, come dal fondo di un tunnel. Rilassai la mandibola e battei le palpebre. Il suo volto era una maschera di preoccupazione. «Hank?» disse di nuovo.

«Cazzo, mi fa un male boia, DottorEllo!»

La sua espressione si rilassò e abbozzò un sorriso. «Lo so. Devo visitarti, pensi di riuscire a camminare fino alla mia auto? È proprio dietro l'angolo, nel sedile posteriore ho la mia valigetta.»

Mi aiutò a rimettermi in piedi e mi sorresse fino a quando raggiungemmo la sua macchina, che si trovava in un parcheggio sotterraneo. Aprì il portellone e mi fece sedere sul bordo del bagagliaio mentre prendeva la sua valigetta nera. Sembrava un'enorme borsa da palestra e, quando la aprì, vidi che conteneva un'infinità di articoli medici, tutti avvolti nei loro sacchetti sterilizzati. Mi girava ancora la testa, quindi mi appoggiai alla carrozzeria dell'auto; non battei neanche ciglio quando sentii l'ago della siringa pungermi il braccio.

«Hank? Sei ancora con me, amico? Questo ti farà passare un po' il dolore, va bene?»

Aveva ragione. Dopo qualche secondo galleggiavo su una nuvola a pois rosa e viola. In mezzo a quella nebbia, cercai di concentrarmi e di fare quello che mi diceva il dottore. Mi esaminò la clavicola, il naso e le nocche prima di legarmi il braccio al collo con una fascia di garza. Avevo un paio di tagli sulla mano e lui me li pulì. Poi in qualche modo mi sistemò un impacco di ghiaccio sul naso e mi disse di tenerlo fermo.

La nebbia si diradò e imprecai un paio di volte mentre Elliot mi aiutava a sistemarmi sul sedile del passeggero della sua auto, ma fu molto premuroso quando mi allacciò la cintura.

«Grazie, DottorEllo,» riuscii a dire prima che mi si chiudessero le palpebre.

Mi sembrò di sentirlo ridacchiare e dire: «Non chiamarmi DottorEllo.» Ma non ne ero sicuro perché mi addormentai all'istante.

CAPITOLO 8

La mattina seguente, sbattei le ciglia quando il sole mi colpì il viso e gemetti quando il dolore mi inghiottì dalla testa ai piedi. Sembrava che la testa mi stesse per esplodere, avevo una guancia e il naso gonfi e arrossati, i crampi allo stomaco, mi pulsavano le nocche e la spalla era un ammasso di agonia.

«Oh, buon Gesù!»

Il Signore non aveva tempo per i disastri ambulanti come me che non riuscivano a tenere a bada il loro caratteraccio, quindi non ottenni risposta. Riuscivo a malapena a tenere gli occhi aperti e mi resi conto che non sapevo dove mi trovavo. La stanza non mi era familiare, anche se era ovvio che fosse una camera d'albergo.

Appoggiai i piedi sul pavimento, deglutendo a fatica mentre la stanza girava. A parte la tracolla della fasciatura, non avevo nient'altro addosso oltre a un paio di slip neri. Sentii la doccia aperta nella stanza accanto e dedussi che il bagno fosse lì. E, merda, avevo un disperato bisogno di fare pipì.

La porta era socchiusa e mi affacciai. «Salve?»

Elliot fece capolino da una cabina doccia. Era fatta tutta di vetro ed era appannata a causa del vapore, ma si riuscivano ancora a distinguere abbastanza dettagli.

«Hank? Come va?» Il viso di Elliott mostrava preoccupazione, ma non era per nulla imbarazzato, o quantomeno non ancora.

«Scusa, dottore. Devo svuotare la vescica. Dimenticati per un attimo che sono qui.»

Il water era proprio accanto alla doccia, mi sforzai di non guardarmi attorno, sollevai con una mano il coperchio e mi abbassai l'elastico degli slip. Però, dopo aver bevuto tanto la sera prima, la vescica era piuttosto gonfia, sembravo un fiume in piena.

Cominciai a vagare con la mente e mi resi conto che, se il dottore avesse voluto, avrebbe potuto vedermi. Non che mi vergognassi di quello che avevo in mano. Era abbastanza grande da non dovermi nascondere per l'imbarazzo. Però fui improvvisamente sopraffatto dalla curiosità di vedere l'uomo nudo nella doccia accanto a me.

Quindi buttai un occhio.

Era snello e longilineo, il che non mi meravigliò. Però non sapevo della lieve peluria scura che gli ricopriva il petto, dei capezzoli rosa pallido che sembravano gustosi o del folto cespuglio attorno al membro non circonciso.

E la mezza erezione che emergeva da quel boschetto mi stava eccitando.

Alzai lo sguardo, incontrando degli occhi belligeranti, e mi strinsi nelle spalle. «Scusa.»

Non sapevo di cosa mi stessi giustificando, ma sembrò la cosa più giusta da dire. Non mi dispiaceva di aver guardato. Di certo non mi dispiaceva sapere come ce l'avesse. Non aveva nulla di cui vergognarsi.

Si voltò di schiena e continuò a insaponarsi il torace. Avevo detto che aveva il sedere rinsecchito, vi ricordate? Be', dovetti rivedere in fretta il mio parere. Non si poteva certo dire che fosse in carne, però valeva certamente la pena dargli una seconda occhiata.

Tirai lo sciacquone e tornai di filato nella camera prima che Elliot si accorgesse della mia erezione, sempre più evidente. Sfortunatamente i miei vestiti erano scomparsi. Sentii chiudersi il rubinetto della doccia e capii che era arrivato il momento di decidere dove sedermi. Se mi fossi seduto sul letto sarebbe stato una sorta di invito a fare qualcosa per cui non ero ancora pronto, se mai lo sarei stato. Rimanere in piedi mi sembrò una buona idea, ma si sarebbe visto tutto, dato che non indossavo quasi nulla. Alla fine optai per la sedia dietro al tavolo e aspettai.

DottorEllo uscì con addosso solo un telo da bagno. Mi lanciò un'occhiata fugace e imperscrutabile prima di raggiungere la valigia sulla panca ai piedi del letto. Il letto che avevamo ovviamente condiviso la notte prima.

«Uhm...» Deglutii mentre lo fissavo rovistare tra i vestiti e trovare quello che cercava. «Sai dove sono i miei vestiti?»

Alzò lo sguardo e poi, evidentemente stupito, si guardò intorno. «Ah! Saranno in bagno. È lì che ti ho spogliato ieri sera.»

Non è una cosa interessante da dire, eh? Diventammo tutt'e due rossi come peperoni e mi alzai per andare a prendere i vestiti, anche se voleva dire passare davanti a un Elliot nudo, coperto solo da un asciugamano. «Permesso,» mormorai, dileguandomi in bagno per vestirmi.

Purtroppo riuscii a mettermi solo i pantaloni e a malincuore dovetti chiedere a Elliot di slacciarmi la fasciatura da dietro la schiena per potermi infilare la camicia. Mi fece sedere sul letto e mi squadrò in modo professionale.

«Allora, come stai stamattina, Hank?»

Provavo ancora dolore se muovevo il braccio. «Fresco come una rosa, dottore.»

Non rise della mia battuta. Girò attorno al letto in modo da potermi guardare negli occhi. «Dimmi la verità questa volta.»

Sospirai esasperato. «Mi fa male. Ho dolore alle spalle, alla guancia, al naso e allo stomaco. Ma niente che un antidolorifico non possa curare.»

Mi guardò di sbieco per un attimo prima di accettare le mie parole. «Sai che quello che hai fatto ieri sera è stato stupido, vero? Cosa credevi sarebbe successo dando un pugno a un buttafuori?»

Chinai la testa. «Lo so... solo che... cazzo! Ho un caratteraccio, lo so. Devo imparare a controllarmi. Non è una scusa per quello che ho fatto, però ieri sera non ero molto felice.» Il dottore alzò un sopracciglio, con fare interrogativo. Sogghignai imbarazzato e provai a metterla sul ridere. «Mettiamola così. Ero lì calmo e tranquillo quando all'improvviso qualcuno del mio paese mi vede e scopre che sono un cazzo di frocio. Sono andato nel panico, poi quello è venuto da me e ha cominciato a urlare, facendo scappare quel gran figo che avevo sperato di farmi fino a quando tutta la frustrazione sessuale accumulata da tre mesi non fosse svanita. Quindi ero incazzato con lui – con il tipo che conoscevo – poi quando quello stronzo di buttafuori mi ha tirato per un braccio, facendomi vedere le stelle, non ci ho più visto. Scusa.»

La sua mascella si mosse un po', e pensai che stesse cercando di nascondere un sorriso, fino a quando finalmente disse: «Non sei un cazzo di frocio.» Quindi mi aiutò con la mia camicia.

Fine della storia. Mi rifece la fasciatura, mi aiutò a rimettermi le scarpe, mi disse che non potevo guidare, anche se sapeva che l'avrei fatto, e mi accompagnò alla porta. «All'ingresso dovrebbero essere in grado di chiamarti un taxi. Ci vediamo a casa, Hank». Quelle furono le uniche parole che pronunciò prima di chiudere la porta.

Ci rimuginai su per giorni interi.

Giovedì pomeriggio, Jimmie mi abbracciò per salutarmi e mi mise in mano una scatola di latta piena di biscotti fatti in casa. «Comportati bene, Hank,» disse. Gli avevo riferito cos'era successo e sapevo che ne avrebbe parlato con Murray quando me ne fossi andato. Gli avevo raccontato che Elliot mi guardava, del nostro litigio al night club e anche del fatto che gli avevo dato una sbirciatina mentre era sotto la doccia. Mi lasciò parlare, ma non mi diede nessun saggio consiglio. Si limitò a dire: «Fammi sapere come andrà a finire, okay?»

Il viaggio verso casa fu doloroso. Portavo a tracolla la mia solita fasciatura blu che mi permetteva di muovermi, però dovevo cambiare marcia con la sinistra, il che mi provocava un male cane. Una volta fuori città sarei riuscito a guidare meglio – la strada mi permetteva di viaggiare a centodieci all'ora e così facendo sarei arrivato a casa presto – ma il traffico cittadino richiedeva cambi di marcia costanti. Nonostante gli antidolorifici che avevo ingerito, il braccio continuava a pulsarmi dal dolore.

Arrivai a Narrogin all'imbrunire, così mi fermai per cenare in un pub locale. L'alba e il tramonto erano i due momenti peggiori per guidare per via dei canguri. Erano particolarmente attivi in quelle ore della giornata e investirne uno significava danneggiare l'auto, nonostante fosse provvista di barre protettive sulla parte anteriore. I canguri potevano essere più grandi di un uomo, e se ne colpivi uno potevano volare sul cofano rompendo il parabrezza.

Era più prudente fermarsi e aspettare che facesse buio.

Avevo ordinato da mangiare al bancone e mi ero voltato per trovare un tavolo, quando mi sentii chiamare: «Hank Woods!»

Guardai in avanti e vidi uno del posto. «Stewie Tanner! Ciao, bello. Che ci fai qui?»

Stewie era sulla cinquantina e viveva in campagna da tutta la vita. «Mia moglie aveva una riunione della parrocchia in città, così l'ho accompagnata.» La signora Tanner aveva un qualcosa che non andava alle gambe ed era in sedia a rotelle. «Per fortuna sei qui, così non ti devo nemmeno telefonare.»

«Sì?» gli chiesi sedendomi al suo tavolo. Stava ancora finendo di mangiare una bistecca con patate fritte.

«L'altro giorno ero a casa di Middy e ho visto i montoni che gli hai venduto. Sembra che tu abbia allevato delle belle bestioline, eh?»

Rimanemmo lì a parlare di bestiame mentre aspettavo la cena. Quando mi arrivò il piatto, Stewie aveva già promesso di venirmi a trovare la settimana seguente per controllare il mio gregge. La tenuta di Tanner era enorme – oltre un migliaio di ettari rispetto ai miei duecentocinquanta – ed era molto rispettato nella comunità. Stewie voleva almeno dieci montoni per farli accoppiare in primavera e, se li avesse comprati da me, ci sarebbero stati nuovi ordini l'anno dopo perché ero sicuro che dai miei montoni sarebbero nati degli ottimi agnelli. Era una bellissima e inaspettata sorpresa, e mi ripromisi di selezionare personalmente altri agnelli quell'anno.

Erano quasi le otto quando arrivai al cancello. In casa c'erano le luci accese. Attraverso le finestre spoglie, quelle alle quali non aveva tirato le tende, vedevo Paul seduto di fronte alla TV. Mentre mi avvicinavo alla casa, sentii Buck abbaiare come un matto. L'avevo lasciato a casa e lui non aveva gradito per niente. Mi venne incontro correndo, gli feci un gran sorriso e lo accarezzai dappertutto.

Che bello essere a casa.

Domenica scese una pioggia che avrebbe irrigato per bene tutti i miei campi, a meno che non fosse durata troppo a lungo. Stavo spalando via la merda dal pollaio con una mano, quando Buck mi avvertì che c'erano visite. Mi sporsi con la testa fuori dal pollaio e mi infradiciai tutto.

C'era il dottor Elliot in piedi sulla veranda del retro, con lo sguardo fisso sui terreni. Fischiai e aspettai che mi vedesse. Lui agitò la mano e fece per venire sotto la pioggia, così gli dissi ad alta voce: «Metti a bollire l'acqua, dottore! Arrivo fra cinque minuti!»

Mi diedi una lavata alla cisterna e cercai di pulirmi il più possibile le scarpe dal fango sul gradino prima di entrare in casa. La porta a zanzariera mi si chiuse alle spalle, mi tolsi gli scarponi nel ripostiglio all'ingresso e i calzini bagnati prima di entrare scalzo in cucina. Elliot si era accomodato, e la scatola di latta dei biscotti di Jimmie era in mezzo al tavolo mentre il bravo dottore leggeva l'ultimo numero di *Countryman*.

Alzò lo sguardo quando entrai e sorrise. «Ehi, Hank. Vedo che ascolti quando ti dico di non lavorare finché la spalla non è guarita.» Le tazze erano sul tavolo, pronte a essere riempite di acqua calda, quindi ignorai il suo sarcasmo e sollevai la teiera bollente. Mi indicò un articolo che stava leggendo. «Dice che di recente i montoni Border Leicester sono stati venduti a Moora per novecento dollari l'uno. Cavoli! Anche i tuoi costano così tanto?»

Scossi la testa. «No, io ho i Merinos. Possono essere venduti a quel prezzo se vengono da allevamenti di qualità, però ho bisogno di migliorare la mia reputazione prima di raggiungere quelle cifre. Spero in una buona stagione degli agnelli. Così potrò vendere i montoni e le pecore più vecchi e fare spazio per un'altra partita di montoni.»

Parlammo un pochino di pratiche di allevamento, poi alla fine Elliot disse: «Hank? Ti andrebbe di parlare di quello che è successo mercoledì sera?»

Scossi la testa, incredulo. Dove voleva arrivare Elliot con quei suoi discorsetti? Io preferivo ignorare completamente le cose. Notò la mia espressione e arricciò il naso.

«Lo so, lo so. So che detesti parlare. Cosa ne dici se parlo io e tu ascolti?» Assaggiai un'altra creazione di Jimmie e mi strinsi nelle spalle.

«Devi sapere perché mi sono arrabbiato così tanto con te al club,» cominciò. Mi prese alla sprovvista. Pensavo che la sua ramanzina avrebbe riguardato me e il mio carattere impulsivo.

Parlava in tono calmo, giochicchiando con il bordo del giornale. «Vedi, non è stato facile per me venire qua, trasferirmi in una zona rurale, intendo. Ho abitato tutta la vita in città, quindi è stato a dir poco uno shock culturale. Come se non bastasse, sono un estraneo in questa comunità. Non ho parenti da queste parti e, escluso il dottor Larsen, non c'è nessun altro con cui possa parlare del mio lavoro. Sono qui da quattro mesi, Hank, e non mi sono mai sentito così solo in vita mia. Sapevo che trasferirmi qui sarebbe stato devastante per la mia vita sessuale, ma non mi ero reso conto di quanto mi sarebbe mancato anche solo il cameratismo tra amici.»

Deglutii ed evitai di guardarlo negli occhi. Perlomeno, quando mi ero trasferito lì, avevo degli amici nelle vicinanze. Se duecento chilometri si potevano definire "vicino". E poi, ero cresciuto in campagna ed ero abituato alla solitudine.

Elliot sospirò. «Avevo deciso di tenere segreta la mia inclinazione sessuale, prima di partire da Melbourne.

Però non mi ero reso conto di quanti bei ragazzi avrei trovato venendo qui!» Quelle parole mi fecero sbuffare una risata. «Ti avevo notato un paio di volte prima che venissi in ambulatorio, Hank. Visto, piaciuto, sognato. Poi all'improvviso ti ho visto lì mezzo nudo e io ero solo, e la mia libido era fuori controllo. Non mi dispiace averti guardato, Hank. In questo modo siamo diventati amici. Sono venuto per scusarmi, aspettandomi che mi avresti mandato via urlandomi dietro e chiedendomi di non mettere mai più piede nella tua proprietà. E invece ho creduto di aver trovato un amico. Non sembrava che ti dispiacesse il fatto che fossi gay. Mi hai trattato allo stesso modo e mi hai persino preso in giro un pochino. È stato un gran sollievo, se devo essere sincero. È stato un sollievo poterne parlare, invece di fingere che mi piacessero le donne. Mi sei piaciuto, Hank. Che tu sia sexy non ci sono dubbi, però mi piace anche la tua amicizia.»

Sbattei le palpebre. «Anche tu mi piaci, Ell. Sei un po' un cazzone di città e non capisci niente di terra, però non mi fai sentire un ignorantone di merda. Non mi sento umiliato con te. Ascolti e impari.»

«Mi piace ascoltarti, Hank. Pensavo che fossimo amici, ecco perché ero così arrabbiato al club. Quando ti ho visto, credevo che qualcuno mi avesse messo un allucinogeno nel bicchiere. Sei entrato in quel posto con una tale sicurezza e hai rimorchiato uno dei ragazzi più belli del locale nel giro di due minuti. Sapevi quello che stavi facendo. Non eri lì per divertimento o per curiosità. Eri gay e io ero sconvolto. Perché non me l'hai detto prima? Sarebbero bastate solo due parole. "Sono gay", era tutto quello che avevi bisogno di dire. Avrei capito. Anzi, ti avrei compreso meglio di chiunque altro della zona, però me l'hai nascosto. Solo perché siamo entrambi gay non significa che dobbiamo fare sesso. Potremmo solo essere amici. Persone che parlano di quella cosa ogni tanto. Mi ha fatto incazzare che non ti fossi piaciuto abbastanza da aprirti con me.»

«Non è quello, Ell. Non ne ho mai parlato a nessuno.»

Annuì. «Logicamente lo capisco, ma mi ha ferito a livello emotivo. Avevo espresso il mio interesse per te in maniera abbastanza chiara e tu non sei riuscito nemmeno a dirmi che eri della mia stessa sponda. Non dovevi desiderarmi sessualmente – posso sopportare un rifiuto, Hank – però il fatto che tu non abbia nemmeno accennato alla tua sessualità mi ha fatto infuriare.»

«Scusa, Ell.» Non sapevo che altro dire. «Mi dispiace che tu mi abbia visto con quel tipo e mi rincresce anche che questo ti abbia ferito.»

Scoppiò a ridere, in maniera autoironica. «Lo devo ammettere, il mostro della gelosia ha sollevato un po' la testa. Tu, vestito di tutto punto, così sexy da farmi quasi sciogliere, dovevi proprio trovare un altro ragazzo carino che per poco non ti divora in pubblico? Odiavo quello stupido ragazzino.»

Ero sorpreso. «Chi, Dom? Era solo un corpo disponibile. Non significava nulla per me.»

«Non è stato per quello. Come ho già detto, solo perché entrambi siamo gay, non significa che dobbiamo andare a letto assieme. È come se si fosse infranto un sogno. Pensavo fossi etero e mi ero fatto dei castelli in aria su di te. Poi all'improvviso scopro che sei gay, e quell'adone mi ha fatto capire che sono fuori dalla tua portata…»

Feci un'altra risata nasale. «Che portata? Che idee ti sei messo in testa? Sono solo un ragazzo di campagna che corre dietro a un gregge di pecore nel pascolo quasi tutti i giorni. Può capitare che vada in un club e che qualcuno mi sbavi dietro, ma il giorno dopo fuggono tutti a gambe levate nella direzione opposta, grattandosi dappertutto per paura che li abbia sporcati con la merda di pecora.» Non mi dimenticherò mai di quel tipo che mi fece lavare le mani con la candeggina prima di farsi toccare.

Elliot scosse la testa. «Allora sono idioti. Come ti ho già detto, ti consideravo mio amico e non ho cambiato idea. Non mi interessa l'aspetto gay, Hank. Però avrei voluto che me l'avessi detto.»

Abbassai la testa per la vergogna.

Mi venne vicino e mi appoggiò una mano sulla spalla. «Quindi chi lo sa? Middy? Neil?»

Scossi la testa. «Papà e Paul. Quello è stato il motivo della lite. Hai capito? Quando papà mi ha cacciato fuori di casa? È stato per quello che me ne sono dovuto andare. Papà ha paura che se qualcuno venisse a sapere del mio segreto, getterebbe il suo nome nel fango. Perderebbe lavoro e amici. Anche zio Murray e il suo compagno Jimmie lo sanno. Ma a parte loro, ne sono a conoscenza solo quelli che mi vedono al club. Non mi sarei mai aspettato che qualcuno delle mie parti venisse a una serata di lotta nel fango tra lesbiche nel miglior bar gay della città.»

Ci sorridemmo a vicenda. «Diamine! Io neanche lo sapevo fino a quando sono arrivato,» farfugliò Elliot. «Ero stato al club un paio di volte prima, ma mai di mercoledì. Ero sul punto di mollare tutto e andarmene, quando sei arrivato.»

Feci una smorfia. «Non credo che saremo più i benvenuti, per un po' almeno. Mi dispiace.»

Elliot si strinse nelle spalle. «L'ambiente dei club non fa per me in ogni caso. I ragazzi più carini rimorchiano tutti i figoni di campagna e di solito mi lasciano a bocca asciutta. Per un po' dovrò accontentarmi delle inserzioni.»

Ero imbarazzato perché era vero, in un bar io non l'avrei mai scelto. C'erano molti altri tipi più belli e disponibili però, per qualche strano motivo, l'idea di portarmi a letto Ell anziché Dom era più eccitante. «Ho ancora il numero di Dom,» gli confessai con un sorriso. «Te lo posso passare, se vuoi.»

Scoppiò a ridere. «Ho l'impressione che Dom ne sarebbe un po' seccato, anche se fossimo compatibili, e di questo dubito fortemente.»

Lo guardai con aria interrogativa. «Cosa intendi con "non siamo compatibili"? Credi che ti direbbe di no? Dopotutto non era così sexy. Era solo il primo che aveva catturato la mia attenzione.»

Questa volta la risata di Elliot fu più incerta, un po' nervosa, benché allegra. «Non è quello che intendevo, Hank. Non hai mai sentito parlare della "partita doppia?"»

Quell'espressione mi lasciò basito e dovevo averlo mostrato perché Elliot arrossì, leccandosi le labbra.

«Ah… hai capito? Attivi e passivi? Sono quasi sicuro che tu sia attivo e Dom passivo.»

Partita doppia…

Mi si accese la lampadina e dondolai sulla sedia per l'imbarazzo. *Ti prego, Hank! Non fare domande…*

«Allora, sei passivo?»

Mi sarei preso a sberle quando sentii le parole uscirmi dalla bocca. A proposito di andare sul personale!

Elliot era rosso come un peperone, ma riuscì lo stesso a sorridermi sfacciatamente. «Ti dirò che di certo lo preferisco, ma non mi dispiace neanche il contrario. Però, sono pressoché sicuro che Dom non avrebbe voluto fare a turno.»

Deglutii, tentando di censurare l'immagine mentale di Elliot a gambe divaricate sotto di me, e per poco non sentii la sua domanda.

«Quindi, adesso che ti ho fatto le mie confessioni, dovrai farmi le tue. Che mi dici di te, Hank? Sei attivo o passivo?»

Abbassai una mano per cercare di sistemarmi i jeans. Nessuno prima di quel momento mi aveva mai fatto una domanda simile. Anche tutti quelli che avevo rimorchiato al club l'avevano dato per scontato. «Uhm... non ci ho... cioè... io sono sempre stato quello che... hai capito?»

Parlarne mi metteva in imbarazzo, invece per Elliot era una cosa normale. «Ah. È un peccato. Dovresti provarlo, una volta. Secondo me ne vale la pena.»

Ero sicuro che l'indomani i giornali avrebbero riportato un'anomalia termica nella regione di Dumbleyung, le temperature avevano sicuramente subito un aumento di parecchi gradi, il tutto dovuto al calore che emanavo dalle guance. Elliot lo notò e scoppiò in una risata fragorosa. Lo guardai torvo e lui agitò una mano verso di me.

«Il karma è una brutta bestia, vero Hank? Sapevo che te l'avrei fatta pagare per avermi chiamato DottorEllo.»

«Continuerò a farlo, bello,» gli dissi.

Finse di lanciarmi uno sguardo innocente e sorrise. «In alto i ca... lici, Hank.» Diventai paonazzo.

Stava ancora ridendo di me quando uscimmo di casa insieme, un'ora più tardi.

CAPITOLO 9

Era domenica, il che voleva dire football. Siccome non potevo giocare con la clavicola rotta, fui costretto a starmene seduto a bordo campo, urlando insulti ai miei compagni di squadra. Me l'aspettavo. Per quello mi ero trascinato dietro DottorEllo.

Io portai le sedie e lui la borsa termica piena di birre, trovammo un posticino sul prato riservato agli spettatori. Sembrava che avesse intenzione di smettere di piovere, il che avrebbe voluto dire una bella partita all'insegna di fango e scivoloni. Mi dispiaceva non poter giocare.

Mi intrufolai negli spogliatoi per salutare e incitare i ragazzi e poi tornai subito da Elliot, al freddo e sotto la pioggia.

«Allora, per che squadra tifi?» gli domandai mettendomi a sedere dopo aver preso una birra. Parlammo un po' dell'Australian Football League finché non suonò la sirena e l'arbitro fece rimbalzare il pallone sul campo zuppo d'acqua per dare inizio alla partita. Per i venti minuti successivi cercai di incitare la mia squadra con consigli e incoraggiamenti, applaudendo a ogni touchdown e insultando tutti i giocatori del Wagin. Rimasi entro il limite della decenza: in campagna, andare a vedere il football era uno dei passatempi preferiti delle famiglie e c'erano molti bambini in giro.

Quando la sirena suonò alla fine del quarto, mi sedetti e guardai Elliot con un'espressione colpevole. L'avevo invitato alla partita e poi non gli avevo prestato attenzione per ben venti minuti.

«Merda, scusa, DottorEllo. Mi sono lasciato prendere un po' troppo. Non volevo ignorarti.»

Mi fece un sorriso solidale. «Non c'è problema, Hank. Anch'io mi stavo godendo la partita. Vedo che il football ti piace proprio tanto, è stato bello starti a guardare mentre per poco non te la facevi addosso tutte le volte che un giocatore del Dumbleyung tentava di fare touchdown.»

«'Fanculo, DottorEllo!» gli risposi in tono scherzoso.

Alzò la bottiglia di birra e disse semplicemente: «In alto i ca… lici, Hank.»

Boom! Di botto avvampai, mi eccitai e mi arrabbiai. Mi sedetti in fretta e furia sulla sedia per evitare che qualcuno notasse la mia erezione fulminea. Elliot aveva un sorriso adorabile sul volto e mi guardò sotto la cintura. Avrei giurato di averlo sentito bisbigliare qualcosa sulla legge del karma, poi sbottai: «Di sicuro non ti darò il numero di Dom.»

Scoppiò a ridere e mise la mano nel sacchetto di patatine che avevo portato. Glielo strappai, lui si mise il dito in bocca e lo succhiò. «Mmm, salato.»

Tentai di guardarlo male, ma alla fine mi venne da ridere. Il mio uccello non si stava comportando bene, così mandai Elliot in mensa a comprare dei tortini salati mentre io cercavo di domare la mia libido. Era molto irritante. Erano tre anni che abitavo in quella città e non mi era mai venuto duro in pubblico, non importava quale fosse la provocazione. Adesso c'era una persona che sapeva il mio segreto e quella cosa mi faceva uscire dai gangheri.

Cercai di togliermi dalla testa culi e sesso gay e quando iniziò il secondo quarto cominciai a tifare a squarciagola.

Durante l'intervallo, con solo una piccola macchia di salsa di pomodoro sulla maglia per ricordarmi che avevo appena pranzato, portai DottorEllo negli spogliatoi. I ragazzi erano tutti ricoperti di fango, ma erano anche contenti perché erano in vantaggio di tre mete sul Wagin. Avevano fatto stendere Rooster con le gambe sollevate e gli avevano messo del ghiaccio sulla caviglia, e notai Elliot lanciargli un paio di occhiate mentre io e Neil parlavamo di come marcare un giocatore e di non perderlo d'occhio.

Alla fine diedi una gomitata a Elliot. «Vai a dargli un'occhiatina, dottore. So che muori dalla voglia. Nessuno ti urlerà dietro se ti prendi cura di lui.» Mi fissò con uno sguardo carico di delusione, sollievo e irritazione. Poi si avvicinò a Rooster e gli parlò, indicando la caviglia.

Sorrisi e mi voltai verso Neil. Mi guardava strano. «Cos'è successo?»

Mi strinsi nelle spalle. «Non stava più nella pelle perché voleva andare da Rooster a sistemargli la benda.»

«Come facevi a saperlo?»

Lanciai un'occhiata a Neil. Aveva un paio di anni più di me ed eravamo andati a scuola assieme per quattro anni al lago King. Ci eravamo riconosciuti la prima volta che ero venuto a una partita di calcio nella mia nuova città e poco dopo mi aveva chiesto di giocare nella squadra. Era di bassa statura ma atletico e veloce sui piedi, il che significava che era un ottimo centravanti. Aveva anche un sorrisetto permanente inciso sul volto ed era il miglior amico di tutti. Era a conoscenza dei segreti e dei pettegolezzi su ogni abitante nella zona perché era il tipo di persona che sapeva ascoltare e fare domande al momento giusto, non potevi non vuotare il sacco con lui. Se c'era una persona che avrebbe potuto carpire il mio segreto, quello era Neil.

A parte il fatto che gli nascondessi il più grande segreto di tutti i tempi, Neil era comunque mio amico. Era il migliore e sono sicuro che sapeva di zio Murray e del suo "incidente". Quelle storie vengono raccontate ai ragazzini a mo' di avvertimento.

Alzai le spalle e gli dissi: «Sai di zio Murray, vero? Ti ricordi che ho vissuto con lui in città per un certo periodo?» Annuì. «Zio Murray non è più un allevatore, però ce l'ha ancora nel sangue. Lavora a maglia, sai? Si fila la lana da solo su un vecchio filatoio e fa maglioni ai ferri per tutti i suoi amici. Adora la lana. Se ci nasci in mezzo, non credo sia possibile scrollarsela di dosso. Quando abitavo con lui in città, siamo andati a qualche fiera agricola assieme. Bastava che vedesse uno stand dimostrativo sui lavori a maglia o sui filati per andare in brodo di giuggiole. Fremeva e si irrigidiva, girando le spalle allo stand, cercava di ignorarlo ma poi io lo incoraggiavo ad andare a vedere e lui si precipitava come un razzo, guardava i velli e i filatoi con occhi incantati. Parlava per ore con chi aveva la sua stessa passione.»

Indicai Elliot con un cenno del capo mentre liberava gentilmente la ferita di Rooster dalle bende. «Lo stesso vale per il dottore, credo. È un dottore perché ama il suo mestiere. Lo fa per passione. Me ne sono reso conto quando mi ha curato la spalla e quando mi sgridava perché pensava che lavorassi troppo. Ti ricordi il dottore che avevamo un paio di anni fa? Randeep o come cavolo si chiamava? Lui faceva il medico per i soldi e per il prestigio. Non gliene fregava un cazzo dei suoi pazienti. Elliot, invece? È della stessa pasta del dottor Larsen. È un dottore perché vuole aiutare la gente.»

Neil irrigidì il viso e guardò Elliot. «Tu dici?»

«Ne sono convinto. Mi è venuto a trovare a casa per assicurarsi che non lavorassi troppo. Uno che si fa ottanta chilometri andata e ritorno per controllarti? È una persona che si preoccupa per gli altri.»

Neil stava ancora fissando l'angolo dove Elliot stava rifacendo la fasciatura al piede di Rooster. «Sei sicuro che non ti faccia il filo, Hank? Non si può mai sapere, con questi cazzoni di città.»

«Ma va'. Non è così.» *Insomma...* «Ti posso assicurare che non ci ha provato o altro e mi scoccerebbe se mettessi in giro queste voci. Questa città ha bisogno di bravi dottori, e giuro che ti spaccherò la testa se metterai delle chiacchiere in giro solo per il gusto di spettegolare.»

Neil era proprio una vecchia comare quando si trattava di pettegolezzi. Non avevo idea di come potesse sapere tutte quelle cose, ma era una fonte inesauribile di storie e segreti. Speravo che, avendolo avvertito, avrebbe smesso di fare ipotesi sulla sessualità di Elliot. Ma speravo anche che parlare bene di DottorEllo gli sarebbe valso il rispetto che si meritava e forse qualche amico. Le parole di Elliot su come si sentisse solo in campagna mi risuonavano ancora nelle orecchie.

Ma la mia interferenza non fu necessaria. Quando ci trascinammo fuori per vedere la seconda parte della partita, Rooster venne con noi. Elliot lo fece sedere comodo su una sedia e gli mise la caviglia slogata sulla borsa termica. Lui e Rooster cominciarono a parlare mentre io continuavo a incitare a pieni polmoni la squadra, quando il Wagin aveva accorciato le distanze di un paio di punti.

Non appena la sirena annunciò la fine del terzo quarto, il cellulare che Elliot teneva in tasca prese a squillare.

Il dottore guardò lo schermo con espressione accigliata e rispose subito. «Pronto?» Ci fu una pausa ed Elliot alzò lo sguardo preoccupato. «Sono sul campo di football a vedere la partita. Sarò lì in due minuti. Continuate a fare pressione sulla ferita.»

Pigiò un dito sullo schermo e mi cercò con lo sguardo. Aveva la macchina a casa mia perché ero stato io ad accompagnarlo in città. Non aspettai neppure una spiegazione. Era evidente che ci fosse una specie di emergenza in ospedale. Mi frugai in tasca e tirai fuori le chiavi. «Prendi la mia macchina. Vengo a cercarti in ospedale dopo la partita.»

«Grazie, Hank.» Prese le chiavi e corse verso il parcheggio.

Io e Rooster ci scambiammo uno sguardo, uno di quelli allarmati e preoccupati. Eravamo turbati per il fatto che qualcuno nella nostra piccola comunità si fosse fatto male, ma sapevamo anche che non potevamo fare nulla per aiutarlo. Del resto i pettegolezzi ci avrebbero presto aggiornati.

Avevo ragione. Prima della sirena finale, ci informarono che il figlio maggiore di Chris Palmer si era fatto un brutto taglio con un coltello. Il ragazzo aveva probabilmente solo tredici anni, era un adolescente pieno di lentiggini che adorava il padre. Sarah Mason diceva di aver sentito che stavano tagliando gli zoccoli al bestiame quel giorno, quindi tutti sapevamo che poteva essere grave. Quelle lame da rifilatura erano affilatissime, per rendere il lavoro più veloce possibile.

Quando arrivai in città, scoprii che Elliot non c'era più. Era salito in ambulanza con il ragazzo e stavano correndo all'impazzata verso l'ospedale di Katanning per un intervento chirurgico. Entrai nella clinica e trovai Gloria ancora in servizio. Quando feci capolino, stava raccogliendo degli asciugamani zuppi di sangue.

«Ehi, Gloria.»

Era pallida e scossa, ma mi fece un sorriso. Gloria era una brava ragazza, senza grilli per la testa e con grande senso pratico. Una donna da sposare, se solo mi fossero piaciute le ragazze. Era carina, con i suoi jeans e gli stivali, ti faceva subito sentire a tuo agio. Una ragazza di provincia che era andata in città a studiare, ma aveva scelto un ramo che le permettesse di tornare alle sue radici e di rendersi utile alla comunità.

«Ehi, Hank. Hanno vinto i ragazzi?»

«Certo. Come potevi solo pensare che perdessimo? Sono sicuro che Neil ti farà una descrizione dettagliata della partita, se ti interessa.»

Arrossì un pochino e non rispose, il che mi bastò per capire. Forse non ero l'unico in città ad avere segreti. «Il dottor Montgomery ha detto che saresti venuto per prendere le chiavi. Sono contenta che fosse alla partita e non a casa tua quando l'ho chiamato.»

Le lanciai uno sguardo comprensivo. «Allora, il figlio dei Palmer se la caverà?»

Sospirò. «Il dottor Montgomery ha detto di sì, anche se ha perso molto sangue. Ero già pronta a chiamare l'elisoccorso da Perth, ma quando è arrivato sembrava calmo e tranquillo. Ha ricucito l'arteria o qualcosa del genere per fermare l'emorragia, però il ragazzo deve essere operato comunque. Credo che sia vero quello che il dottor Larsen ha detto di lui.»

Quelle parole solleticarono la mia curiosità. «Cosa ha detto il dottor Larsen di lui?»

Gloria tirò via le lenzuola impregnate di sangue dal lettino e le mise nel sacco verde della lavanderia. «Il dottor Larsen ha detto che Elliot ha superato tutti gli esami con il massimo dei voti e che ha avuto ottimi risultati durante il tirocinio in ospedale. A quanto pare, gli ospedali migliori di Sydney e Melbourne lo avevano pregato in ginocchio perché si specializzasse in chirurgia, ma lui voleva fare il medico di base. Larsen ha detto che non ci poteva credere che uno bravo come il Dottor

Montgomery venisse a lavorare in una piccola cittadina, dove non c'è possibilità di fare soldi.»

«Quindi è meglio che ce lo teniamo stretto, no?» le domandai. «Potrebbe piantarci in asso e abbandonare noi, povera gente di campagna, attirato dalle luci della città?»

Gloria mi guardò in tralice per un tempo che sembrò infinito. «Ci sono già una decina di donne desiderose di prendersi cura di lui per tutta la vita. È un vero tesoro. Le donne gli cascano ai piedi. E lui cosa fa? Si rifugia a casa tua.»

Scoppiai a ridere. «Noi scapoli dobbiamo prenderci cura l'uno dell'altro. Voi donne ci volete portare all'altare prima ancora che ci rendiamo conto se sia domenica o martedì. Gli sto insegnando l'istinto di conservazione.» Ci sorridemmo e poi le chiesi il numero di cellulare di Elliot. «Gli farò uno squillo per sapere quando torna a casa, così potrò restituirgli la macchina,» le dissi.

Gloria mi appuntò il numero, e io inviai un messaggio a Elliot prima di dirigermi verso casa.

Fammi sapere quando torni. La tua macchina è ancora da me. Spero che il ragazzo stia bene.

Mi arrivò una risposta dopo le otto di sera.

Merda, Hank! Sono a Perth. Ho scroccato un passaggio in ambulanza col paziente e ora sono bloccato!

Risi fragorosamente nella mia casa vuota e risposi. *Vuoi che ti dia il numero di Dom? Forse si potrebbe prendere cura di te stanotte.*

Mi aspettava al varco. *Che cazzo dici? Stai scherzando, spero!*

Ero turbato dall'essermi reso conto che ero *contento* che non volesse il numero di quel figo. Per fortuna che non dovevo pescare nel mio giardino! Gli risposi. *Dammi cinque minuti e ti chiamo, okay?*

Telefonai a Neil, il gazzettino ufficiale.

«Pronto?»

«Neil, amico mio! Sono Hank. Il dottore è bloccato a Perth. Ci è arrivato in ambulanza con il paziente. Conosci qualcuno che deve tornare nelle prossime ventiquattrore?»

Sentii una risatina di donna in sottofondo. Avrei giurato sulla Bibbia di mia madre che fosse Gloria, ma Neil la coprì con la sua voce. «Ken Darby. È uno dei poliziotti alla stazione di polizia di Nyabing. È andato a Perth questo weekend perché venerdì sua figlia maggiore ha avuto un bambino. Torna domani e passa lì vicino. O forse Sue-Ann, la moglie di Frank Watson. Frank sta vendendo il bestiame e Sue-Ann andava col camion ai mercati.»

Scossi la testa davanti alla conoscenza di Neil. Come diavolo faceva ad avere tutte quelle informazioni? Con una telefonata alla stazione di polizia di Nyabing mi feci dare il numero di Ken. Poco dopo ero già al telefono con lui. Mi promise che sarebbe andato a prendere Elliot l'indomani.

Feci il numero di Elliot. Rispose subito. «Hank!»

«Ehilà, DottorEllo! Ti sei perso? Come diavolo hai fatto a finire a Perth?»

Sogghignò. «Maledizione, questo cazzo di Paese è troppo grande! A Melbourne rimanevo col paziente quando venivano trasferiti da un ospedale all'altro e poi bastava prendere un taxi per tornare a casa. Eravamo partiti da due ore per andare da Katanning a Perth quando all'improvviso mi sono reso conto che Dumbleyung non ha un servizio di taxi!» Si mise a ridere per la sua stupidità e sentii il calore irradiarsi su di me. Non poteva trattarsi di attrazione. Non era da me. Io volevo solo una scopata e via.

«Sì, anche con i soldi di tua madre, ti costerebbe almeno un paio di organi tornare a casa in taxi,» gli dissi scherzando.

«Per fortuna che ho due reni, eh?»

«Non ti preoccupare, puoi tenerteli. Ti ho trovato un passaggio a casa per domani e non ti costerà nemmeno un pompino.» *No, Hank! Non starai mica cercando di sedurlo, vero?*

«Sì? Bisogna vedere chi è il beneficiario di questo pompino, prima che decida se mi sento sollevato o triste per questo.»

«Guarda, spero che tu stia scherzando, perché chi ti darà un passaggio a casa è un poliziotto sulla cinquantina. Spero vivamente che non gli farai delle avances.»

Ci fu una pausa. Poi Elliot riprese a parlare con una voce dolce, più bassa, intima nonostante la distanza tra noi. «Forse mi limiterò a offrire il pompino alla persona che mi ha organizzato questo passaggio magico, allora.»

Una mano mi scivolò sull'uccello, la strofinai sui pantaloni del pigiama di cotone. Avevo già una mezza erezione solo per aver parlato a quell'uomo, poi lui mi aveva anche messo delle idee in testa! L'alzabandiera adesso era al completo.

«Cazzo, DottorEllo!»

Aveva una risata sexy e particolare. «Eh... il tuo possiamo metterlo in un bel posticino, se ti va.» Ansimai a voce alta e strinsi forte la mano attorno al membro. Elliot rise ancora di più. «Oddio! Mi sembra di capire che qualcuno sia pronto. Sei eccitato, Hank?»

«Sei un coglione di merda, Ell! Ho cercato di essere carino con te, ti ho procurato un passaggio a casa e tu mi prendi in giro così? Ma che cavolo di amicizia è questa?»

«E chi ha detto che ti sto prendendo in giro, Hank? E per tua informazione, sono bravo sia di bocca che di mano. Cosa preferisci, Hank?»

Cercai di pensare a qualcosa di sgradevole e per niente sexy. Bagni antiparassitari per le pecore.

Castrazione degli agnelli. Tosatura nella canicola estiva. Raccolti pieni di muffa.

Niente da fare.

Me lo tirai fuori dai pantaloni e gli diedi un paio di strizzate. «Mi sa che ti devo richiamare tra due minuti, dottore,» dissi con una voce profonda ed eccitata, e sapevo benissimo che avrei impiegato meno di due minuti per finire, visto lo stato in cui ero.

«No!» quasi urlò. «Ti prego, Hank. Sono solo soletto in una stanza d'albergo. Ti prego, puoi comportarti da amico e parlare con me, vero?»

Allora era proprio sadico. Se lo doveva immaginare il motivo per cui l'avrei richiamato dopo due minuti. O era proprio di coccio? «Ell…»

«Ti stai toccando, Hank? Ce l'hai in mano?» No, non era di coccio… almeno non in testa. Sapeva esattamente cos'avevo in mano. «Anch'io ce l'ho in mano, Hank. Ti desidera. Si sta bagnando pensando a te. Sta immaginando la mia bocca su di te.»

Quell'immagine mi fece fremere. Presi a masturbarmi con più vigore e irruenza, e immaginai Elliot fare lo stesso. Lo vedevo seduto sul letto di una camera d'hotel, il corpo snello e quel cespuglio di peli pubici neri, mentre si sfregava il suo bell'arnese, provocandomi al telefono. Ansimavo sempre di più e speravo che non sentisse il rumore dello sfregamento della mano sull'asta.

Gemetti, ad alta voce.

«Ecco, Hank. Dimmi a cosa stai pensando,» ansimò nel telefono. Quel respiro profondo mi fece venire i brividi lungo la schiena.

«A te.» Quelle parole mi uscirono di bocca prima che potessi fermarle. Serrai gli occhi e riuscii a vederlo chiaramente nella mia testa. Il mio orgasmo si stava avvicinando rapidamente e mi ripromisi che avrei pensato dopo a tutte le possibili conseguenze di quella chiamata. In quel momento avevo bisogno di una sola cosa.

«Sì? Cosa sto facendo, Hank?»

Mi sembrava che la mia lingua fosse calda e gonfia nella bocca. Mi bruciava la pelle per l'attrito perché non avevo messo abbastanza lubrificante, ma non mi importava nulla. Mi lasciai uscire di bocca la verità. «Sei sul mio letto, carponi.»

Poi venni. L'aver dato voce a quell'immagine fu sufficiente a lanciarmi in orbita. Si riversarono fuori dal mio uccello dei copiosi fiotti bianchi, ed emisi suoni indistinti mentre mi stringevo forte l'asta. Serrai la mano attorno al ricevitore e digrignai i denti, in balìa di quell'estasi che durò un minuto intero.

Poi il buonsenso fece capolino, strisciando su di me come in un mattino di nebbia. La foschia si diradò e io sbattei le palpebre, mi guardai attorno e mi accorsi che ero in salotto con la TV accesa e non nella mia stanza a penetrare il corpo desideroso di Elliot come avevo immaginato. Sospirai e guardai il telefono. Lui era ancora in linea, il che voleva dire che ero appena venuto nella mia mano mentre il dottore ascoltava. Mi riportai il ricevitore all'orecchio.

«DottorEllo?»

«Ci sono... quasi...» La voce di Elliot era ansimante e tesa. Lo sentii rantolare mentre raggiungeva l'apice del piacere.

Mi misi a ridere. «Cazzo, DottorEllo. Mi hai fatto imbrattare di sperma tutta la poltrona del salotto. Se mio fratello dovesse chiedermi della macchia, come faccio a spiegargli che è perché ci siamo fatti una sega al telefono?»

«Ah!» L'urlo di Elliot fu come la panna montata in cima a una pavlova. E io già adoro la pavlova. Aspettai che si riprendesse, sorridendo come un bimbo in un negozio di dolciumi per tutto il tempo.

«Ci sei ancora, DottorEllo?»

«Sì… credo di sì…» Sembrava un po' incerto. Io avevo avuto un po' più di tempo per tornare in me, e lo stuzzicai.

«Pensi di farcela ad annotarti il numero di uno che devi chiamare? Oppure hai ancora il cervello atrofizzato per mancanza di sangue?»

Sogghignò. «Non vorrai mica darmi il numero di Dom, vero?»

«No. Puoi farmi un favore? Pulisciti la mano e prendi una penna.» Nessuno dei due negò quanto era successo, a entrambi i capi del telefono. «Ti darò il numero di telefono della persona che ti porterà a casa domani. Si chiama Ken. Aspetta un tuo messaggio e ti verrà a prendere all'hotel alle sette di domani mattina.» Attesi che si riprendesse per trovare una penna prima di dargli il numero. «Ken ti porterà fino qua e ti farà scendere alla Whin Bin Rock Road, subito dopo Highbury. Ti verrò a prendere lì e ti porterò a casa mia, così potrai recuperare la macchina.»

«Okay. Grazie, Hank. Mi hai salvato la vita. Se non fosse stato per te, sarei dovuto tornare in pullman.»

«Ma figurati,» dissi. «Basta sapere a chi telefonare. Questa chiamata mi costerà di più di quelle linee che ti fanno pagare al minuto, però ho ancora una domanda, poi ti lascio. Come sta il figlio dei Palmer?»

Elliot sospirò. «Ha avuto una fortuna sfacciata, a essere sincero. Se non fossi stato così vicino alla città, sarebbe finita in un altro modo. Io e un altro dottore l'abbiamo ricucito a Katanning, ma non è stato sufficiente. Proprio in questo momento sta subendo un intervento di microchirurgia. Non so come tu faccia a sopportarlo, Hank. Là fuori, in campagna, un bambino potrebbe morire dissanguato prima che arrivino i soccorsi medici. Non so se me la sentirei di avere la responsabilità di salvare delle vite senza rinforzi. Se non mi avessi invitato alla partita... se mi avessi chiesto di rimanere ad aiutarti nella fattoria, i genitori di Jackson Palmer in questo momento starebbero organizzando un funerale.»

Deglutii, pensando a quanto fosse facile passare dalla vita alla morte. «Però tu *c'eri*, dottore. E fai del tuo meglio con quello che hai. Questo è tutto quello che possiamo fare. Ci saranno giorni come oggi in cui sarai fortunato, ma altre volte sarà troppo tardi. Ti puoi colpevolizzare se vuoi, ma finirai per essere così stravolto che non sarai utile a nessuno. Nemmeno come allevatore di pecore. Adesso vai a letto, ci vediamo domani, va bene?»

«Va bene.» Silenzio. «Hank?»

«Sì?»

«Grazie. Ci vediamo domani.»

CAPITOLO 10

Parcheggiai l'auto sulla Whin Bin Rock Road e tirai fuori la mia copia di *Countryman*. Era l'unica cosa che leggevo. Immaginai la faccia che avrebbe fatto Elliot se l'avesse scoperto. Lui era un dottore e aveva sicuramente letto un milione di libri in vita sua. Se avesse scoperto quanto ero tonto, sarebbe fuggito a gambe levate.

E non ero sicuro che fosse quello che desideravo.

Avevo passato le ultime dodici ore a odiarmi, vergognarmi e pentirmi. Non avevo idea di cosa mi avesse fatto agire così impulsivamente. Sesso al telefono? Con qualcuno della mia stessa città? Quanto pericoloso e insensato poteva essere, per il segreto che volevo mantenere? E non osavo neppure immaginare cosa pensasse Elliot del nostro rapporto.

Considerava quanto successo come un via libera per continuare a un livello ancora più sessuale? Adesso eravamo più che amici? Credeva che avremmo avuto una storia, nella campagna più profonda, all'insaputa di tutti? Una relazione segreta? O peggio ancora, una relazione *non così segreta*? Pensava che avrei sbandierato il nostro legame – qualunque esso fosse – al mondo intero?

Ma quello che più importava, io cosa volevo? Un amico? Un amante? Un trombamico?

I miei sogni erano pieni di angeli in miniatura che assomigliavano spaventosamente alle persone che conoscevo, ognuno mi spingeva a fare cose diverse.

C'era l'angelo di mio padre, vestito tutto di bianco con un paio di ali diafane, con il volto che si contorceva mentre mi diceva che facevo schifo ed ero un pervertito, che dovevo starmene alla larga da qualsiasi relazione sessuale vicino casa per evitare di venire scoperto. Quell'angelo furibondo sussurrava che ero scandaloso e che dovevo provare la mia mascolinità attraverso una reputazione impeccabile, e che dovevo rendere mio padre orgoglioso di me.

Ma poi c'era l'angelo Paul, anche lui con tanto di ali e aureola, che spingeva via l'altro e mi diceva che non c'era niente di male nell'essere gay e che avrei dovuto farlo sapere anche agli altri. Quell'angelo mi sussurrava di amare con tutto me stesso un'altra persona, di non rimanere da solo, di continuare ad andare avanti restando fedele al mio percorso.

Poi arrivava un altro angelo in un attillato abito bianco, che somigliava molto a Dom, a ricordarmi la regola del "divieto di pesca". Veniva verso di me agitando il didietro e mi diceva che, se le mie regole avevano funzionato per tre anni, perché dovevo cambiarle?

Questi veniva zittito e spinto via dall'angelo Elliot. Quell'angelo mi guardava con tristezza e mi diceva che le cose peggiori che mi sarebbero mai potute capitare nella vita erano restare solo e sentirmi tale.

Con mia grande sorpresa, lo affiancavano Neil e Middy. Apparivano entrambi ridicoli vestiti di bianco, sghignazzavano e si spintonavano come se fossero su un campo da football. Nel sogno li guardavo entrambi e domandavo: «Cosa succederebbe se tutti scoprissero che sono gay?»

L'angelo Neil scoppiava a ridere e sogghignava: «Cosa? Tu? Un culattone? Non lavorerai mai più. Non conosco nessuno che comprerebbe bestiame da una checca.»

Invece Middy scuoteva la testa. «Ma chi se ne f-f-frega? Vieni giudicato per il tuo c-c-carattere e per le tue azioni. Non per la tua vita personale. Guarda mio padre.»

Mi ritrovai d'accordo con lui. Il padre di Middy si era fatto otto anni di carcere per truffe sportive. Nessuno osava chiedergli un'opinione su una gara, però aveva una specie di sesto senso per i mercati e il tempo atmosferico. Se Tony MacDonald si sedeva vicino a te al pub e ti diceva che dovevi aspettare altre due settimane prima di piantare il grano, eri un idiota se non buttavi via i lupini che avevi pianificato di seminare il giorno dopo per correre a comprare il frumento. Era drogato di gioco d'azzardo, ma era rispettato per le sue conoscenze della terra.

Gli angeli litigavano tra di loro, non erano mai d'accordo, quindi non mi erano di grande aiuto. *Be', al diavolo*!

Mi ero svegliato con gli occhi assonnati e con una gran voglia di rituffarmi sotto le coperte per il resto della giornata. Il fatto di dover rivedere Elliot mi metteva ansia, ma allo stesso tempo non vedevo l'ora. Speravo di farlo arrossire di nuovo e di chiamarlo DottorEllo abbastanza volte da fargli perdere la pazienza, così mi avrebbe fatto qualcosa di scandaloso.

Lessi un articolo sul calo dei prezzi dei cereali e scorsi le pagine dedicate alla cazzata colossale organizzata dal governo che aveva sospeso le esportazioni di animali vivi in Indonesia, e mi stavo concentrando su un articolo dedicato ai cambiamenti climatici, quando un clacson suonò nelle vicinanze. Alzai lo sguardo e vidi scendere da una Pajero bianca a trazione integrale Elliot, assieme a un altro tipo più anziano che non conoscevo.

Con un sorriso stampato in viso, saltai giù dalla macchina.

«Ehi, dottore!»

«Ciao, Hank. È molto che aspetti?»

«No, amico.» Guardai l'altro uomo e gli porsi la mano. «Hank Woods. Grazie per averci riportato il dottore.»

Ken Darby si fece avanti con un sorriso e si presentò. Mi domandò dove vivevo e io gli spiegai della fattoria. Dalle sue conoscenze e interessi era evidente che avrebbe fatto carriera come poliziotto di campagna. Sarebbe rimasto nella polizia fino alla pensione. Mi piacque all'istante.

«Allora, ho saputo che hai un nipote?» gli domandai, e lui si affrettò a descrivere il pargolo appena nato. Era proprio un nonno orgoglioso.

Alla fine ci salutò e disse a Elliot che era invitato a cena a casa sua a Nyabing per fargli conoscere sua moglie, poi tornò alla sua macchina e se ne andò. Lo salutai con la mano prima di voltarmi verso Elliot. Era appoggiato contro il cofano della mia auto con un sacchetto di plastica in mano, sul viso un'espressione imperscrutabile.

«Allora…?» domandai.

«Cosa?» tergiversò.

Ero contento che nessuno di noi due avesse intenzione di parlare della notte precedente. Fu come schivare un proiettile. Gli feci segno di salire in macchina e cambiai idea su quello che gli avrei chiesto. Se voleva parlare della nostra sessione telefonica, avrebbe dovuto introdurre lui l'argomento. Io non ero abbastanza coraggioso. «Allora, è andata bene l'operazione del figlio dei Palmer?»

Il sollievo riempì la sua espressione, e si animò. La preoccupazione che provava nei confronti del suo paziente era evidente. «Sì. Il chirurgo è speranzoso sul fatto che siamo riusciti a portarlo all'ospedale in tempo. Dovremo aspettare un paio di giorni per esaminare i nervi e le estremità, e naturalmente avrà bisogno di un periodo di convalescenza seguito da fisioterapia, però è vivo e ha tutte le dita.»

Mi misi al volante e lo guardai stupito. «Sei fenomenale, DottorEllo. Non posso credere che tu abbia la capacità di salvare la vita a qualcuno in quel modo.»

Mi sorrise dolcemente. «Anche quello che fai tu è importante, Hank. Dove andrebbe a finire il mondo senza contadini? Morirebbe di fame, ecco cosa succederebbe. Il mio lavoro è assicurarmi che ci siano ancora coltivatori in grado di sfamarci. Il tuo lavoro è quello di produrre cibo. Lavori molto diversi, vero, ma l'uno non è più importante dell'altro.»

Tornati a casa, prese la sua macchina e sfrecciò via. Era mancato durante le ore di ambulatorio della mattina, così avevano spostato gli appuntamenti al pomeriggio, ma aveva ancora moltissimi pazienti che l'attendevano. Mi chiedevo quando l'avrei rivisto. Ancora non avevamo parlato di quello che era successo al telefono, e sapevo che a Elliot piaceva discutere di quelle cose. Ma i giorni passarono e io non ebbi sue notizie.

Non mi mancava. Non più di tanto.

Davvero.

Poi giovedì sera mi chiamò al cellulare. Le salsicce si stavano bruciando e io bestemmiavo come un turco quando partì la suoneria.

«Porca puttana… vaffanculo! Cosa?» Risposi, senza guardare chi mi stava chiamando, e mi misi a saltellare per la cucina agitando la mano come un matto per il dolore dopo aver toccato una padella rovente.

Dall'altro capo del telefono il silenzio totale. Mi scapparono un altro paio di parolacce, poi aprii il rubinetto e misi le dita sotto l'acqua fredda per attenuare il dolore e, auspicabilmente, prevenire le vesciche.

Alla fine una voce acuta mi raggiunse dall'altro lato della linea. «Hank?»

«Sei tu, Elliot? Accidenti! Riesco a malapena a sentirti. Porca vacca! Mi sono appena bruciato le dita. Un male boia! Cosa c'è?»

Ancora silenzio. Chiusi il rubinetto, preoccupato.

«Elliot? Doc? Ci sei?»

Senza il rumore dell'acqua che scorreva, lo sentii deglutire forte e chiaro. «Sei a casa, Hank?» La sua voce era tranquilla e dimessa. C'era qualcosa che non andava.

«Sì, certo. Cos'è successo? Sei nei guai?»

Lo sentii sospirare. «Sei solo?»

Le sopracciglia mi si alzarono fino all'attaccatura dei capelli. «Sì. Siamo solo io, Buck e trecento pecore.»

«Posso… posso venire lì da te? Ho bisogno… cazzo, Hank!» Parlava pianissimo e poi si mise a imprecare di brutto. «Cazzo, porca di quella puttana, vaffanculo! Odio questa vita! Abbiamo tutta questa tecnologia del cazzo e poi…» Ero confuso.

«DottorEllo? Cosa c'è che non va, amico mio?»

Sentii il suo respiro uscire di corsa e poi quello che assomigliava in modo sospetto a un singhiozzo. «Il bambino di Keira Davies è morto. Era un maschio.»

Oh, no. Gesù! Chiusi gli occhi e mi accasciai contro la credenza. Convinsi me stesso che non erano lacrime quelle che sentivo pungermi gli occhi mentre dicevo a Elliot: «Merda, amico! Certo che sono a casa. Vieni qua, ti preparo qualcosa da mangiare. Ho anche un bel po' di birra.»

Lo sentii tirare su col naso. «Grazie, Hank. Sarò presto lì da te.»

Solo dopo mi resi conto di che diavolo stavo facendo. Riagganciai e telefonai a Jimmie. Lui era la mia figura materna: quando qualcosa andava storto a casa sua, lui cucinava dei dolci. Avevo bisogno di una ricetta per fare dei biscotti, subito!

«Jimmie? Emergenza alimentare. Tra venti minuti arriva Elliot, come faccio a fare quelle cose con il miele fuso?»

Jimmie mi spiegò la ricetta e in un attimo avevo già una teglia di biscotti nel forno. Poi cucinai altre salsicce e uova strapazzate. I biscotti si stavano raffreddando sul bancone quando vidi i fanali della macchina di Elliot illuminare il vialetto. Quindi preparai due piatti con salsicce, uova e pomodori dell'orto fritti, stappai due bottiglie di birra e misi tutto sul tavolo.

Andai ad accoglierlo alla porta, sembrava svuotato. Era come se la vita e la vitalità gli fossero state risucchiate via, lasciando solo un guscio vuoto. Non mi preoccupai più di sessualità, pesca, cazzi e amicizia. Lo presi tra le braccia e gli diedi tutto il conforto possibile.

Mi afferrò come un naufrago sul punto di affogare e mi si accasciò addosso. Gli passai entrambe le braccia attorno alle spalle e lo cullai come un bimbo. Mi si aggrappò alla vita e appoggiò il viso nell'incavo del mio collo, poi diede libero sfogo ai suoi sentimenti. Lo sentii tirare su col naso mentre sussurrava: «Perché, Hank? Perché?»

Fissai l'oscurità della notte attraverso la porta aperta. Stavamo lasciando entrare un migliaio di zanzare, ma c'erano cose più importanti di cui preoccuparsi. «Non lo so, Ell. Dobbiamo credere che ci sia un motivo e che Dio abbia uno scopo per ogni cosa, altrimenti finiremo con l'impazzire. Sono solo un confuso ragazzo di campagna e queste cose non le capisco. Forse devi pensare che, nonostante tu sappia tante cose, Dio è cento volte più intelligente di te, e non potrai mai capire. Quindi non provarci neppure. Cerca di tenere la testa alta, impara la lezione e spera che dalle cose brutte esca qualcosa di buono.»

«Però perché le cose brutte capitano alle persone buone?»

Sospirai e gli accarezzai una scapola. «Non credo che le cose brutte capitino solo alle persone buone o cattive. È più come… perché *non* alle persone buone? La merda vola, atterra dove capita. Non devi rimuginarci troppo sopra.»

Elliot rimase in silenzio, a parte il respiro che non era per niente calmo. Gli diedi un paio di pacche sulla schiena e dissi: «Forza, amico mio. C'è la cena pronta in tavola e due birre che stanno chiamando i nostri nomi. Adesso mangiamo, poi mi racconterai tutto.»

Lasciai che si sfogasse. Mi disse che Keira era venuta allo studio medico preoccupata perché il bambino non si muoveva da molto tempo. Il dottor Larsen stava facendo ambulatorio nella vicina Kukerin, quindi l'aveva visitata Elliot, e non era riuscito a trovare il battito del feto.

«Era già troppo tardi, Hank. Era morto.»

Sorrisi, comprensivo. «Non è colpa tua, Ell.»

Fissò la sua cena mangiata a metà. «Lo so. Lo so. Continuo a ripetermelo, però mi sento in colpa. Sono un dottore, no? Il mio compito è quello di salvare vite, non quello di far nascere bambini morti.»

Potevo sentire il suo dolore. C'era bisogno di qualcosa di più che della semplice birra. Presi la bottiglia di whisky che avevo messo in cima alla dispensa e ne versai un po'. Tre bicchierini e sei biscotti dopo, si rannicchiò accanto a me sul divano, mi mise la testa in grembo e si addormentò. Abbassai lo sguardo, costernato. Ovviamente era un peso leggero quando si trattava di alcol. Era distrutto, ma almeno non aveva più quell'aspetto addolorato.

Gli accarezzai piano i capelli, mi piaceva la sensazione di quei ricci perfetti tra le dita. Sembrava di accarezzare la lana di un agnellino appena nato, anche se non gliel'avrei mai detto. L'avrei mortificato. Sospirò nel sonno e si rannicchiò ancora di più, sempre più rilassato mano a mano che le sue preoccupazioni scomparivano. Con un dito, gli accarezzai il contorno della mascella, godendomi la sensazione della sua barba corta. Quando rimorchiavo qualcuno, di solito non ci facevamo le coccole e non mi godevo la loro compagnia. Con loro era tutto sesso e carnalità, quindi a meno che non toccassi una zona erogena, non mi invitavano a esplorare. Le ciglia di Elliot erano scure contro la sua pelle pallida, e davano ai suoi occhi un aspetto pesto. Gliele sfiorai con le nocche e fui felice della sensazione di morbidezza che mi solleticò la pelle.

Guardai il suo corpo. Era tutto raggomitolato in posizione scomoda sul divano, con i piedi che penzolavano oltre il bordo. Aveva preso l'abitudine di mettersi i jeans, notai. Forse aveva esaurito i vestiti bianchi o color crema perché non riusciva a togliere le macchie. La camicia era blu scuro con un cavallo bianco ricamato sopra. Era appariscente e carina al tempo stesso. La sua giacca era appesa allo schienale di una sedia in cucina, e notai che lui rabbrividì un po'. In cucina c'era il fuoco acceso, però non sempre il calore arrivava fino in salotto.

Gli sollevai la testa con delicatezza, mi alzai e gli infilai un cuscino sotto il viso. Non poteva restare in quella posizione tutta la notte se non voleva ritrovarsi con la schiena rotta l'indomani, però decisi di lasciarlo lì a dormire per un po' prima di cercare di farlo camminare verso la stanza degli ospiti. Aggiunsi un altro ciocco al fuoco, poi recuperai la sua giacca per buttargliela sopra e tenerlo al caldo. Il telefonino che aveva in tasca era pesante, e all'improvviso mi venne in mente che non gli avevo neppure domandato se fosse reperibile prima di farlo ubriacare.

Mi chiesi cosa diavolo dovevo fare. Dovevo avvisarli che non era in grado di occuparsi di eventuali emergenze, però non sapevo chi chiamare.

Alla fine telefonai a Neil.

«Pronto? Hank? Che cazzo stai facendo, come mai telefoni a quest'ora?»

Lanciai un'occhiata all'orologio con un certo senso di colpa. Non avevo nemmeno preso in considerazione che ora fosse. Non era poi così tardi, per gli standard della città. Però per quelli che iniziavano a lavorare all'alba, era abbastanza maleducato.

«Mi dispiace, Neil. Non ci avevo nemmeno pensato. Senti. Mi dispiace chiedertelo, ma Gloria è lì con te?»

Ci fu una pausa prima che Neil rispondesse, come se stesse riflettendo su che cosa dire. «Gloria? No. Perché dovrebbe essere qui?»

Quell'uomo non sapeva proprio mentire. «Sbrigati a passarle il telefono, amico. Non ho tempo per queste stronzate. Devo solo parlarle per due secondi, poi faremo finta che non abbia mai chiamato.»

«'Fanculo!» imprecò Neil, poi sentii la sua voce smorzata che diceva a Gloria che le volevo parlare. Era confusa e allarmata, però prese subito il ricevitore.

«Hank? Cos'è successo?»

«Ehi, Gloria. Mi dispiace disturbarti, ma hai sentito cos'è successo in città oggi, a Keira?»

La sentii sospirare, poi rispose: «Sì. È straziante. Mi sono fatta un bel pianto quando l'ho saputo.»

Non seppi come reagire. Chi ero? Una cazzo di Posta del Cuore? Sembrava che tutti avessero bisogno di essere consolati, e mi agitai un pochino sulla sedia. «Il fatto è che c'è Elliot qui. Non l'ha presa per niente bene e al momento è svenuto ubriaco sul mio divano.»

La compassione di Gloria fu immediata. «Oh, accidenti. Poverino. Non è stata colpa sua.»

«Lo so. Ma il problema è che non mi ha detto se è di guardia prima di crollare. Quindi come faccio a mettermi in contatto con qualcuno?»

«Ah, sì. Okay. Uhm…» Gloria esitò un po' prima di dire: «Ci penso io. Farò un paio di telefonate per dirlo al dottor Larsen e ai servizi di emergenza, per sicurezza.»

Mi sentii sollevato. «Grazie, Gloria. Meglio che non si sappia in giro, eh? Credo che l'abbia presa male perché si tratta di un bimbo, capisci?»

«Capisco, Hank. Farò in modo che anche Neil tenga chiusa la sua grande bocca.»

Scoppiai a ridere. «In bocca al lupo, Gloria! Io sono anni che ci provo, senza alcun risultato.»

Ridacchiò attraverso la linea. «Forse non avevi le conoscenze giuste per corromperlo, Hank. Farò in modo che taccia su questa telefonata. Però il mio problema è assicurarmi che tu non vada in giro a spifferare che mi hai trovato qui.»

Mi misi a ridere. «Sono bravo a mantenere i segreti, non lo sapevi? Hai sentito chi ha messo incinta Mark Nicholson?»

«No! Chi?» Il suo tono era estremamente sorpreso e curioso.

«Vedi,» le dissi vantandomi. «Io lo so tenere un segreto. Non preoccuparti per me, sarò una tomba. A presto, eh?»

«Cosa?» gracchiò. «Non hai intenzione di dirmelo? Oh, sei un bastardo, Henry Woods.»

«Su, su. Insultarmi non ti sarà di nessun aiuto,» la canzonai.

Scoppiò a ridere e mi disse che ci saremmo sentiti presto.

Dopo aver riagganciato, trascinai Elliot semicosciente nella stanza degli ospiti. La casa era più vecchia di me e le stanze erano minuscole. Era stata pubblicizzata come "cottage", che in realtà significava angusta e troppo piccola per più di due persone. Avevo solo un letto singolo nella stanza degli ospiti, ma era sempre preparato, nel caso Paul fosse venuto a trovarmi.

Aiutai Elliot a sdraiarsi, poi gli tolsi scarpe, calzini e jeans. Mi dissi che avrei fatto lo stesso per qualsiasi amico, ma non potei fare a meno di fissare i suoi slip bianchi senza desiderare che non li avesse addosso. Fui tentato di esplorarlo mentre era in stato semicosciente, ma avevo ancora dei sani principi morali.

Gli rimboccai le coperte e gli passai la mano tra i capelli un'ultima volta prima di spegnere la luce. Mi lavai, controllai che Buck fosse a posto, andai in bagno e mi buttai a letto. Vidi che Gloria mi aveva inviato un messaggio con il cellulare di Neil.

Stanotte è reperibile il dottor Larsen, quindi non ci sono problemi. Il dottor M ha il suo primo paziente in studio alle 8.30. Baci, Gloria.

Spensi la luce e sperai che Elliot non soffrisse troppo di postumi della sbronza.

CAPITOLO 11

Un forte tonfo mi risvegliò da un sonno profondo. Sbarrai gli occhi nel buio e mi chiesi se l'avessi davvero sentito o se fosse stato solo un sogno. Uno schiantarsi di mobili, seguito da alcune imprecazioni di Elliot mi fecero volare fuori dal letto e precipitare nella stanza accanto.

Dopo aver acceso la luce in corridoio, sbirciai dentro la camera degli ospiti e vidi Elliot sul pavimento, in mutande, con il sedere per aria. Era disorientato e aveva un'adorabile espressione smarrita mentre lo aiutavo a rialzarsi.

«Tutto bene, DottorEllo?»

Era ancora mezzo addormentato e non del tutto sobrio quando mi bisbigliò: «Mi scappa la pipì.»

Sorrisi, lo presi per mano come se fosse un bambino e lo portai in bagno dall'altra parte della casa. Aspettai che finisse e poi lo riaccompagnai a letto.

«Hank?» domandò mentre lo invitavo a rimettersi sotto le coperte.

«Sì, amico?»

«Mi piaci.»

Deglutii e tentai di nascondere il mio sorriso. «Anche tu, amico. Adesso vai a letto.»

Obbediente, si infilò nel letto e tirò su le coperte. «Hank?»

«Sì, dimmi»

«Cioè, mi piaci proprio tanto.»

Mi morsi la lingua per non scoppiare a ridere. «Lo so, amico mio. Adesso dormi, ne riparliamo domani mattina.»

«Okay.»

Chiuse gli occhi e si rannicchiò, a quel punto spensi la luce in corridoio e tornai nella mia stanza, sospirando e cercando di riprendere sonno. Riuscivo a dormire solo di schiena o sul lato destro per via della clavicola rotta e quella cosa mi faceva imbestialire. All'esterno si sentiva il richiamo di un gufo e il verso stridulo di una volpe, e mi dissi che forse si stava avvicinando il momento per una notte di caccia. Sospirai e cercai di dormire.

Dei movimenti in casa mi portarono a guardare verso la porta. Non mi ero mai preso la briga di tirare le tende in camera, del resto chi sarebbe mai venuto a fare il guardone nella campagna più sperduta? In estate, le chiudevo per evitare di svegliarmi alle quattro di mattina accecato dal sole, ma in inverno non ci pensavo neanche.

La luce della luna filtrava dalla finestra e illuminò le gambe nude di Elliot e i suoi slip immacolati.

«Hank?»

«Sì, amico?»

«Posso dormire nel tuo letto?»

Alzai gli occhi al cielo, esasperato. Sperai che Dio stesse almeno prendendo nota di tutte le mie buone azioni.

«Certo, amico mio.» Mi allungai per tirare giù le coperte dall'altro lato del mio letto matrimoniale ed Elliot saltò dentro. Appoggiai la testa sul cuscino e chiusi gli occhi, sperando di riprendere sonno presto.

«Hank?»

«Sì, amico?»

«Ti dispiacerebbe… ho bisogno di un contatto umano. Potresti tenermi stretto?»

Sospirai in silenzio e giurai che avrei fatto la stessa cosa per Neil o Middy.

Non penso di essere stato molto convincente, neanche con me stesso. Era un po' troppo grossa come stronzata.

Mi voltai verso Elliot e vidi che era girato dall'altra parte, quindi lo afferrai per la vita per attirarlo verso il mio corpo più robusto. Le nostre gambe si accavallarono e appoggiai il bacino contro il suo sedere, ma lui sospirò di piacere e si rilassò completamente.

Era piacevole.

«Dormi, DottorEllo. Domani dobbiamo andare a lavorare tutti e due.»

La mattina dopo mi svegliai alle 5.30 come al solito. Il sole era appena spuntato, ma il cielo si stava già rischiarando ed era normale che facesse ancora freddo. Però, quel mattino, avevo un bel corpo nel letto che mi teneva caldo. Fui tentato di rigirarmi e dormire un'altra ora con DottorEllo, ma poi cominciai a chiedermi cosa sarebbe successo quando si fosse svegliato.

Sarebbe stato eccitato come lo ero io quasi tutte le mattine? L'istinto avrebbe preso il sopravvento sulla ragione ancora una volta? Voltai la testa e lo osservai dormire, accarezzato dalle prime luci del giorno. Non era bellissimo come Dom e mi chiedevo come avrei potuto descriverlo a Jimmie, se mi avesse chiesto di farlo.

Un bel tipo.

Sì, un bel tipo.

Accidenti! Ero nei guai fino al collo!

Scattai fuori dal letto, spaventato, e cominciai la mia routine mattutina cercando di fare meno rumore possibile. Gettai della carta di giornale appallottolata nella stufa a legna e una manciata di ramoscelli raccolti dai numerosi alberi nella tenuta e poi l'accesi. Nel frattempo, riempii il bollitore e lo misi sul piano di cottura. Buck entrò, si mise a sedere vicino alla stufa e attese pazientemente la sua colazione. Alcuni agricoltori non accendevano nemmeno la stufa in inverno. Era molto più pratico scaldarsi con il termosifone e usare un bollitore elettrico, ma per me la vita in campagna era un'altra cosa. La legna era gratis e anche se il fuoco ci metteva un pochino di più a riscaldare la casa, ne valeva la pena.

Invece di tornare in camera, dove avrei potuto accidentalmente svegliare Elliot, andai in punta di piedi in lavanderia e rovistai tra la pila dei panni sporchi finché non trovai dei vestiti decenti da mettermi per quella giornata. Mi spogliai e mi affrettai a infilarmi i pantaloni e la camicia, avevo i brividi per il freddo. Il maglione era in cucina, me lo infilai e aspettai di riscaldarmi.

Muovendomi ancora come un ladro in casa mia, misi alcuni pezzi di legno nella stufa e presi una pentola per preparare il porridge. Mentre versavo il latte nella padella, sulla soglia della porta apparve Elliot, tutto assonnato.

«… giorno,» mormorò strofinandosi le braccia per il freddo.

«Buongiorno,» cinguettai. «Non volevo svegliarti così presto. Puoi tornare a letto, se vuoi.»

«No, è lo stesso. Forse mi mancava il calore del tuo corpo, ecco perché mi sono svegliato. Sai dove sono i miei vestiti? Non ricordo di essermi spogliato, credo di avere le palle congelate.»

Ridacchiai e gli indicai la seconda stanza da letto. «Ecco dove ti ho svestito ieri sera.» Sorrisi e mi chiesi se si ricordava di avermi detto la stessa identica cosa quando mi ero svegliato nella sua stanza d'hotel, dopo la lite con i buttafuori. «Dovrebbero essere lì. Ti sei trasferito nel mio letto intorno a mezzanotte.» Scomparve nella stanza e io alzai la voce. «Vuoi il porridge o le uova per colazione? O tutt'e due?»

«Tu cosa mangi?» domandò lui di rimando.

«Tutt'e due,» gli dissi.

Ricomparve, coperto stavolta, e mi sorrise. «Il porridge per me va bene.»

Versai un'altra tazza di latte nella pentola e gli feci cenno di venire avanti. «Vieni qui, DottorEllo. Saranno due gradi fuori, ti congelerai il sedere se rimani lì.»

Mescolai il porridge, poi gli chiesi di preparare un caffè istantaneo per tutti e due mentre io rompevo le uova in una padella e mettevo il pane a tostare. «Allora, ti senti meglio, Ell?»

Arrossì e abbozzò un sorriso. «Sì, grazie. Se devo essere sincero, sono mortificato. Anche se ti insegnano ad affrontare queste cose all'università, mi ha colpito molto. Dovevo fuggire e nascondermi, e tu sei la prima persona a cui ho pensato.»

Gli diedi una pacca sulla spalla passandogli vicino per prendere una spatola. «Non c'è problema, Ell. Sono contento di esserti stato d'aiuto. Vorrei che rimanessi in città e che fossi il nostro medico, quindi se hai bisogno di un nascondiglio dove rilassarti e sfogarti, la mia porta è sempre aperta.»

Mi fece un timido sorriso mentre mescolava il caffè. «Grazie. Sono contento che tu sia l'unico a sapere che ieri sera sono crollato.»

Merda! «Ah. Sì… uhm… a proposito…»

Appoggiò il cucchiaino e si accasciò leggermente, reclinando il capo all'indietro per guardare il soffitto. «Ho capito. Spara. Chi altri lo sa?»

Girai le tre uova e non riuscii a guardarlo negli occhi. «Neil, Gloria e il Dottor Larsen.»

«Cosa?» La sua esclamazione conteneva stupore e incredulità in egual misura.

Scattò il tostapane, misi le fette di pane abbrustolite su un piatto e ci adagiai sopra le uova. «Scusa Ell, ma eri ubriaco fradicio e non avevo idea se fossi di guardia o meno. Così ho telefonato a Gloria per domandarle a chi avrei dovuto chiederlo.»

«Ah… e per quanto riguarda Neil e George Larsen? Loro cosa c'entrano?»

Cercai di non sorridere, ma non funzionò. «Non sapevo il numero di Gloria, allora ho telefonato a Neil. Tra loro c'è una storia e credo sia una specie di grande segreto. Ho telefonato a Neil, mi ha fatto parlare con Gloria, lei ha telefonato al dottor Larsen per sapere chi era di guardia. Gloria ha giurato di evirarmi se viene a sapere che ti ho detto di Neil, quindi mi raccomando, acqua in bocca! Lei non dirà niente se anche tu farai lo stesso.»

Servii il porridge e ci sedemmo a tavola, poi cosparsi l'avena di zucchero e latte prima di fare colazione. «Ah… Gloria e Neil allora? Non lo sapevo.»

«Be', tecnicamente non dovresti ancora saperlo.» Finito il porridge, presi il piatto delle uova. Aggiunsi una manciata generosa di sale e pepe, le feci a pezzettini e iniziai a divorarle. Colsi il sorriso accondiscendente di Elliot. «Cosa?»

Prese il suo caffè e ne bevve un sorso. «Niente. Continua pure. Sono solo stupito di quanto cibo riesci a mandare giù. So che voi ragazzoni di campagna avete bisogno di energia, ma è affascinante vederlo dal vivo. Non hai un filo di grasso in tutto il corpo e mangi il triplo di me.»

Trangugiai un'altra forchettata di uova e masticai. «Stamattina non ho nemmeno la pancetta, l'ho finita. In estate, quando raccolgo le patate, faccio anche le frittelle.»

Elliot alzò lo sguardo, pieno di stupore. «*Tu* coltivi le patate?»

Annuii. «È una fattoria, DottorEllo. I contadini fanno questo, coltivano.»

«Però gli agricoltori di patate coltivano patate e gli allevatori di pecore allevano pecore, no?»

Sghignazzai per la sua ingenuità e lanciai un'occhiata all'orologio. Erano quasi le 6.00. «Forza. Ti presto un giubbotto e ti faccio fare un giro veloce della parte della fattoria che non hai ancora visitato.»

Lo infagottai con una giacca e un berretto prima di guidarlo attraverso il giardino dietro casa, con Buck al nostro seguito. La terra era ricoperta di rugiada e il sole non aveva ancora fatto capolino sopra l'orizzonte, quindi il nostro respiro si condensava non appena uscito dalla bocca. Indossavo ancora la fasciatura, così infilai quella mano in un guanto visto che non potevo tenerla in tasca per riscaldarla.

Il giardino dietro casa era un'accozzaglia indistinta piena di erbacce, con uno stendibiancheria a ombrello piantato al centro. In fondo al giardino c'erano una stacconata, che un tempo era stata dipinta di bianco ma che al momento era di un color grigio scolorito, e un cancelletto. Dall'altra parte del cancello, un sentiero portava al pollaio e riuscivo a vedere le mie ragazze che razzolavano fuori dalla loro casetta, con tutte le penne arruffate per il freddo. Mi notarono, chiocciarono un pochino e si avvicinarono alla stacconata per la colazione.

«Queste sono le mie bambine,» dissi a Elliot. «Ne ho sei e depongono abbastanza uova per me. Il Dipartimento della Salute forse non approva, ma ne mangio tre o quattro al giorno.» Lasciai che Elliot preparasse il pastone per la loro colazione, dicendo che mi faceva male la spalla per poterlo aiutare. Dalla sua espressione capii che non era poi così ingenuo, però fu contento di seguire le mie istruzioni come un bambino di città in visita a una fattoria.

«Hanno fatto le uova?» domandò con quella che assomigliava in modo sospetto a eccitazione.

«No. Le depongono verso metà mattinata.»

Finito di dar da mangiare alle galline, mostrai a Elliot l'orto e gli indicai le piante. «Lì ho piantato le patate, qui rape e barbabietole. In inverno non cresce un granché, ma in primavera c'è verdura in abbondanza. Contro il muro ci sono delle piante di pomodoro che ricevono calore a sufficienza per sopravvivere in questo periodo dell'anno. Tra sei settimane circa pianterò pomodori, cetrioli, mais, carote, peperoni e fagioli. Su un lato della casa pianterò delle zucche rampicanti, crescono in un batter d'occhio.»

Poi ci spostammo verso est, dove c'era il secondo fiumiciattolo che attraversava la mia proprietà. Nella parte inferiore del pascolo, gli indicai gli alberi da frutto. «Quei quattro sono aranci. I frutti sono quasi pronti per essere raccolti. Li aveva piantati il proprietario precedente, assieme a un limone, due albicocchi, un prugno e quel gelso laggiù.»

Le mucche pascolavano tra le piante, ed Elliot domandò: «Non mangiano gli alberi?»

«Ho scoperto che le mucche sembrano lasciarli in pace. Le pecore invece li farebbero secchi, se ci arrivassero.» Ci dirigemmo verso sud e attraversammo il vialetto, passando sotto i fili di ferro degli steccati che incontravamo. «Vieni a vedere il mio adorato gregge.»

Le mie piccole erano ancora tutte ammassate sotto gli alberi, nel pascolo. Alzarono gli occhi verso di me senza alcuna paura mentre ci avvicinavamo. Elliot le fissava con sorpresa.

«Sono marroni!» esclamò.

Sorrisi. «Tecnicamente sono conosciute come pecore nere, ma in realtà possono andare dai toni del marrone al grigio. Queste sono le mie *melanian*[1]. Alcune sono Corriedale, altre un incrocio Corriedale e Merino.»

Ci fermammo a dieci metri di distanza da loro. «Perché le tieni?»

Mi strinsi nelle spalle. «Soprattutto per zio Murray. Ma anche perché mi interessano. Gli allevatori hanno un odio viscerale nei confronti delle pecore nere e come tosatore ho nascosto la lana nera molte volte. Dobbiamo tirarla fuori per non infettare il resto della balla di lana. Il gene nero è recessivo e si manifesta solo se c'è in entrambi i genitori. Guai se cominciano a venir fuori macchie nere sugli agnelli!»

«Ma allora perché?»

«Zio Murray è un fanatico della lana. Se la fila da solo, poi fa maglioni, sciarpe e cappelli ai ferri per tutti quelli che conosce. Il berretto che hai in testa l'ha fatto lui.» Elliot se lo tolse e lo esaminò. Era di un colore grigiastro, però aveva delle screziature, il filato andava dal grigio chiaro a quello scuro. «Alcuni filatori amano la lana nera anziché quella bianca. Zio Murray dice che adora la varietà dei colori e il fatto di non sapere mai che aspetto avrà un pezzo finito.»

«Quindi le allevi per tuo zio?»

«Sì. Ti ricordi quando ti ho detto che papà mi ha cacciato di casa? Be', era perché aveva scoperto che ero gay. Zio Murray mi ha accolto a casa sua e poi mi ha dato dei soldi perché mi comprassi questo posto. Non volevo accettare quel denaro come regalo, quindi mi ha detto di ripagarlo con della lana nera.»

«Lana nera? O grigia?»

«Questo fa parte del divertimento. Non si sa mai che colore verrà fuori quando fai accoppiare due adulti.

---

[1] Razza di pecore australiane.

Cerco di mettere a punto la lana perfetta da filare. Io, lo zio e altri soci dell'Associazione australiana degli allevatori di *melanian* collaboriamo per vendere la lana che zio Murray non vuole. Il colore non conta tanto quanto la qualità della lana.» Indicai una pecora grigia con il muso nero. «Quella femmina lì? Si chiama Trixie. Ha una bellissima lana. Invece quella stupida pecora multicolore laggiù? Si chiama Nan, è un incrocio con una Merino e zio Murray mi dice che la sua lana è troppo appiccicosa per essere filata. L'ho fatta accoppiare con il miglior montone nero l'anno scorso, quel bell'esemplare in fondo. Tra un paio di mesi vedrò se il vello di quell'agnello va bene, altrimenti Nan sparirà dalla circolazione.»

Vedevo Elliot guardarmi ma non riuscivo a decifrare l'espressione del suo volto. «Qual è l'agnello di Nan dell'anno scorso?» domandò.

Posai lo sguardo sulle ventotto pecore nel recinto per identificarlo. «Eccolo. Quello con la testa marrone, il corpo nero e una macchia grande e bruna sulla schiena.»

«E come si chiama?»

Lanciai un'altra occhiata a Elliot e vidi quel che sospettavo fosse l'ombra di un sorriso. «Mi stai prendendo in giro?»

Il sorriso gli illuminò il volto. «Non posso credere che hai dato un nome a tutti. Andiamo, dimmelo. Come si chiama il figlio di Nan?»

«Avrai bisogno di una lezione di buone maniere poi?» chiesi.

«No. So solo che stanotte non riuscirò a dormire se non mi dici come si chiama adesso,» disse in tono scherzoso.

Lo fissai ferocemente. «Hero. Si chiama Hero.»

Elliot scoppiò a ridere. «E come fai a decidere come chiamarli?»

Sospirai e scalciai l'erba bagnata. Il tipo non aveva intenzione di lasciare stare. Indicai uno dei montoni. «Vedi quel montone grande là in fondo, con le corna? Si chiama Phantom. L'ho comprato da una piccola azienda, l'avevano chiamato così perché era tutto nero. Così ho battezzato i suoi agnellini come il fumetto *The Phantom*. I suoi piccoli si chiamano Kitty e Walker, come lo pseudonimo del fumetto, Kit Walker. Poi c'è Scully, come il nascondiglio del fumetto, The Skull Cave. E infine Devil e Hero come il lupo e il cavallo, i due animali domestici in The Phantom.»

Elliot sembrava sul punto di farsela addosso per le risate. «E gli altri?»

Sbuffai, irritato. «L'altro montone che ho si chiama Donnie. Gli ho dato quel nome perché l'ho comprato da uno che si chiama Bradman. Quindi il montone si chiama come Donald Bradman. Tutti i suoi cuccioli portano i nomi dei grandi del cricket: Chappell, Allie, Waugh, Merv, Lara, Rhani.»

Elliot era piegato in due e se la rideva a mie spese, era paonazzo in volto. Il mio pugno aveva una voglia matta di farlo smettere, poi però si ricompose e mi domandò: «Non so se tu sia dolce e affascinante o semplicemente un idiota. Perché preoccuparsi di dare un nome a una maledetta pecora?»

Me le stava davvero facendo girare, voltai i tacchi e mi diressi verso casa. Quelle pecore erano il mio orgoglio e lui si stava prendendo gioco di loro. «Hank! Scusa! Aspetta un attimo!» Mi allontanai di gran carriera e lui mi corse dietro, urlando: «È bellissimo che tu dia a tutte loro un nome. Davvero. Non mi sto prendendo gioco di te.»

Mi fermai vicino allo steccato e mi voltai verso di lui. «Almeno l'hai vista l'etichetta dentro il tuo berretto?»

Se lo tolse e guardò dentro, incuriosito. C'era una piccola etichetta ricamata con un filo d'oro che recitava

"Trudy by Murray". Elliot alzò lo sguardo, accigliato. «Trudy? Non capisco.»

Sospirai e incrociai le braccia. «Trudy è il nome della pecora da cui proviene quella lana. Guarda, sulla tua sinistra. Vedi quella pecora con la macchia nera sulla testa? Quella che si è appena alzata? Quella è Trudy. Quindi in questo momento stai indossando la sua lana. Zio Murray vende i suoi articoli e tu li puoi preordinare. Quindi puoi ordinare un maglione fatto con il vello della prossima stagione di Trudy, per abbinarlo al cappello. Oppure puoi ordinare un maglione per tua sorella fatto con la lana della sorella di Trudy.»

Elliot capì immediatamente. «Oppure puoi ordinare una maglia da Trudy e poi un maglione per tua figlia dalla figlia di Trudy.» Annuii e lui lanciò uno sguardo confuso al gregge. «Ma come fai a sapere chi è il padre? Devi fare il test del DNA?»

«No, non sono così evoluto. Mi basta usare un vecchio trucchetto del secolo scorso. Vedi i montoni? Indossano un grembiule. Significa che non possono fecondare le femmine quando io non voglio.»

Il montone aveva un pezzo di stoffa sotto la pancia, e quando tentava di montare una femmina, il grembiule glielo impediva. Non era un metodo infallibile al cento per cento e dovevo sempre controllare che lo indossassero correttamente, ma mi evitava un sacco di lavoro e in quel modo non dovevo metterli in recinti separati. Una femmina diventa fertile subito dopo aver partorito, il che significava che poteva fare un agnellino (o due gemelli) ogni cinque, sei mesi. Però ne risentivano a livello fisico e influiva negativamente sulla qualità della lana.

Elliot guardò il grembiule con uno sguardo addolorato. «Maledizione. È una specie di cintura di castità ovina, povere bestie! Beati fra le donne, ma a bocca asciutta.»

Gli lanciai un'occhiata maliziosa. «Lo sapevi che certi montoni sono omosessuali? Passano tutto il tempo a cercare di montare altri maschi e se ne fregano bellamente delle femmine in giro.»

Elliot rimase sbalordito. «E tu ne hai di montoni gay?» domandò con gli occhi spalancati.

Gli lanciai un'occhiata innocente. «L'ho chiesto a tutti, ma nessuno l'ammette. Pare che nessuno sia ancora pronto a fare outing, da queste parti.»

Mentre il sole faceva capolino all'orizzonte, Elliot scoppiò in una risata fragorosa che riecheggiò per quella landa desolata.

CAPITOLO 12

I giorni passavano lenti. L'inverno era freddo e triste nella fattoria, un momento per assicurarsi che tutto fosse pronto per la primavera. Con un braccio solo, facevo del mio meglio. Mi sembrava che l'osso diventasse ogni giorno più forte. Sistemavo i mezzi agricoli, riparavo i buchi nel tetto del capanno, spaccavo la legna con una mano e l'accatastavo per l'inverno seguente, riparavo gli steccati divelti e mi portavo avanti con il lavoro d'ufficio.

La squadra locale di football convinse i Pigram Brothers a organizzare un concerto in città per una raccolta fondi, così, nel fine settimana, la nostra cittadina fu invasa da un'orda di fan di musica country e folk. Quella musica non era proprio il mio genere, ma c'era qualcosa negli strumenti e nei suoni aborigeni tradizionali misti alla musica moderna che ti faceva sentire fiero di essere australiano.

Non cadde nemmeno una goccia d'acqua e così montarono un palcoscenico ai margini dell'ovale. La parte antistante il palco fu adibita a pista da ballo ufficiale, e centinaia di persone si muovevano al ritmo inventato dai sette fratelli indigeni, un insieme di tamburi e chitarre elettriche, ukulele, armoniche e voci. C'erano tantissime donne che ballavano in abiti succinti e i ragazzi del luogo affollavano la pista. Sul lato opposto dell'ovale c'erano uno stand allestito per l'occasione che serviva bevande, e due roulotte che vendevano cibi tra cui tortini salati, patatine, hot-dog e involtini.

Io ero in mezzo alla folla con Middy e Neil a osservare come la musica operava la sua magia sulla gente. Gavin mi passò veloce a fianco, dandomi un colpetto sulla schiena: aveva adocchiato una cosina dolce che ancheggiava sinuosa ai margini della pista, facendo svolazzare l'orlo della gonna.

«Oh, merda. Ho bisogno di un po' di quella,» gemette Gavin mentre la scrutava. La ragazza aveva i fianchi formosi, sotto la camicetta giallo canarino si intravvedeva un seno prosperoso e i capelli ondulati le scendevano sulla schiena. Mentre l'osservavamo, lei, con le sue ciglia lunghe, sorrise timida guardando dalla nostra parte e io feci una smorfia, tra me e me. *Ti prego, fa' che non mi punti gli occhi addosso.*

«Fatti sotto,» esortai Gavin.

Lui esitò. «Sicuro che non vuoi provarci prima tu?»

Cazzo, no. «Io sono a posto,» lo rassicurai.

Gavin sorrise raggiante e iniziò a rimbalzare a tempo di musica mentre si faceva strada verso di lei. La sua preda gli abbozzò un sorriso, però notai che lanciò un'occhiata delusa nella mia direzione. Dentro di me, mi scusai con lei, dopotutto era carina, solo che non era *il mio tipo.*

Il mio tipo, al momento, ballava tenendo per la vita la sua receptionist/infermiera mentre si faceva sempre più buio. Pareva che Gloria si divertisse un sacco con lui. Aveva un paio di jeans attillati, stivali da western e una canotta che rivelava più di quanto coprisse. Il povero Neil aveva quasi commesso un omicidio già sette volte, cioè ogni volta che qualche sconosciuto ci aveva provato con lei. Ribolliva e guardava in cagnesco nella loro direzione, così decisi di dargli una gomitata.

«Non hai intenzione di ballare con Gloria questa sera?»

Riuscii a vedere la sua mascella che si serrava per la frustrazione. «No, mi ha detto di no.»

«Perché?» gli domandai, confuso. «Perché volete tenere tutto nascosto, voi due?»

Bevve un altro sorso di birra, poi aggiunse: «Credo che non voglia essere vista come una facile.»

Scossi la testa per il modo contorto di pensare delle donne. «Be', lo è? È una facile?»

Neil mi guardò con vera rabbia. «'Fanculo, Hank Woods! È della mia ragazza che stai parlando con quella boccaccia lurida. È l'angelo più dolce che abbia mai messo piede su questa terra, e il tuo amico, il dottore, farebbe meglio a sperare che le sue mani non scendano più in basso, altrimenti potrebbe aver bisogno di aiuto per pisciare nel prossimo futuro.»

L'irruenza di Neil mi fece andare di traverso la birra e diedi una sbirciatina alle mani di Elliot. Erano ancora a debita distanza dal posteriore di Gloria – grazie al cielo – e sembrava che Ell e Gloria parlassero da amici, non con intenti lussuriosi. Scossi la testa rivolto a Neil.

«Amico, se è la tua ragazza, allora vai là, prendila, baciala e dì a ogni singolo ragazzo nelle vicinanze che è la tua donna. Se è la tua fidanzata, nessuno ha motivo di pensare che sia una facile, quindi non lo devi più tenere nascosto. Le relazioni da una botta e via non sono certo motivo di orgoglio.» E chi meglio di me poteva saperlo! «Capisco che non volesse sbandierarlo ai quattro venti finché non sapeva se facevi sul serio. Ma così ti fai venire un'ulcera e ci stai troppo male, perché tu ci tieni a lei. Quindi se non hai intenzione di farti solo una scopata, porta là il tuo culo grasso e vai a prendertela.»

Per la mia esasperazione, Neil continuò a guardarli in cagnesco e si rifiutò di muoversi. Lo ignorai mentre la band terminava una canzone e sperai che facesse qualcosa di diverso dall'agitarsi tutta per la serata. Feci un gran fischio mentre la folla applaudiva mostrando il suo apprezzamento.

«Ti stai divertendo?» domandò Middy dall'altra parte.

«Sì,» risposi. «È bello uscire di casa. Amici, birra, musica, cos'altro potrebbe chiedere di più un ragazzo?»

«Qualcuno di caldo da stringere a l-letto?» suggerì Middy, e io con la mente volai subito alla notte in cui avevo coccolato DottorEllo nel mio letto. Quello sì che era stato piacevole. E avrei voluto che si ripetesse. *Divieto di pesca, Hank!*

Prima che potessi rispondere, Gavin ritornò dopo essere stato scaricato dalla sua preda. «Tieni,» disse porgendomi delle bottiglie di birra fresca. «Sono stato eliminato senza neanche raggiungere la prima base, quindi devo annegare il mio dolore.»

Ci bevemmo su e, prima che iniziasse un'altra canzone, Elliot si materializzò accanto a me. «Ehi, DottorEllo,» gli dissi con il sorriso sulle labbra, dicendomi che non ero geloso che ballasse con Gloria. «A quando il matrimonio?»

«Matrimonio?» domandò confuso.

«Tu e Gloria,» precisai. «Ho visto com'eravate tutti pappa e ciccia, e avete fatto almeno due balli assieme.»

«A me sembravano tre,» intervenne Middy.

«Tre, in pratica sono un matrimonio dalle nostre parti,» confermò Gavin. Anche se lo stavamo prendendo in giro, Elliot sbiancò. Gli altri annuirono.

«Siamo solo amici!» protestò.

«Gli amici sono i migliori amanti,» ribatté Gavin, con una smorfia sarcastica.

«Secondo me, Gloria sta già p-pensando a come decorare i tavoli mentre parliamo,» dichiarò Middy solennemente.

«Spero che non fisserete il matrimonio il giorno del Grand Final,» disse Gavin.

«No,» obiettò Middy. «È troppo v-vicino alla mietitura e Gloria lo sa bene. Febbraio potrebbe essere un buon mese.»

«Potrebbero affittare il salone comunale,» proposi senza guardare Elliot. Neil a quel punto stava praticamente vibrando per la collera ed Elliot cominciava a preoccuparsi. Io ridacchiai e mi congratulai silenziosamente con me stesso per essere riuscito a tirare due colpi bassi a due amici in una volta sola. «Secondo te i tuoi parenti verranno, Ell? Potrebbero pernottare in albergo. Ci sono delle stanze sopra il pub che potrebbero affittare per un paio di giorni, se non vogliono stare da te. I genitori di Gloria hanno un ranch appena fuori Nippering. Sono sicuro che potrebbero ospitarli anche loro.»

Quella fu la goccia che fece traboccare il vaso. Neil esplose. «Non ci sarà nessun cazzo di matrimonio!» esclamò spingendomi la bottiglia di birra in mano e allontanandosi, con la speranza di trovare la sua ragazza.

«Non è stato affatto carino,» sussurrò Elliot accanto a me. «Stavi cercando di mandare in bestia me o Neil?»

«Tutti e due,» affermai con un sorriso impenitente.

«Brutto stronzo,» bofonchiò Elliot, abbozzando un sorriso. All'improvviso, il mondo tornò a essere bello. Soddisfatto, guardai il complesso che suonava.

La serata andò avanti e Gavin trovò qualcun altro a cui dedicarsi. Appena fu fuori dalla visuale, la donna con la camicetta giallo canarino ricomparve. Avrei voluto sprofondare quando mi scoccò un'occhiata con un sorrisetto malizioso. Come mi sarei dovuto comportare?

Anche Middy lo notò.

«Attento, Hank. Secondo me v-vuole giocare a baseball con te. Gavin sarà anche stato eliminato, ma ho la s-sensazione che il suo lanciatore ti stia per tirare una bella palla lenta.»

Ero un pescatore a cui non piaceva il baseball, ma come facevo a spiegarlo al mio migliore amico?

«Non so, Mid. Puoi provarci tu, se vuoi.»

Non seppi interpretare lo sguardo in tralice di Middy, sembrava quasi che stesse cercando di farmi abboccare all'amo, proprio come avevamo fatto con Elliot. «È carina e anche sexy. Secondo me, saprebbe come fare un fuoricampo, Hank.»

Provai a bluffare. «È tutta tua, Middy.»

«No, non credo che voglia me,» disse scuotendo il capo. «E poi speravo di vedere J-J-Janice stasera, e se dovesse arrivare, l'ultima c-c-cosa che vorrei è che mi vedesse ballare con una ragazza carina.»

Janice Tozer era timida proprio come Middy. Si facevano gli occhi dolci da otto mesi, ma nessuno dei due sembrava trovare il coraggio di farsi avanti. A volte era uno strazio starli a guardare.

Ma non tanto quanto fingere di essere interessato a quella ragazza.

«Secondo me le piaci,» sghignazzò Elliot, quando tornò con delle birre per tutti. Lo guardai malissimo, visto che era l'unica persona a *sapere* che non avrei mai gettato la lenza in quella direzione.

Middy annuì. «Sì. Mi sa che si è presa una cotta p-p-per il nostro Hank.»

«Sembra proprio di sì,» confermò Elliot.

«Ma il n-n-nostro Hank ha una cotta per lei?» domandò Middy, come se stesse riflettendo su quella domanda cruciale a voce alta.

Elliot sbuffò. «Non vedo perché no. Quella ragazza è molto carina. Chi è che non si prenderebbe una cotta per lei!»

Digrignai i denti per la frustrazione. Tra poco avrei spaccato il muso a qualcuno se non l'avessero piantata. Middy si stava accarezzando il mento con fare pensieroso. «In effetti, l'unica femmina a cui ho visto Hank fare delle avances è la sua pecora.»

Elliot scoppiò a ridere, il che mi fece perdere le staffe. Serrai le mani a pugno ruggendo con finta rabbia e mi scagliai contro il mio migliore amico. Sghignazzando, Middy si nascose dietro a Elliot in cerca di protezione. Tentai di colpirlo ma fui distratto da un grido che si alzò dalla folla. Sentii fischi e suoni di stupore davanti a noi e mi fermai per vedere cosa stesse succedendo, sforzandomi di guardare sopra le teste della gente. Tra la calca di corpi, scorsi Neil. Gloria era tra le sue braccia e lui la baciava con passione. Gloria reagì buttandogli le braccia al collo e ricambiando il bacio.

«Cosa sta succedendo?» domandò Elliot.

«Pare che tua moglie ti abbia mollato, DottorEllo,» dissi.

«Oh, grazie al cielo,» rispose lui facendo finta di passarsi il dorso della mano sulla fronte. «Sto malissimo in smoking.»

I nostri sguardi si incrociarono nell'oscurità ed ero abbastanza sicuro che i miei occhi gli stessero telegrafando cose che non potevo dirgli ad alta voce. Non pensavo affatto che stesse male in smoking. Ero sicuro che qualsiasi cosa si fosse messo gli sarebbe stata bene. Era sicuro che avrebbe fatto in modo che qualsiasi abito avesse indossato sarebbe apparso fantastico.

La bottiglia di birra di Elliot si fermò a mezz'aria quando si rese conto del messaggio che gli stavo inviando. Abbozzò un sorriso e io gli permisi di abbassare lo sguardo sul mio corpo, proprio come aveva fatto quel primo pomeriggio nello studio medico. Non ero vestito così elegante come al night, quando aveva scoperto che ero gay, però non ero neppure da buttare via, anche se me lo dicevo da solo. E sembrava che anche Elliot la pensasse così.

Avvertii un'erezione involontaria e lo maledissi per avere quel potere su di me. Avrei dovuto fare qualcosa al riguardo. Ma avrei dovuto guidare fino a Perth oppure dovevo pescare più vicino a casa?

Middy ruppe l'incantesimo dandomi una gomitata e dicendo: «Neil e Gloria? Quando è s-successo?»

«Non ne sono sicuro,» risposi. «Però sembrano una bella coppia.»

«È vero,» confermò Middy. «Che bastardo fortunato.»

Elliot e io ci fissammo negli occhi senza dire una parola.

CAPITOLO 13

Mentre affilavo degli attrezzi nel capanno, squillò il telefono.

«Pronto?»

«Ciao. Sei Hank? Sono Gloria, chiamo dallo studio medico.»

Misi da parte la lima che stavo usando e mi presi una pausa per parlare. «Ehi! La mia custode di segreti preferita. Sei tornata in te e hai lasciato Neil, alla fine?»

Potevo vedere il rossore di Gloria anche a quarantatré chilometri di distanza, e sorrisi tra me e me.

«Ehi! Questa è una telefonata di lavoro, quindi modera il linguaggio, altrimenti scriverò sulla tua scheda che hai delle brutte malattie veneree.»

Scoppiai a ridere.

«Comunque, ti sto chiamando perché il dottor Montgomery mi ha chiesto di prendere un appuntamento per controllare la frattura alla clavicola.»

«Eh?» domandai stupito. «Forse dovresti dire al dottor Montgomery di far visita ai suoi amici, così la può controllare di persona.»

Era stata una frase da stronzo? Oh, cazzo, sì. Ero come una ragazzina piagnucolona.

«Forse il dottor Montgomery vuole essere pagato per il suo tempo e la sua competenza medica, quindi desidera che sia tu a venire in ambulatorio dove c'è la macchina a raggi X,» replicò Gloria.

Dovetti ammettere che aveva ragione, quindi presi un appuntamento per il pomeriggio seguente e subito dopo inviai un messaggio a Elliot.

Mercoledì è la serata dello schnitzel al pub. Vuoi venire a mangiare un boccone con me domani?

Mi sentivo in colpa per non essermi comportato da vero amico nelle ultime settimane. Elliot era passato da casa mia un paio di volte – se un viaggio di ottanta chilometri andata e ritorno si poteva definire *passare* – e ci eravamo rivisti un paio di volte alla partita di football della domenica pomeriggio. Ma a parte quello, non l'avevo più incontrato, se non al funerale di Timmy Davies. Tim e Keira avevano chiesto un'indagine sulla morte del loro figlio, e avevano scoperto che il piccolo aveva del fluido nel cervello. Quel pettegolo di Neil mi aveva detto che avevano personalmente fatto visita a Elliot per rassicurarlo che non c'era niente che avrebbe potuto fare per salvare il loro figlio, ma l'espressione sul suo viso pallido, durante il funerale, mostrava che si sentiva ancora in colpa. Erano venuti centinaia tra amici e familiari per dire addio a quella piccola anima, e in mezzo alla calca, avevo trovato Elliot e mi ero avvicinato a lui di soppiatto per stringergli la mano in segno di solidarietà, lontano da occhi indiscreti.

Aveva sollevato lo sguardo e mi aveva visto, poi aveva sorriso e mi aveva tenuto le dita per un attimo, prima che qualcuno attirasse la sua attenzione.

Quel giorno, non ero più riuscito ad avvicinarlo. Gloria aveva ragione quando aveva detto che c'era uno stuolo di donne che aspettavano solo un'opportunità per prendersi cura di lui.

Elliot rispose al mio messaggio dicendo che mi doveva una cena e che avrebbe cucinato per me a casa sua.

Ero un pochino più che preoccupato. A differenza del nostro primo incontro, quando mi ero completamente dimenticato di lui finché non era arrivato sulla soglia della mia porta, aveva occupato un posto fisso nella mia mente per settimane. Era un bel ragazzo, un buon amico, una persona per bene e un'anima pura. La sua abilità e conoscenza in qualità di dottore mi mettevano in soggezione. Lo rispettavo per aver fatto la scelta difficile di abitare per anni in un posto sperduto, al servizio della comunità. Mi piaceva il fatto che, quando lo prendevo in giro, lui mi rispondesse per le rime. E, strano a dirsi, mi mancava quando non era nei paraggi.

L'attrazione sessuale che provavo per Elliot mi stupiva. Continuavo a pensare al suo sedere magro, immaginando come avrei potuto tenerlo tutto nel palmo della mano, e facevo altri pensieri sconci. Tipo, i riccioli sul suo torace erano morbidi come quelli che aveva in testa? Era uno di quei tipi flessibili che avrei potuto piegare in due, con le ginocchia che gli sfioravano le orecchie mentre glielo sbattevo dentro? Che sapore aveva il suo sperma? Urlava durante il sesso?

Poi andavo avanti a pensare a noi due che avevamo una relazione clandestina. Avrebbe potuto venire a trovarmi a casa, all'insaputa di tutti. La nostra cittadina non era grande abbastanza per nascondersi, quindi non potevo andare da lui senza che qualcuno cominciasse a fare commenti. Però potevo farmi un paio di birrette al pub e poi recarmi da lui. C'era sempre la possibilità di un fine settimana in città senza che nessuno se ne accorgesse.

Una volta che quei pensieri cominciarono a emergere nella mia mente, capii di essere nei guai. Facevo progetti, creavo situazioni e costruivo castelli in aria. E cominciavo anche a chiedermi altre cose. Sarebbe venuto a fare il bagno nudo con me alla diga? Avrebbe avuto voglia di trascorrere la mattinata con me e raccogliere le uova per pranzo? Gli sarebbe piaciuto veder nascere un agnellino? Avrebbe voluto provare a tosare una pecora?

Credeva che sarebbe stata una primavera piovosa? Sarebbe rimasto qui o sarebbe tornato a casa per Natale?

Dal momento che eravamo solo a luglio e io stavo già facendo progetti per Natale, era come se i pesci nel mio giardino saltassero dallo stagno direttamente alla canna da pesca.

Mi feci bello per andare in città all'appuntamento. Trovai i jeans più nuovi che avevo, assicurandomi che fossero puliti. Tirai fuori una bella maglietta che Jimmie e Murray mi avevano comprato per il compleanno e la stesi sul letto. Poi andai a farmi una doccia. Mentre mi insaponavo accuratamente le zone intime, smisi di mentire a me stesso. Sapevo che se quella sera Elliot avesse mostrato il benché minimo interesse, non mi sarei di certo tirato indietro.

Il taglio di capelli che mi aveva fatto Jimmie l'ultima volta che ero stato a Perth cominciava ad aver bisogno di una sistemata, e lottai con una ciocca marrone scuro che continuava a scendermi sull'occhio. Fui tentato di tagliarmela – ma non avevo idea di come sarebbe andata a finire – così lasciai perdere. Una volta vestito, mi guardai con occhio critico allo specchio. Il giaccone ampio che indossavo mi faceva sembrare grosso, come se avessi mangiato troppi hamburger. Mi ero sbarbato. Avrei dovuto usare un rasoio nuovo per avere la pelle ancora più morbida? Ero vestito troppo elegante?

Avevo lo stomaco in subbuglio e ringhiai alla mia immagine riflessa. Se avere una relazione significava tutto quello, potevo anche farne a meno.

Presi la macchina e mi diressi in città, anche se me la stavo facendo addosso.

All'ufficio dello studio medico trovai Sandy, che mi fece cenno di accomodarmi. Mi sedetti e ricordai che ero stato lì l'ultima volta quando il figlio dei Palmer si era fatto male. La volta prima, mi ero seduto a parlare con Keira Davies.

Presi una rivista dalla pila – *Men's Health* – e la sfogliai, ammirando le forme maschili ma ignorando gli articoli che parlavano di vitamine, frullati di proteine e salute dei testicoli. C'era un articolo sulle malattie veneree. Cominciai a leggerlo, ma fui sorpreso dalla voce di Elliot.

«Hank?»

Alzai lo sguardo e non potei fare a meno di guardarlo con un sorriso che mi andava da un orecchio all'altro. Cazzo, com'ero felice di vederlo! Stava benissimo in jeans e camicia azzurra abbottonata, con le maniche arrotolate sulle braccia. Elliot ricambiò il sorriso e sentii le farfalle nello stomaco. Lanciai immediatamente un'occhiata furtiva a Sandy per assicurarmi che non stesse osservando la scena.

Il sorriso di Elliot si trasformò in una smorfia di soddisfazione quando con la mano mi fece cenno di seguirlo lungo il corridoio, verso uno degli ambulatori. Chiusi la porta dietro di noi e feci un sorrisone a trentadue denti.

«Ehi, DottorEllo,» sussurrai.

I suoi occhi socchiusi erano pieni di desiderio. Lo vidi deglutire. «Hank,» rispose. «Allora, come va il braccio?»

Non volevo già abbandonare la parte più personale e intima del discorso. Il mio maledetto braccio poteva aspettare. «Tutto bene. E tu? Ti senti ancora solo?»

C'era qualcosa che bruciava nei suoi occhi, illuminandoli. «Sì, anche se ho un amico a cena questa sera.»

«Bene. Mi domandavo se mi stessi evitando.»

«No, è solo che non volevo disturbare, tutto qui.»

«Niente affatto, DottorEllo. Volevo che venissi a trovarmi. C'è una sorpresa per te a casa mia.»

«Una sorpresa?»

«Sì.»

«Cosa?»

«Non te lo dico. Se vuoi sapere cos'è dovrai venire da me.»

«Allora vengo.»

La possibilità di un'allusione sessuale era troppo grande. «Non vedo l'ora che tu venga, allora,» aggiunsi con voce roca.

Elliot si immobilizzò con gli occhi spalancati. All'improvviso si rese conto del mio aspetto e delle mie parole e capì l'allusione. Socchiuse le labbra, sorpreso, e per la prima volta guardai la sua bocca pensando al sesso. Oh, sì. Che bocca meravigliosa. Non vedevo l'ora di scoprire che sapore aveva.

«Porca puttana, Hank! Ho altri tre pazienti dopo di te, e tu mi fai questi scherzi?»

«Ops,» il tono della mia voce era completamente impenitente. «Mi dispiace, dottor Montgomery. Sarò il paziente ideale da adesso in poi. Sono qui per farmi visitare la clavicola. Mi devo togliere la maglietta?»

Ci vollero ben due secondi per togliermi il giaccone e sfilarmi la maglietta. Il povero Elliot aveva gli occhi fuori dalle orbite. Rigirai il coltello nella piaga massaggiandomi un capezzolo.

«Fa freschino qui, Ell. Mi si sono inturgiditi i capezzoli.»

E non erano l'unica cosa a essersi indurita. I jeans stretti che indossava Elliot non riuscivano a nascondere l'erezione sempre più evidente sotto la stoffa.

«Hank…»

«Va bene se mi metto a sedere su questo tavolo? Vuole che mi tolga i pantaloni, dottore? Seduto o steso?»

Erano anni che non mi divertivo così. Mi misi a sedere sul lettino ed esibii i muscoli. Elliot non si mosse; era ancora paralizzato sulla sedia dietro la scrivania. Avevo visto un sacco di foto porno. Sapevo cos'era eccitante. Non l'avevo mai messo in pratica prima di quel momento, però sembrava il giorno adatto per cominciare. Sollevai un braccio e mi scostai i capelli dalla fronte, poi mi afferrai la base della nuca con la mano. Quella posizione mi definiva i muscoli del braccio e del torace e riusciva anche a mettere in bella mostra i peli dell'ascella. Avevo letto che quella zona del corpo era una fonte di feromoni, quindi esibirla era molto eccitante.

Dall'altra parte della stanza, Elliot per poco non morì soffocato, quindi conclusi che avevano ragione.

Con il braccio sinistro, mi massaggiai la coscia muscolosa un paio di volte prima di appoggiarmi il palmo della mano sul ventre nudo, proprio sopra il bottone dei jeans. Come richiamo finale, mi passai la lingua sulle labbra.

Elliot gemette, chiuse gli occhi e si chinò in avanti.

«Tutto bene, Ell?»

«No,» rispose con tono soffocato, mentre io avvertivo un'ondata di piacere e soddisfazione. Cambiai posizione e feci per afferrare il bordo del lettino.

«Vuoi che venga io lì?»

«No, per carità! Non mi aiuterebbe a uscire da questa situazione imbarazzante.»

Avrei potuto ridacchiare, se fossi stato il tipo di persona che ridacchia. «E di quale situazione imbarazzante si tratterebbe? Me lo puoi dire o è troppo difficile?»

Ci furono una serie di *cazzo* sussurrati nell'atmosfera già pesante, e non uscirono dalla mia bocca. Alla fine, Elliot si ricompose e si alzò. Era ancora eccitato, ma a me andava più che bene. Si avvicinò al lettino con circospezione, tenendomi d'occhio come un montone selvatico.

«Hank, dobbiamo essere professionali adesso, va bene? Lasciami fare il mio lavoro, poi ne riparliamo stasera.»

«Va bene,» mentii.

Strizzò gli occhi nella mia direzione, come se volesse valutare la mia onestà. Gli sorrisi angelico. Che sciocco! Non si sarebbe dovuto fidare di me. Entrò nel mio spazio personale e mi appoggiò la mano sulla frattura. Mi esaminò e mi fece un paio di domande. Poi chiese: «Riesci ad alzare il braccio in modo che il gomito sia più alto rispetto alla spalla?»

«Certo.» Alzai il braccio sinistro e mentre Ell era distratto, gli appoggiai la mano destra sul suo bel sedere rotondo e lo attirai nel mio abbraccio. Lui rabbrividì e si sciolse contro di me. Mi appoggiò la testa sulla spalla – per fortuna su quella sana – e mise le mani calde sul mio ventre nudo. Chinai il capo e con le labbra gli sfiorai l'orecchio, e lo sentii tremare per l'eccitazione. Feci un respiro profondo e annusai profumo di shampoo misto all'odore forte di antisettico, tipico degli ospedali. Ma sotto quello strato c'era una fragranza che era tutta di Elliot: di maschio, caldo ed eccitato.

Mi piaceva.

Voltò la testa e mi succhiò con delicatezza il collo. «Hank,» sussurrò, «non qui.»

«Lo so, DottorEllo. Solo un altro minuto e poi ti prometto che mi comporerò bene.»

Mi depositò una scia di baci lungo tutta la gola mentre io gli palpavo le natiche, godendomi la sensazione di stringerlo tra le braccia. Alla fine si tirò indietro e si schiarì la voce. «Se questa non è la definizione di "non professionalità", non so quale possa essere.»

Mi convinse a tenere le mani a posto mentre finiva il suo esame, poi mi accompagnò lungo il corridoio, verso la macchina per le radiografie. Tornati nel suo ambulatorio, prese la mia cartella e disse: «Darò un'occhiata alle lastre e ti farò sapere se c'è qualche problema, ma ne dubito. La guarigione sta procedendo bene. Tienila a riposo per altre due settimane, poi comincia a fare lavori leggeri fino a quando non ti sembrerà di aver recuperato tutte le forze. Non potrai portarci sopra sacchi di cereali da cinquanta chili per i prossimi due mesi, però sarai in grado di sollevare pesi più leggeri, che potrai aumentare per gradi. Comincia a flettere il muscolo sollevando la mano sopra la testa, tutte le sere, però interrompi se senti dolore. Dovresti essere in grado di riprendere la tua attività di tosatore verso la metà di agosto.»

Gli feci un sorriso raggiante. Mi rinfilai la maglietta e mi rimisi il giaccone. Era in piedi con la schiena voltata verso di me, così mi appoggiai a lui da dietro e lo afferrai per i fianchi, gustandomi la sensazione del suo corpo che spingeva indietro contro il mio. «A che ora vuoi che venga a casa tua, DottorEllo?»

Lo sentii deglutire, più che vederlo. «Vedrò il mio ultimo paziente alle cinque e mezza e poi ho un po' di scartoffie da sistemare. Sarò a casa per le sei.»

«Allora mi farò trovare lì alle sei e un minuto,» promisi con un tono di voce sensuale.

«Dovrò farmi una doccia, Hank,» brontolò Elliot. «Ho avuto a che fare con malati tutto il giorno, quindi devo lavarmi. Inoltre ho delle bistecche che si stanno marinando a casa. Ti devo una cena.»

«Non me ne frega niente del cibo.»

«A me sì. Vieni alle sei e mezza.»

Si liberò dalla mia presa e aprì la porta, così non potei dire o fare altro; rimase indietro per permettermi di uscire per primo. «Brutto stronzo,» mormorai, andandomene.

Pagai la visita, poi andai in un negozio locale a prendere delle cose prima di passare dal pub. Parlai con due tizi per quaranta minuti, bagnandomi la gola con un paio di birre. Se mi avessero chiesto due minuti dopo di cosa avessimo parlato, avrei avuto qualche problema a ricordarmi anche solo l'argomento. Avevo gli occhi fissi sulle lancette dell'orologio.

CAPITOLO 14

Arrivai all'indirizzo che mi aveva dato Elliot alle 18:18. Sbattei la portiera – nessuno chiude la macchina a chiave in campagna – feci sei passi lungo il vialetto e bussai forte alla sua porta.

«Muoviti, DottorEllo,» mormorai tra me e me, battendo i piedi a terra con impazienza. Alla fine, quando mi sembrava che fossero passate ore, la maniglia dall'altra parte si mosse e la porta si spalancò.

«Avevo detto le sei e mezza...» esordì Elliot.

Non mi importava. Lo afferrai, lo spinsi indietro contro il muro e chiusi la porta con un calcio. Registrai il suono della porta che sbatteva, diedi una rapida occhiata per controllare che nessuno ci potesse vedere attraverso le tende aperte, poi gli sigillai la bocca con un bacio.

Sublime.

Avevo trascorso cinquantaquattro minuti a mangiarmi le mani perché mi ero reso conto che non sapevo che sapore avessero i suoi baci. Ero nella seconda corsia del supermercato locale, a comprare dei fagioli in scatola, quando a un tratto mi era venuta in mente la bocca di Elliot. Non so come fossi arrivato a quell'associazione – dal guardare i fagioli al bacio – forse dai fagioli ero passato ai testicoli, al cazzo e poi alla bocca. E invece me ne stavo lì, a guardare delle lattine, quando mi era venuto in mente che non l'avevo mai baciato.

Idiota!

Quindi, problema risolto. Sbattei Elliot contro il muro per scoprire che sapore avessero i suoi baci. Lui ricambiò come se stesse morendo di fame. Per alcuni interminabili minuti, tutto ciò su cui riuscii a concentrarmi furono la sua bocca, le sue labbra, la sua lingua. Per me non esisteva altro, solo il suo sapore e quella sensazione. Tremavo e gioivo per la novità di quella situazione, il primo contatto delle nostre labbra, il primo assaggio di lui, il primo timido incontro delle nostre lingue, il *baciarsi finché non abbiamo bisogno di respirare.*

Ero il pescatore ma anche il pesce all'amo.

«Hank…»

Dannazione! Voleva sempre parlare. «Shhh…» gli dissi, e catturai di nuovo la sua bocca con la mia, alla ricerca della stessa sensazione. Questa volta mi ricordai che c'erano anche altre parti del mio corpo, tipo mani che potevano accarezzare le guance, dita che potevano toccare i capelli, braccia che potevano avvinghiarsi attorno a un uomo caldo e desideroso. Mi erano sempre piaciuti i tipi magrolini, quelli a cui potevi stringere le braccia attorno facendo il giro due volte. Quegli uomini piccoli ma forti quando li spingevi sul letto e li coprivi con il tuo corpo possente.

«La cena, Hank…»

«No.»

Il ragazzo non era per nulla ragionevole. Voleva mangiare in un momento come quello? Non avevo solo bisogno di baci, ma non volevo lasciare andare le sue labbra. Era più basso di me, così gli misi la mia manona sotto il sedere e lo sollevai. Con la gamba mi si appoggiò al fianco, mentre lo spingevo contro il muro con il peso del mio corpo.

«Hank, la spalla. Stai attento.»

Quello era il problema di scopare uomini con un'intelligenza superiore alla tua. Avevano così tanta materia grigia che riuscivano a fare due cose contemporaneamente. In quel momento il mio cervello era tutto concentrato su ciò che stava succedendo sotto la mia cintura. Anche Elliot era molto eccitato, se il tatto non mi tradiva, ma il suo cervello gli permetteva ancora di pensare a cose tipo la cena e gli infortuni sportivi. Allungai una mano verso il basso e gli toccai le palle.

Farfugliò e si dimenò contro di me. Sì... così sarebbe stato zitto. Lo baciai mentre spingevo l'erezione contro il suo corpo. I nostri membri si sfregarono, separati da strati di stoffa. Un misto di agonia ed estasi. Bagnato ma asciutto. Era bello, ma non abbastanza.

Avevo le papille gustative in fibrillazione e con l'unico neurone ancora in funzione nel cervello, formulai un'immagine di quel che desideravo. Non ero in grado di descriverlo, però potevo vederlo nella mia mente. Coinvolgeva la mia bocca, il cazzo di Elliot e molti meno vestiti.

Da ragazzo, il fatto di desiderare un uccello duro in bocca era stato il primo campanello d'allarme che fossi gay. Crescere in una fattoria con tre maschi e nient'altro non mi aveva offerto molte occasioni di vedere tante forme femminili. C'era una manciata di ragazze a scuola e forse tre ragazze single in città con cui potevo misurare il mio interesse. Naturalmente, da bambino, il mio esempio di eterosessualità era stato mio padre, che aveva preso il suo cuore e il suo interesse sessuale e li aveva seppelliti assieme a mia madre, quindi io e Paul non è che avessimo un modello di comportamento esemplare.

Paul si lamentava in continuazione per la mancanza di donne in gamba in città, o forse solo per l'assenza di donne di facili costumi disposte ad andare a letto con lui. Perciò, quando all'età di sedici anni non mi si era acceso alcun interesse, non mi ero preoccupato più di tanto.

Poi un giorno eravamo negli spogliatoi dopo la partita e Simon MacAllister si stava esaminando una ferita. I giocatori di football, di solito, indossavano pantaloncini molto corti, cosa di cui sarò eternamente grato, come adulto gay cresciuto in Australia. Simon era finito sotto alla mischia durante un placcaggio e il suo avversario aveva colto l'occasione per morderlo nell'interno coscia, quasi sull'inguine. Avevo sedici anni e già non ne potevo più di quattro tempi e placcaggi a tutto corpo e Simon era lì accanto a me, e con una mano si era scostato l'uccello da una parte cercando di esaminare i segni dei denti sulla coscia.

Rory Stevens era in piedi dall'altra parte e aveva fatto qualche commento maleducato. Simon si era girato esibendo tutto ciò che la natura gli aveva regalato in abbondanza e aveva mosso il bacino avanti e indietro. Rory si era messo a gridare: «Stammi lontano con quel mostro, testa di cazzo!»

Io avevo desiderato che Simon si voltasse verso di me. Mi ricordo di aver pensato che se non ci fosse stato nessun altro lì attorno, gli avrei preso quel suo grosso uccello e gliel'avrei succhiato con enorme piacere.

Questo è quanto.

Come un treno merci, la consapevolezza che volevo succhiare il suo cazzo, e praticamente ogni altro cazzo nelle immediate vicinanze, mi travolse. Avevo voglia di cazzo. Mi piaceva il cazzo. Ero gay.

Nove anni più tardi, sul pianerottolo di una casa in affitto, ebbi la certezza di esserlo. E avevo ancora voglia di cazzo. In bocca. In quel preciso momento.

Feci rimettere Elliot in piedi e mi misi in ginocchio di fronte a lui. Aveva abbandonato i suoi jeans attillati, il che mi rendeva un po' triste, ma si era fatto la doccia e li aveva sostituiti con un paio di pantaloni elasticizzati di cotone color kaki che, quando li abbassai esponendo la sua carne soda, decisi di preferirli agli altri.

Elliot gemette ma non si mosse, così, senza un attimo di esitazione, cominciai a esplorare il suo pacco.

L'ho già detto che mi piace il cazzo? Strofinai il viso contro il suo membro e gli infilai il naso tra i peli pubici. Con le mani, spinsi via la stoffa e presi i suoi testicoli nel palmo, tirandoglieli con delicatezza così come mi piaceva fosse fatto a me. Elliot gemette.

«Hank, non so quanto riuscirò a resistere.» Fu un avvertimento a cui prestai attenzione.

Alzai lo sguardo verso di lui e lo guardai da dietro quella stupida ciocca di capelli che mi stava sempre davanti agli occhi. «Hai fatto tutti i test?»

«Certo, sono un med…» Il resto della frase gli si strozzò in gola e anch'io ero troppo impegnato per continuare a parlare.

Non dico di essere un esperto nell'arte dei pompini. Non ho fatto abbastanza pratica, sapete. Ma quel che mi manca in tecnica, lo compenso con l'entusiasmo. Per esperienza personale, non ci vuole molto a fare un buon pompino. Basta che la persona che te lo succhia usi molta saliva, non i denti, e il gioco è fatto.

Assaporai Elliot per la prima volta e gemetti ad alta voce. Dovrebbero inventare un ghiacciolo al gusto di liquido seminale e di maschio. Andrebbe via come il pane. Elliot aveva ragione a dire che non sapeva quanto poteva resistere, perché bastò una leccata e due affondi con la bocca per farlo venire. E che eiaculazione! Mi riempì la bocca e, mentre deglutivo, mi ricoprì la faccia con il resto. Non mi importava, appoggiai il viso in quel dolce recesso tra il membro e i testicoli, mentre Elliot era in preda agli spasmi.

Tremò per un attimo mentre gli leccavo lo scroto, poi appoggiò la schiena contro il muro. Ora che finalmente l'avevo assaporato, volevo la mia dose di piacere. Sapevo quel che desideravo e speravo che Elliot non si sarebbe scandalizzato troppo. Mi alzai in piedi, mi aprii la cerniera dei pantaloni e lasciai libero il mio membro. Me lo strofinai con foga, appoggiato al petto del dottore, che sollevò le mani e mi titillò i capezzoli, facendomi capitolare. Raggiunsi l'apice. Direzionai il cazzo e schizzai lo sperma sul sesso e sullo scroto di Elliot. Il bianco contrastava contro il nero del suo cespuglio, sembrava un quadro. Ammirai quella vista per un paio di secondi poi glielo spalmai su tutta la parte.

Non so perché provai quella necessità, ma volevo ricoprire i suoi genitali con il mio sperma. Glielo cosparsi in tutta la zona inguinale con il sorriso sulle labbra. Feci un passo indietro per ammirare il mio capolavoro, il nuovo dottorino della città, vittima del piacere, pantaloni alle caviglie, con addosso tutto il mio sperma.

All'improvviso la pesca era diventata il mio passatempo preferito.

«Porca puttana, Hank. Tu… ahhh.»

Sorrisi follemente e mi sistemai i vestiti. Se riuscivo a lasciare senza parole il dottor Elliot, allora ero proprio bravo. «Sì,» risposi. «E mi è piaciuto da morire.»

Prima di quel momento non avevo idea che un uomo potesse sorridere e corrugare la fronte allo stesso tempo. Il dottor Elliot ci riusciva, però. «Dovevi aspettare di cenare!» mi rimproverò.

«Scusa,» dissi con finto pentimento. «Mancano ancora un paio di minuti alle sei e mezza. Vuoi che me ne vada e ritorni più tardi? Però, ti consiglio di tirarti su i pantaloni prima di farmi entrare, sennò mi verranno strane idee in testa.»

Diventò rosso come un peperone sotto il mio sguardo divertito e si tirò su i pantaloni in fretta e furia, per coprire la sua nudità. «Credo che tu non abbia bisogno che qualcuno ti metta in testa strane idee, Henry Woods. Per i prossimi due mesi, andrò ad aprire la porta con un'erezione da paura ogni volta che busseranno. Ti rendi conto di quanto sarà imbarazzante?»

Sghignazzai e gli chiesi dove fosse il bagno. Lo guardai soddisfatto e gli palpai il sedere passandogli accanto. «Mi piace sapere che hai il mio sperma dappertutto, però anch'io credo di averne un po' del tuo nell'occhio.»

Cenammo con una bella bistecca e chiacchierammo come dei vecchi amici. La cosa mi sorprese. Avevo pensato che portare le cose tra noi a un livello sessuale avrebbe significato un cambiamento nella nostra amicizia, ma mi sbagliavo. Mi chiese della fattoria, e io gli dissi di quanto dovessi lottare contro mille avversità per fare un buon raccolto: insetti, umidità, salinità, vento, uccelli, conigli. Poi io gli feci delle domande sulla facoltà di medicina e fui scioccato dalle sue descrizioni. Il pesante carico di lavoro e le grandi responsabilità avrebbero stroncato un uomo meno forte nel giro di due giorni.

Era bello. Quanto tempo avevo trascorso con giovani ragazzi come Dom che spesso avevano desiderato appoggiarsi alla mia spalla o sedersi sulle mie ginocchia… Elliot se ne stava comodamente seduto sulla sedia, dall'altra parte del tavolo, a sorseggiare un bicchiere d'acqua. Mi aveva detto che era di guardia quella notte, quindi aveva sistemato il telefono sul piano della cucina e aveva evitato di bere alcol.

Terminammo di mangiare e cominciammo a fissarci negli occhi. La tensione cominciò a salire di nuovo.

«Che ne dici di rimanere qui a dormire?» mi domandò.

«Troppo rischioso,» risposi.

Annuì. «Ti andrebbe almeno di vedere la mia camera da letto?»

Mi passai la lingua sulle labbra. Ce l'avevo già mezzo duro. «Sarà tutto quello che faremo nella tua camera? Vederla?»

«Be'… spero proprio di no.»

«Allora fammi strada.»

Lo seguii lungo il corridoio fino al retro della casa, dove si trovava la sua camera da letto. Una delle cose che mi piacevano del sesso gay? Non c'erano esitazioni. Certo, le cose potevano andare in una direzione piuttosto che in un'altra, ma per esperienza, ci si chiedeva: «ti va?» e se l'altro rispondeva: «sì,» ci si spogliava. Nella camera entrava abbastanza luce dal corridoio, quindi non accendemmo altre lampade. Mi tolsi i vestiti di dosso e osservai con grande interesse Elliot mentre si spogliava. Tirò giù il copriletto e le coperte, così potevamo sfruttare al meglio quell'enorme materasso, poi gattonai sulle lenzuola e mi stesi di fianco a lui.

Alzò lo sguardo su di me. «Dio, quanto sei bello!» Apprezzai quel commento e mi fermai per flettere i muscoli. Mi guardò con un sorriso malizioso. «E pieno di te, a quanto pare.»

Lo scrutai da capo a piedi, ammirando tutta la sua nudità, e mi piacque quel che vidi. Non aveva addominali d'acciaio, ma nemmeno un filo di grasso. Era snello senza essere muscoloso. Mi piaceva.

«Toccati,» gli ordinai, osservandolo pieno di desiderio mentre si metteva di schiena per poter usare entrambe le mani. Con una cominciò a masturbarsi, spostandola su e giù lungo l'asta con movimenti lenti e misurati e l'altra se la portò al petto, con il pollice si sfregò un capezzolo. Non sapevo dove guardare. La mano sul suo sesso era incantevole, però volevo vedergli anche il viso.

Mi lanciò un'occhiata da sotto quelle sue ciglia ridicolmente lunghe. «Be', non te ne stare lì con le mani in mano. Sono qui a far festa da solo. Se vuoi partecipare, sei il benvenuto.»

Mi abbassai per poterlo baciare ancora. Il senso di urgenza era svanito e ci esplorammo con piacere. Mi resi conto che i capezzoli dovevano eccitarlo parecchio – aveva stuzzicato il mio e adesso si toccava il suo – quindi feci un tentativo. Appoggiai le labbra sulla sua areola scura e lo succhiai.

«Oh, cazzo! Sì, Hank!»

Stentavo a credere quanto fosse sensibile, quindi ci riprovai, questa volta dall'altra parte. Urlò, contorcendosi sotto di me, afferrandomi per la testa, obbligandomi a continuare.

«Più forte?» sussurrai, e lui annuì con foga. Succhiai finché non fui sicuro di avergli lasciato un segno sul petto, gli piaceva da impazzire. Scoprii che strizzargli i capezzoli lo mandava in estasi, e toccarglieli entrambi allo stesso tempo lo faceva quasi piangere dalla gratitudine.

Alla fine mi spinse via e mi costrinse sulla schiena. Allungò una mano per toccarmi il membro, passando un dito sulla punta e cospargendo il seme che iniziava a uscire. Quando lo vidi leccarsi le labbra, sapevo che cosa aveva in mente.

Alzò lo sguardo verso di me, ansimante. «Ora tocca a te. Sei negativo?»

Diventai rosso. Accidenti, avrebbe pensato che fossi un perdente totale. Sarei stato fortunato se non mi avesse rispedito a casa nel giro di cinque minuti. «Non lo so. Non ho mai fatto il test.»

Ritornò il dottor Elliot Stockton-Montgomery. Aggrottò le sopracciglia, preoccupato. «Lo sai che dovresti fare il test regolarmente, Hank? Si tratta della tua vita.»

Annuii. «Lo so.»

«Almeno pratichi sesso sicuro?»

Mi sentivo offeso. «So di essere un semplice ragazzo di campagna, dottore, ma so come coprire il mio amico.»

Assunse subito un'espressione mortificata e si allungò per baciarmi. «Bravo, la ramanzina la rimandiamo a un'altra volta. Per il momento, ho altri piani per la mia bocca e la mia attenzione, quindi se riesci ad aprire quel cassetto laggiù, troverai qualcosa che ci potrà essere utile.»

E così feci, tirando fuori una scatola intatta di preservativi e un tubo extra large di lubrificante. Dovemmo fermarci un attimo per togliere il cellofan che avvolgeva la confezione, aprire la scatola e poi trovare quei dannati profilattici (per aprire quello stupido imballo bisognava fare un giro enorme, sembrava di giocare al gioco dell'oca), ma non fu sufficiente a placare il nostro ardore. Ridacchiai osservando Elliot intento ad aprire la confezione. Gettò l'involucro di plastica da una parte del letto e io domandai: «Vuoi che vada a depositarlo nel bidone del riciclaggio, Ell? Non vorrei mettere in disordine la tua cameretta immacolata.»

Mi lanciò un'occhiataccia e mi spinse sul letto. «Tu non ti muovi di lì almeno per i prossimi dieci minuti.»

«Dieci minuti? È già molto se ne resisterò due.»

«Be', la pratica rende perfetti. Ti cronometro, e se non arrivi a dieci minuti, dovrai tornare un'altra volta e ritentare. Sei un buon amico e sono disposto a lavorarci su finché non ce la farai.»

Sorrisi. «Devi proprio essere un vero amico, allora. Vorrei che tutti i miei amici mi aiutassero in questo modo!»

Una risata riempì la stanza mentre finalmente tirava fuori quel pezzo di lattice e me lo infilava. Poi me lo succhiò e io rovesciai gli occhi all'indietro, mentre mi immergevo nella gloria di quel momento. Provavo piacere ovunque. Inginocchiato sopra di me sul materasso, usava entrambe le mani e la bocca. Sentivo le sue labbra, la sua lingua e le sue dita tutte bagnate sul sesso e lo scroto e persino sotto, sul perineo. Nessuno mi aveva mai amato con così tanta passione.

Divaricai le gambe per dargli un miglior accesso, intanto lui si sistemò meglio sul letto, con il sedere sempre più vicino alla mia testa. Ce l'avevo proprio davanti agli occhi. Non sapevo se volessi venire mentre me lo succhiava o se tirarlo via per potermi infilare dentro di lui.

Volevo guardargli l'apertura. Elliot mi aveva già detto che preferiva prenderlo, quindi immaginavo che gradisse le mie esplorazioni. Appoggiai la mia manona sulla curva delle natiche e mi stupii della differenza del colore della pelle, la mia mano scura contro la sua pelle diafana. Per un attimo mi balenò in testa l'idea di come sarebbe risaltata un'impronta rossa della mano, ma poi decisi che era meglio rimandare a un'altra volta. Elliot stava lavorando divinamente le mie parti basse e non volevo interromperlo.

Deglutii per evitare di venirgli in bocca e lo attirai verso di me, aprendogli le natiche. Era così sensibile che bastò quello per farlo gemere e mugolare attorno al mio sesso. Quello inviò delle piccole vibrazioni lungo il mio uccello e dovetti chiudere gli occhi per un attimo, per ritardare l'orgasmo. Quando gli appoggiai un dito sull'apertura, sobbalzò, mollandomi l'uccello per urlare forte.

«Oh, Gesù Cristo. Oh, Dio, oh Dio, oh Dio.»

Feci un largo sorriso. Non riuscivo a non fare caso a quanto fosse sensibile. Gli picchiettai un paio di volte l'apertura con un dito, solo per vederlo contorcersi in preda all'estasi, poi lo spinsi all'interno. Si accasciò con la testa su di me, come se quella sensazione fosse troppo da sopportare. Lo sentivo ansimare sulla base della mia asta incappucciata. Non si muoveva più, era tutto concentrato sui miei movimenti.

«Dovresti vederti, Elliot. Cazzo, amico!»

«Prendi il lubrificante,» mi ordinò con il fiato corto.

Avevo il tubo accanto a me, feci fuoriuscire un bel po' di gel sul dito e mi godetti la scena mentre glielo infilavo. Lo penetrai solo fino alla prima nocca, poi tirai fuori il dito. Ero ipnotizzato da quella vista. Continuavo ad andare dentro e fuori con il dito, facendo un lieve rumore.

Ero sul punto di rimetterlo dentro per tipo la ventesima volta, quando Elliot iniziò a muoversi. Con uno scatto felino, mi tolse il lubrificante dalla mano inerte.

«Ell…?»

«Non pensavo che fossi così bravo a provocare, Henry Woods. Ora ne pagherai le conseguenze.»

Mi si accovacciò accanto, dandomi una visione chiara di quello che stava facendo. Si mise del gel sulla mano e senza alcuna esitazione si infilò dentro due dita. Meglio di qualsiasi porno della mia collezione.

Mi diedi subito da fare, afferrai il lubrificante e mi inumidii l'asta, in tutta la sua lunghezza. L'avrei penetrato, in profondità. Elliot si stava ancora preparando ma io non potevo aspettare un minuto di più.

«Mi dispiace, DottorEllo. Le cose si faranno un po' rudi.»

Ero un uomo abituato a maneggiare oltre trecento pecore al giorno. Ero forte e riuscivo a tener fermo anche il più selvatico dei montoni, mentre gli tosavo la schiena. Presi Elliot e lo misi a faccia in giù tra le lenzuola, attirandolo verso di me per i fianchi. Mugolò e gli passai il cazzo un paio di volte sulla fessura, cercando di spalmare per bene il lubrificante, poi glielo sbattei dentro con foga.

Nei meandri della mia mente mi dicevo di rallentare – di renderlo piacevole per lui, così mi avrebbe invitato ancora – ma l'istinto prese il sopravvento. Il suo corpo era pronto ad accogliermi e il mio sesso era in fiamme. Lo afferrai per i fianchi e abbandonai quel poco di controllo che avevo.

Era sconvolgente. Mi sentivo elettrizzato e per nulla al mondo avrei fermato quel treno merci in corsa.

«Cazzo, sì, DottorEllo. Non riesco a credere quanto sia bello! Sei così fantastico, così fantastico.»

«Non fermarti. Sto venendo,» ansimò.

Quello mi bastò. Un ultimo affondo e mi lasciai andare. Fu un orgasmo senza fine. Urlai forte, attirando il suo corpo contro il mio, mentre gli svuotavo dentro tutta la mia anima. Gli crollai sopra a peso morto, prima di scivolargli su un fianco.

Eravamo lì distesi, ansanti come se avessimo fatto una maratona. Io ero steso sulla schiena, gli occhi fissi sul soffitto, mentre Elliot era a pancia in giù, con le gambe divaricate e la testa dall'altra parte. All'improvviso mi vennero dei dubbi. *Oh, cazzo. Gli avevo fatto male? Non gli era piaciuto?* Avevo appena avuto la migliore esperienza della mia vita, ma lui avrebbe potuto odiarla.

«Ell?»

«Mmm?»

«Tutto bene?»

Con uno sforzo, voltò la testa verso di me, rimanendo a pancia in giù.

«Eh?»

Ero preoccupato. «Cazzo. Ti ho fatto male? Mi dispiace; so che sono stato un po' impetuoso. Posso fare qualcosa per te?»

Alzò lo sguardo verso di me. «Hank? Taci. Sono qui sdraiato e prego che il telefono non squilli per i prossimi trenta minuti perché il mio cervello è esploso ed è finito su tutte le lenzuola, e non mi importa nemmeno se ci sono steso sopra. Sei stato un fenomeno a scoparmi e per poco non mi hai fatto perdere i sensi, tanto che adesso non so neppure se riesco a camminare, figuriamoci se dovessi gestire un'emergenza.»

«Sì?» A un uomo i complimenti fanno sempre piacere.

«Sì. Ora come ora mi prenderei a calci per non averti rintracciato il primo giorno che ti ho visto. Avresti potuto scoparmi fino allo stremo mesi fa.»

«Sì? Ti ricordi il primo giorno che mi hai visto?»

«Certamente. Ero arrivato da appena tre giorni. Era l'inizio di marzo e fuori c'erano ancora quaranta gradi. Le mosche mi facevano diventare matto, avevo nostalgia di casa, non riuscivo ad accettare come fosse tutto così piccolo e sperduto e stavo per gridare tutto il mio sconforto, quando il più bel ragazzo di campagna che avessi mai visto è uscito da Wilson's Stockfeeds con un sacco enorme di cereali sulla spalla. Ha scaricato il peso sul sedile posteriore della macchina e poi è tornato a prenderne altri. Maneggiavi quei sacchi come se pesassero solo un paio di chili. In quel preciso momento ho capito di volerti. A un tratto, la vecchia Dumbleyung non era più quella brutta città che credevo.»

Mi girai su un fianco e gli passai languidamente le dita lungo la schiena. «E adesso che mi hai provato, cosa ne pensi?»

Fece una pausa, lo guardai fisso negli occhi e lui sussurrò: «Adesso ti voglio ancora di più.»

Avevo infranto tutte le mie regole, quindi perché non godermi quel giorno di pesca?

«A questo possiamo provvedere,» aggiunsi con un sorriso ironico.

CAPITOLO 15

Dovetti aspettare sabato prima che Elliot si decidesse finalmente a venire da me per vedere la sorpresa. Avevo trascorso tutta la mattinata con il sorriso sulle labbra, al pensiero che sarebbe arrivato. Stavo rimettendo in sesto l'attrezzatura per la tosatura, visto che Elliot mi aveva detto che potevo tornare a lavorare. Nonostante avessi venduto quasi tutti i montoni, stavo raschiando il fondo del mio conto in banca per via del mutuo da pagare e dei soldi per tirare avanti.

Tom Aitkens mi aveva telefonato la sera prima chiedendomi se ero disponibile. Gli avevo detto che non ero ancora nel pieno delle mie forze – forse avrei potuto fare una mezza giornata di lavoro – ma a lui andava bene tutto. Avrebbe iniziato la tosatura del suo gregge mercoledì e aveva già due uomini ad aiutarlo, io sarei stato il terzo.

Aspettai Elliot nel capannone solo per poterlo osservare mentre attraversava il recinto. Sorrideva radioso e la sua andatura tranquilla e disinvolta mi eccitava. Stavo sviluppando un debole per quel suo modo di muovere i fianchi. Mi chiesi se sarei riuscito a convincerlo a farglielo fare da nudo.

Ero all'ombra del capanno ed eravamo soli, escludendo Buck, quindi gli buttai le braccia al collo per dargli il benvenuto, e lui ricambiò senza esitare e mi diede un bacio profondo, strusciando il bacino contro il mio.

«Buongiorno, DottorEllo,» gli dissi quando ci staccammo per prendere fiato. «Spero che non saluti tutti i tuoi pazienti in questo modo.»

Arrossì e fece un passo indietro. «Uhm, no. Anzi, vorrei proprio parlarti di questo, Hank.»

«Oh-oh, sembra una cosa seria,» lo canzonai. Presi l'olio e cominciai a passarlo sull'attrezzatura. Sorridevo e ridevo, ma dentro di me si era aperto un pozzo pieno di paura. Voleva farla già finita?

«È una cosa seria e ho bisogno che tu... cosa stai facendo?» Mi guardò accigliato mentre sistemavo gli attrezzi e montavo i denti per verificare che non fossero piegati, cercando di togliere lo sporco e assicurandomi che fossero ben lubrificati.

«Mercoledì lavoro. Devo accertarmi di essere pronto.»

«Lavori? Come tosatore? Sei sicuro di farcela? Ti avevo detto metà agosto.»

«Si tratta solo di *crutching*. Il capo lo sa che non posso ancora fare tutto quindi, se dovessi sentire dolore, mi fermo. Ho pensato che se riesco a prenderti e sbatterti nel letto senza provare il benché minimo dolore, dovrei essere in grado di gestire un paio di pecore.»

Aveva di nuovo le guance rosse. Forse sarei riuscito a farlo arrossire tre volte in tre minuti. «Magari sei riuscito a sollevarmi perché avevi la mente occupata a fare qualcos'altro, in quel momento. Non credo che il dolore fosse al vertice delle tue priorità, vero?»

«Potresti aver ragione,» dovetti ammettere. «Lo terrò presente per la prossima volta.»

Sì! Missione compiuta. Ero riuscito a farlo arrossire tre volte in tre minuti.

«Che diavolo è il crutching, comunque?» domandò.

«Si tratta di asportare i tarzanelli, per evitare la miasi.»

«Tarzanelli? Miasi?»

Era esasperante. «Babbei di città!» esclamai fingendomi frustrato. Poi gli feci un sorriso. «I tarzanelli sono parti di lana a cui sono rimaste attaccate le feci. Di solito le femmine li hanno nella zona attorno al sedere e i maschi anche attorno al cazzo. Se non vengono asportati, le mosche depositano le larve nella sporcizia.»

«Che schifo!» esclamò Elliot inorridito.

«Infatti. Meglio non avere vermi nella lana o sulle pecore. Quando hanno questi sintomi significa che hanno la miasi. Quasi tutti gli allevatori praticano il crutching almeno una volta l'anno. Per alcune razze è necessario anche due volte. Quindi non farò una tosatura completa, solo attorno al sedere e un grosso pezzo attorno allo stomaco per i maschi.»

Aveva ancora la faccia disgustata. «Io preferisco fare una colonscopia.»

«Una che?» Era il mio turno di essere confuso.

«È quando infili una telecamera su per il sedere di una persona.»

«Perché?» domandai con gli occhi fuori dalle orbite.

«Per vedere cosa c'è.»

Sgranai gli occhi. «Merda? Non trovate quella, di solito?»

Scoppiò a ridere. «Di solito… oh, lascia perdere. Tu continua a occuparti del crutching e io mi dedico a guarire gli umani.»

Hmm.

«Comunque, parlando di medici, abbiamo un problemino,» continuò Elliot.

«Sì?»

Sospirò e si appoggiò contro il mio banco da lavoro. «Adesso che tra noi c'è qualcosa, ho qualche problema ad averti come paziente.»

«Ah, sì?»

«Sì. Per questioni etiche e morali e cose del genere. Non posso curare amici stretti e familiari, e credo che dopo mercoledì sera tu rientri a pieno titolo nella categoria degli *amici stretti.*»

Il cuore mi batteva sempre più forte. Ancora non era intenzionato a lasciarmi. «Sì? C'è stato qualcosa in particolare che mi ha promosso nella categoria degli *amici stretti*?»

«Sì, giusto un piccolo dettaglio,» rispose beffardo, con un luccichio negli occhi.

Lo guardai torvo, fingendo di essere arrabbiato. «Piccolo? Stai dicendo che ce l'ho piccolo? Forse dovrei rinfrescarti le idee sulle mie dimensioni, DottorEllo.»

Mi sorrise e ripeté le parole di quella sera. «A quello possiamo provvedere.»

Continuammo a prenderci in giro fino a quando non mi venne in mente il motivo della sua visita, a parte il sesso, ovviamente. «Allora, la vuoi vedere la tua sorpresa?»

«Certo che sì! Sono giorni che sono divorato dalla curiosità. Accompagnami, dai!»

Appoggiai la mia attrezzatura da tosatore e ci incamminammo verso la casa, ed Elliot mi parlò durante il tragitto.

«Dicevo sul serio prima, Hank. Da un punto di vista etico, non posso più tenerti come paziente. Certo, in caso di emergenza posso aiutarti, o nel caso ti serva una consulenza medica, ma sulla carta non puoi più essere in cura da me. Quindi dovrai vedere George Larsen se ti serve un medico, oppure dovrai andare in un'altra città.»

Raccolsi una pallina da tennis malconcia abbandonata a terra e la lanciai davanti a noi. Buck partì subito a tutta velocità alla ricerca del suo giocattolo preferito. «Che motivo posso inventarmi per aver deciso di andare da lui invece che da te? Non si insospettirà? E le infermiere e le segretarie?»

Si infilò le mani nelle tasche davanti dei jeans. «Faccio ambulatorio a Kukerin di lunedì e a Nyabing di venerdì. Se prendi un appuntamento a Dumbleyung in uno di quei giorni, potrai solo farti visitare da George.»

«Va bene.»

Eravamo quasi d'accordo, poi mi domandò: «Allora, lo farai?»

«Farò cosa?»

«Vedere George Larsen? Dovresti fare le analisi per le malattie sessualmente trasmissibili e l'HIV almeno due volte l'anno, anche più spesso se hai più partner, e subito dopo aver fatto sesso non protetto.»

Feci una smorfia. «Grazie per il consiglio, dottor Montgomery.»

Si fermò, mi afferrò per il braccio e mi voltò verso di lui, serio in volto. «Non è uno scherzo, Hank. Sei ad alto rischio di contrarre l'HIV e ci sono così tante malattie sessualmente trasmissibili che nemmeno te lo immagini. Se te ne viene una devi curarti, così da non passarla a qualcun altro. Se non lo sai, metti a rischio *me*.»

Non appena mi mostrò la cosa in quel modo, rabbrividii. Gli accarezzai la guancia, anche se eravamo in bella vista dalla strada e qualcuno avrebbe potuto vederci. «Prenderò un appuntamento lunedì, va bene? Ora basta cose serie e voltati per vedere la sorpresa.»

Eravamo fermi di fronte al recinto delle mie pecore *melanian*. Elliot si voltò e posò gli occhi su di loro. «Eh? È questa la mia sorpresa? Ti sei dimenticato che me le avevi già fatte vedere?»

«Aspetta, lo vedrai tra un minuto. Laggiù… guarda alla tua sinistra.»

Attese che Devil e Chappel facessero un paio di passi in avanti, con le teste chine sul prato, e poi all'improvviso trattenne il fiato. In fondo al recinto, c'era un agnellino in piedi su zampe malferme, con la testa sotto la madre mentre prendeva il latte, tutto scodinzolante. L'agnellino era tutto nero, ma con il sedere bianco, come se si fosse seduto su un barattolo di vernice.

«È un agnellino!» esclamò Elliot, e io gli diedi una pacca sulla spalla.

«Il tuo spirito di osservazione non finisce mai di stupirmi, DottorEllo. Certo che è un agnellino. Pensavi che le mie pecore partorissero cagnolini, per caso?»

Mi diede una gomitata nelle costole e io grugnii. «Intendevo, perché hai un agnellino e per quale motivo me l'hai fatto vedere?»

«Perché voglio che sia tu a dargli un nome,» gli risposi pieno di orgoglio.

«Cosa?» Era deliziosamente esterrefatto.

«Quella pecora là si chiama Nan, ti ricordi che te ne ho parlato? Pensavo di macellarla tra un paio di settimane e adesso mi gioca questi scherzetti. Certo che è una signora libertina, perché non doveva rimanere incinta. Non ho idea chi sia il padre. L'ho chiesto a tutti, ma loro negano la paternità.» A quelle parole Elliot alzò gli occhi al cielo. «Quindi ho deciso che sarai tu a darle un nome. Non so se il nome del padre sia Donnie o Phantom, quindi hai solo il nome della madre, Nan, su cui lavorare. Sta a te decidere come chiamarla.»

«È una lei?»

Annuii e lui guardò l'agnellina. Aveva finito di bere e stava annusando dell'erba. Una delle pecore più anziane le si avvicinò, lei si spaventò e corse indietro verso la madre, al sicuro. Guardai la faccia di Elliot: era in adorazione. Crescendo in una fattoria, spesso ci si dimentica della magia di una nuova vita e si vedono solo le cose in termini di dollari e sudore. Ero contento di fare quel regalo a Elliot.

Lo vidi fare un cenno del capo. Poi si voltò verso di me e proclamò: «Poppy.»

«Poppy?»

«Sì. I miei nonni paterni li chiamo Nan e Pop. Quindi lei si chiamerà Poppy, visto che sua madre si chiama Nan.»

«D'accordo. Vada per Nan e Poppy. Vieni, andiamo in casa, ti preparo un caffè mentre scrivo il nome sul registro.»

L'acqua stava per bollire e le tazze erano già pronte quando gli saltai addosso. Mi ero trattenuto anche troppo. Dopotutto, era arrivato da oltre mezz'ora, e un bacio con la lingua e una strusciata nelle zone intime non erano riusciti in alcun modo a soddisfare i tre giorni di astinenza. Quando lo sfogo dei miei desideri sessuali era a tre ore di macchina, la mia libido era abbastanza sotto controllo, ma se si trovava a trenta minuti, venti se guidavo veloce, allora il mio appetito sessuale diventava incontrollabile.

Avevo vagliato l'ipotesi di chiamare Elliot a mezzanotte perché venisse a farmi compagnia, sapevo che sarebbe stato allettato dall'idea di una scopata nel cuore della notte. Poi però, sapendo anche che era responsabile della vita di esseri umani e che aveva bisogno di dormire, avevo deciso di non telefonargli. Invece del ricevitore, mi ero allungato per prendere il lubrificante nel cassetto.

Elliot cercava la scatola di latta dei biscotti nella credenza, e io non ce la facevo più. Lo afferrai e lo spinsi giù tra le mie ginocchia, ignorando la sua esclamazione stupita.

«Voglio vedere se oggi hai i capezzoli sensibili come mercoledì,» gli sussurrai all'orecchio e lui si bloccò. «Non ho smesso un attimo di pensarti, da quella sera.»

Per poco non mi si sciolse tra le braccia, gli infilai le mani sotto la camicia e il maglione e trovai due piccole protuberanze, gliele stuzzicai un pochino e poi le massaggiai con i palmi.

«Oh, merda. Cazzo, Hank. Oddio. Oh, accidenti!» Mi si strinse contro e si dimenò sulle mie ginocchia, proprio dove ne avevo più bisogno. Non cercò neppure per un attimo di fermarmi.

Scoppiai a ridere. «Sei davvero ultrasensibile in questa zona. Non posso crederci. Pensi che se continuo a pizzicarti, leccarti e succhiarti i capezzoli potresti anche venire?»

Gemette forte e tutti e due ignorammo l'acqua bollente pronta per il caffè. Gli succhiai il collo, attento a non lasciargli un segno, mentre gli stringevo i capezzoli tra le dita. Ero eccitatissimo e non vedevo l'ora di penetrarlo di nuovo.

«Vuoi battezzare il mio tavolo della cucina, DottorEllo? Mi piacerebbe vederti steso sul tavolo a gambe aperte, così ogni volta che mangio posso pensare a te.» Mugolava e si contorceva ancora sulle mie ginocchia, inviando stimoli al mio membro, però riuscì a fare cenno di sì con la testa. Mi alzai e lo sollevai assieme a me. Avevo una fantasia da soddisfare e speravo che collaborasse. «Devo prendere un paio di cose dalla camera da letto, faccio in un lampo. Togliti le scarpe, Ell, ma nient'altro. Torno subito.»

Corsi in camera da letto e mi lanciai sulla scatola dei preservativi. Ce n'erano rimasti solo due, il che significava che presto avrei dovuto fare un salto al negozio per comprarne altri. Molto presto. Due non mi sarebbero bastati neppure per una notte, tanta era la voglia di scopare Elliot. Avevo un tubetto di lubrificante a portata di mano, qual era il ragazzo single che non ce l'aveva? E per ultimo, presi un cuscino dal letto. Il tavolo era duro e non volevo che Elliot soffrisse.

Si era tolto le scarpe e aspettava vicino al tavolo con trepidazione. Notai che aveva chiuso le tende della finestra lì vicino, il che forse era una buona idea, così decisi di tirare indietro un paio di sedie per avere più spazio per muovermi. Appoggiai cuscino, lubrificante e preservativo sul bordo del tavolo e mi voltai verso Elliot con uno sguardo intenso.

«Vieni qui.»

La mia voce si era fatta roca e profonda per l'eccitazione, e ce l'avevo duro come una roccia. Si avvicinò, ma non abbastanza. Lo afferrai per il fondoschiena per tirarlo più vicino, il mio petto contro il suo. Abbassai la testa e lui si alzò sulle punte dei piedi per rispondere al mio bacio. Era più dolce della ricetta del croccante al miele preferito di Jimmie. Mi spostai in avanti finché non sentii che aveva le natiche appoggiate al bordo del tavolo e lo feci sedere.

«Hank.» Aveva la voce rotta, ma non aveva nulla da obiettare alle mie premure, solo esclamazioni, speravo dovute all'eccitazione e non allo shock.

Mi avventai sulla patta dei suoi pantaloni, mancò poco che non gli strappassi la stoffa per la foga, poi spinsi il denim in basso, sulle cosce, assieme agli slip, senza smettere di baciarlo. Li spinsi giù il più possibile, finché non scivolarono alle caviglie. Elliot li scalciò da un lato e abbassò lo sguardo. Aveva il membro rosso e gonfio, perfettamente eretto. Glielo afferrai e gli passai la mano su e giù un paio di volte.

«Guarda un po' cos'ho trovato, DottorEllo. Sembra che tu sia felice di vedermi, a giudicare da questo delizioso benvenuto.»

Ridacchiò contro la mia mascella. «Oh, sì. Penso di essere assolutamente felice di vederti. Mi chiedo solo se tu sia altrettanto contento di vedere me.»

Allungò una mano tra di noi e trovò la mia erezione che spingeva contro la cerniera dei pantaloni. Gli spinsi via la mano e gliela feci adagiare di nuovo contro la superficie consumata del mio tavolo da cucina. «Ah-ah-ah, Ell! Devo soddisfare una fantasia, prima che il mio cazzo esca fuori a giocare.» Mi cinse la vita con le gambe mentre io lo spingevo all'indietro. Gli sistemai un cuscino sotto la testa. Sembrò capire cosa volessi e mi lasciò fare, disteso sul tavolo, nudo dalla vita in giù, pronto a esaudire ogni mio desiderio.

Gli feci appoggiare le piante dei piedi sul tavolo. Aveva le ginocchia piegate e le gambe divaricate, era uno spettacolo. Da quanto ce l'aveva duro, capii che anche lui stava godendo di quel piccolo scenario che avevo in mente.

«Oddio, Ell. Sei bellissimo.»

Suonò banale, ma ormai l'avevo detto e non me lo sarei di certo rimangiato. Presi una sedia e mi accomodai a capotavola tra le gambe divaricate di Elliot. Avevo un autentico banchetto davanti a me. Una vista incantevole, indimenticabile.

«Oh, cazzo, Hank. Hai intenzione di fare qualcos'altro oltre guardare? Perché ti giuro che non ce la faccio più!»

Cercai di darmi un contegno e cominciai a esplorare, gli sfiorai l'interno delle cosce, gli solleticai lo scroto e gli accarezzai l'asta. Una volta toccato tutto, iniziai ad assaggiarlo, passandogli la lingua sulla carne.

«Ommiodddio!»

Gli leccai ogni centimetro dell'uccello, la piega delle cosce, tutto attorno ai testicoli, poi gli piegai le gambe sul petto e scoprii altri punti deliziosi là sotto. Gli cosparsi il perineo di saliva mentre scoprivo ed esploravo tutti i suoi punti sensibili. Succhiai, leccai e – cosa più importante – mi godetti tutto quanto.

Poi scesi più in basso. L'avevo già provato in altre occasioni e, la volta che l'avevano fatto a me, mi aveva fatto impazzire. Gli baciai l'apertura, poi gliela leccai per bene.

«Oh, oh, oh, sì!»

Elliot non aveva più parole da gridare.

Introdussi la lingua dove speravo di mettere il mio uccello da lì a un paio di minuti.

«Hank!»

Feci appena in tempo ad alzare lo sguardo che Elliot, il cazzo in mano, venne in un susseguirsi di fiotti copiosi che gli ricaddero sul petto. La vista fu troppo eccitante perché potessi riprendere a fare quel che avevo interrotto. A malincuore, dovetti lasciar perdere il piano e mi ripromisi di continuare un altro giorno. In quel momento, dovevo penetrare Ell.

Mi tirai giù la cerniera con uno strattone, ed Elliot aveva già aperto il pacchetto del preservativo. Giuro che mai un profilattico fu indossato con tanta rapidità, lo stesso valse per il lubrificante che fu applicato in tutta fretta: mai due uomini furono così felici che i loro corpi si unissero. Mi spinsi dentro lentamente ma con forza, costringendo il corpo di Elliot ad accogliermi. Ansimò profondamente mentre io osservavo il suo sesso riprendere vigore, nonostante fosse venuto poco prima. Mugolò: «Sì, continua così, Hank.»

Una volta entrato fino in fondo, mi fermai per assicurarmi che Elliot fosse a suo agio. Avevo bisogno di sapere che lo era con tutto quello che facevamo. Avevo bisogno che continuasse a volermi. Avevo bisogno di lui.

Mi chinai su di lui e sfiorai le sue labbra umide con le mie. Mi afferrò le spalle e in qualche modo cominciò a dimenarsi sotto di me.

«Forza, Hank. Arriviamo fino in fondo.»

Mi feci indietro e osservai la scena che avevo creato. Cazzo, ero un bastardo fortunato!

Al primo affondo, gemette. Al secondo, quasi gridò. Dopo di che, fu già tanto se riuscì a respirare. Per quel che mi riguardava, il mondo si era ridotto a una piccola bolla attorno a noi. C'eravamo io ed Elliot, un po' d'aria per respirare e nulla più. Non avevamo bisogno di altro.

Scopavo Elliot sulla superficie dura del legno, le sue gambe allacciate ai miei fianchi. Con una mano, teneva stretto il bordo del tavolo e con l'altra si sfregava i capezzoli, la sua eccitazione che schizzava oltre le stelle.

Sentii le mie palle stringersi, segnale che la fine era vicina. «Ell?» lo incalzai.

«Sì,» rispose, che avesse capito la mia domanda o meno.

Scintille luminose lampeggiavano dietro ai miei occhi e quello che sembrò un fulmine mi attraversò la schiena, giù fino all'inguine, con conseguenze cataclismiche. Fui colto dall'apice del piacere, e per un lungo momento mi crogiolai nel pensiero delizioso di venire dentro al corpo di Elliot. Poi anche lui raggiunse il suo secondo orgasmo: inarcò il corpo verso l'alto e per lo spasmo il suo canale si strinse attorno al mio sesso, facendomi vorticare in un turbine di piacere e prolungando l'apice del mio godimento.

Eravamo finalmente giunti alla fine, io tremavo ancora per via della potente eiaculazione. Mi sembrava di aver appena terminato due partite di football una dopo l'altra, oppure di aver lottato con dei montoni per otto ore di fila. Le gambe mi sorreggevano a malapena. Mi tirai fuori da Elliot prima di cadere e mi sedetti con un tonfo sulla sedia vicina. Il legno era freddo sul sedere nudo, ma non mi importava più di tanto.

«Oddio Elliot,» ridacchiai mentre cercavo di calmarmi. Mi chiesi se gli facesse male la schiena per via della durezza del tavolo di legno, ma a lui non sembrava importare. Aveva le gambe fuori dal tavolo, con i piedi che penzolavano sul pavimento, esanime, proprio come me.

Lentamente, la mia frequenza cardiaca tornò quasi normale e mi alzai per buttare via il preservativo. Dovetti trascinare i piedi sul pavimento con i jeans alle caviglie, perché avevo le mani impegnate, però alla fine riuscii a tirarmeli su e a coprirmi. Elliot ancora non si era mosso.

«Ell? Tutto bene laggiù?»

«Hank? Puoi venire qui un attimo?»

Colto da mille timori, mi precipitai al suo fianco e lo scrutai dappertutto. Gli era venuta un'ernia al disco? Gli avevo provocato delle escoriazioni sul sedere per l'attrito?

«Cosa c'è? Ti ho fatto male?»

Si voltò verso di me. «Hank? Riesci a vedere i miei occhi?»

No, cazzo! Era diventato cieco per aver fatto sesso con un uomo! Papà mi aveva sempre detto che sarebbe successo. «Cosa c'è che non va agli occhi?» gli domandai premuroso. «Ti fanno male? Ci vedi?»

Abbozzò un sorriso. «Dimmi solo... ci sono ancora?»

«Certo. Dove vuoi che siano andati?»

«E le orecchie? Sono ancora attaccate?»

Mi rilassai un pochino. Mi stava prendendo in giro? «Sì.»

«E la testa? È ancora al posto giusto? Non è che si è mossa o che il cervello è uscito fuori o roba del genere?»

Che testa di cazzo! Sorrisi con severità. «Non è stato il cervello a fuoriuscire.»

«Ah, bene,» sospirò, fingendo un certo sollievo. «Mi è solo sembrato, allora.»

Gli diedi uno schiaffetto vicino alle orecchie e lo tirai su. Fece una piccola smorfia di dolore che mi fece preoccupare. «Cazzo, allora ti ho fatto male, vero?»

Mi guardò, era serio. «Hank? Me lo fai un favore? Tutte le volte che facciamo sesso, non voglio che continui a chiedermi se mi hai fatto male. Sono grande e grosso e ti direi di fermarti, se fossi troppo violento. Qualche dolorino dopo essere stato con te significa che mi hai scopato bene. Sono sicuro che un giorno ci accontenteremo di una scopata lenta e soft, ma per il momento il tuo modo impetuoso e violento di prendermi mi fa sentire al settimo cielo. Quindi, smettila di preoccuparti. Finora, non mi sono ancora rotto niente per delle acrobazie sessuali.»

Gli diedi un bacio sulla mascella in segno di scusa. «Hai ragione, DottorEllo. Vuoi che ti prenda i pantaloni o ce la fai da solo?»

Scivolò giù dal bordo del tavolo e si allungò. «Maledizione, Hank. Mi sento attorcigliato come un brezel. La prossima volta sul letto, okay? Per adesso però, potresti recuperare i miei pantaloni e aiutarmi anche a metterli?»

Scoppiammo a ridere e assecondai le sue richieste.

CAPITOLO 16

Niente era mai stato così imbarazzante nella mia vita come parlare con il dottor Larsen la settimana seguente. Avevo telefonato per richiedere un appuntamento per lunedì, e Gloria me l'aveva fissato alle 14:30.

Non scherzavo quando dicevo che aveva visto la prima guerra mondiale. Aveva le ossa tutte scricchiolanti, la sua pelata mi guardava da venti centimetri più in basso, e quella distanza sembrava aumentare ogni volta che lo rivedevo, come se si stesse rimpicciolendo. Ma era un tipo energico e gli occhi gli brillavano di una luce ferma che mi piaceva molto.

Però, quello che stavo per fare non mi metteva a mio agio.

«Allora, Hank. Come posso esserti utile, oggi?»

Cazzo! Avrei dovuto consultarmi con Elliot su cosa chiedere al dottore. Tutto quello che sapevo era che dovevo fare il test. Di che tipo di esame si trattava? Doveva infilarmi qualcosa dentro? Su da qualche parte?

«Be'… uhm… non è autorizzato a rivelare nulla di quello che le dico, vero?»

Il dottor Larsen mi fece un sorriso benevolo, come se avesse sentito quella domanda un milione di volte. «Sì. Il rapporto medico-paziente mi impedisce di discutere della tua storia clinica con chiunque. Mi puoi dire tutto quello che vuoi, Hank.»

«E… per quanto riguarda… le cose scritte? Che succede se un membro del personale le vede?»

«Sono vincolati dai miei stessi obblighi etici. Le informazioni ultrasensibili vengono custodite altrove, ma io mi fido ciecamente del mio personale. Perché non me ne parli, vedrai che non dovrò neppure scrivere nulla.»

Deglutii e mi agitai sulla sedia. Accidenti com'era difficile! L'unica persona a cui avevo dovuto dirlo era zio Murray. Tutti gli altri lo avevano scoperto per caso. Poi però mi ricordai che lo stavo facendo per Elliot. Dovevamo saperlo, e non volevo mettere a rischio la sua vita.

«Be'... dottore... vede... Sono...» *Porca troia!* «Sono gay.»

Quelle parole sembrarono esplodere tra di noi come una raffica di bombe alla merda. O forse era solo la mia immaginazione, perché il dottor Larsen rimase quasi impassibile, limitandosi ad alzare un folto sopracciglio bianco. Almeno non era scoppiato a ridere o era corso via urlando dalla stanza. Attese che finissi di parlare.

Mi pizzicai il naso, che improvvisamente aveva iniziato a prudere. «Io... ehm... ha capito? Faccio sesso con altri uomini? Quindi ho letto che devo farmi il test, o roba del genere.»

Il dottor Larsen non cancellò il suo gentile sorriso dal volto, si protese ed estrasse un paio di moduli da uno scaffale. «Sì. Dovresti fare il test regolarmente. A quando risale l'ultimo? È risultato qualcosa?»

Era veramente, assolutamente imbarazzante. «Io non ho... ehm... in realtà non ho mai fatto il test prima.»

«Ah.» Il dottor Larsen inarcò le sopracciglia. Proprio come avrebbe fatto Elliot. Insegnavano a reagire così alla facoltà di medicina, per caso? «Dovresti ripetere gli esami ogni sei mesi. Ci sono malattie sessualmente trasmissibili che non appaiono nelle fasi iniziali, quindi è necessario ripetere il test regolarmente. Quanto tempo è passato dal tuo primo rapporto omosessuale?»

Sentivo il calore delle guance farsi sempre più intenso. «Circa cinque anni fa.»

Annuì. «Hai dei sintomi che potrebbero farti pensare di avere una malattia sessualmente trasmissibile? Dolori nella zona genitale? Un'irritazione cutanea? Prurito? Dolore ai testicoli o quando urini?»

«No, niente del genere.»

«Bene. Ogni quanto fai sesso, adesso?»

Oh! Domanda difficile. Meglio mentire. «Non molto spesso, dottore. Solo quando vado in città.»

«Pratichi sesso sicuro? Usi il preservativo?»

«Sì, sempre. Mio zio è gay e non vuole che faccia sciocchezze.»

«Bene. Proprio quello che volevo sentirmi dire.» Cominciò ad annotare, nella grafia incomprensibile dei medici, alcuni dati sul modulo. «Quindi tuo zio è gay? Bene, è bello avere qualcuno in famiglia che ci sostiene. Quindi mi sembra di capire che i tuoi genitori ne siano al corrente?»

«Mia madre è morta quando avevo cinque anni. Mio padre lo sa, ma non ha preso bene la notizia.»

«Un vero peccato. I tuoi amici in città lo sanno?»

«Diavolo, no!»

Il dottor Larsen smise di scrivere un momento per guardarmi da sotto le sue folte sopracciglia bianche da bruco. «Davvero? Perché no?»

«Crede davvero che riuscirei a trovare lavoro come tosatore gay?»

«I gay tosano le pecore in maniera diversa dagli etero, Hank?»

«Certo che no, dottore. Ma i capisquadra non assumono una persona che pensano possa mettersi a fantasticare guardando il fondoschiena di altri uomini tutto il giorno.»

Sgranò gli occhi. «Non assoldano anche tosatrici e selezionatrici di lana nei capannoni? Sono sicuro che queste donne non vengono discriminate solo perché preferiscono gli uomini. Secondo me i capisquadra desiderano assumere le persone migliori, maschi o femmine, etero o gay o bisessuali.»

Non seppi cosa rispondere. Il dottore finì di scrivere.

«Ti dico una cosa e poi la chiudiamo qui: se dovessi decidere di rivelare ad altri la tua sessualità, Hank, credo che lo troveresti liberatorio. E ti stupirà scoprire che per alcuni sarà un problema, ma per la stragrande maggioranza, no. Potresti scoprire almeno un altro paio di gay non dichiarati nella nostra comunità.»

Lo guardai stupito. Mi stava dicendo che c'erano altri gay in città?

Il dottor Larsen mi passò un barattolino di plastica con un coperchio giallo e mi indicò il bagno per il campione di urine. Gloria mi prese una provetta di sangue dal braccio e fine della storia. Non mi guardò stranita, quindi ero sicuro che qualsiasi cosa il dottore avesse scritto, era stato discreto.

Una settimana dopo, il test risultò negativo, ma dovevo ripetere le analisi per averne la certezza assoluta. Non volevo mettere a repentaglio la vita di Elliot, quindi avremmo continuato a usare il preservativo. Non mi dispiaceva. Io ed Elliot festeggiammo l'esito delle analisi facendoci un bel bagno notturno nella vasca con tante bolle. Elliot aveva messo delle candele su ogni superficie possibile e immaginabile del mio minuscolo bagno. Era stato bello. Era stato romantico. Era stato sexy.

Ero rinato come pescatore.

Anche se per i pescatori non erano tutte rose e fiori. A volte le battute di pesca venivano cancellate all'ultimo momento, quando Elliot riceveva una chiamata di emergenza. Una volta dovette disdire il nostro incontro mentre stava arrivando da me in macchina, e un altro paio di volte fu chiamato per un incidente. Quasi sempre andavamo a pesca a casa mia, ma un paio di volte lanciammo la lenza anche da lui.

Un mercoledì ero andato in città verso mezzogiorno e gli avevo inviato un breve messaggio. *Ci sei per pranzo?*

Entrambi scrivevamo messaggi abbastanza vaghi, nel caso qualcuno li leggesse per errore. Ero al negozio di mangimi locale quando mi rispose, mi disse che aveva quindici minuti liberi e che avrebbe fatto un salto a casa per pranzo. Sapevo cosa significava e lo aspettai fuori da casa sua.

Chiunque ci avesse visti entrare non avrebbe mai creduto quello che eravamo in grado di fare in dieci minuti.

Pescare con un dottore non era sempre divertente. Faceva orari di lavoro prolungati e una volta dovette sospendere una battuta di pesca per via di un'epidemia di gastroenterite nella vicina Kukerin. Aveva dovuto visitare i bambini fino a mezzanotte, dispensando farmaci antinausea e consigli medici. E per la morte di un cittadino anziano aveva dovuto riempire un sacco di scartoffie di cui ignoravo persino l'esistenza, prima di conoscere Elliot. Si prendeva cura della comunità locale con tanto amore che a volte ero persino geloso delle attenzioni che le riservava.

Naturalmente pescare con un allevatore/tosatore era frustrante anche per Elliot. Le esigenze del bestiame spesso interferivano con i suoi piani e molte volte mi addormentavo alle otto di sera, limitando il tempo a nostra disposizione. Aveva avuto delle bellissime e nuove esperienze nella fattoria, ma purtroppo per me, la maggior parte di queste non era di natura sessuale. Aveva seminato l'orto con me, aveva imparato a dare il biberon a un agnellino rifiutato dalla madre, aveva scoperto come riparare un mulino a vento e aveva anche fatto attività fisica spaccando legna per un'ora. Mi faceva sorridere quando si ricordava di come era stato felice la prima volta che aveva raccolto le uova dalle mie galline. Quello fu il momento più bello di tutti con Elliot, compreso l'episodio del tavolo.

Quando arrivò il primo giorno di primavera[2], la spalla era quasi guarita del tutto ed Elliot cominciò a non poterne più dei miei ritmi di tosatura.

«Allora, quando posso rivederti?» mi chiese una domenica pomeriggio verso la fine di agosto.

Il mio calendario era appeso al muro vicino al frigo. In pratica era tutto segnato in rosso per i due mesi successivi. Nel prossimo futuro, avrei tosato sei giorni su sette.

«Dovrei avere solo mezza giornata libera venerdì.»

Scosse la testa. «Sarò a Nyabing fino alle cinque. Cosa ne dici di sabato o domenica?»

Non erano giorni buoni per me. «Sabato e domenica sono fuori, vado da Middy. Lunedì ho un lavoro a ovest di Katanning.»

«Ah,» ne prese atto Elliot. «A che ora finisci?»

«Di solito per le cinque. Poi devo tornare a casa e finire alcuni lavoretti. Mi dispiace davvero, Elliot, ma devo andare a letto presto. La tosatura comincia alle sette.»

Eravamo entrambi delusi. Io avevo il martedì libero, ma Elliot doveva lavorare allo studio medico.

---

[2] La primavera australiana inizia ufficialmente il primo settembre.

«E se venissi a trovarmi sabato da Middy? Non potremo fare niente, però una chiacchierata non ce la toglie nessuno. C'è anche Rooster in squadra, te lo ricordi? Se vieni potrai vedere come si svolge una giornata tra tosatori.»

«Sicuro che non ti disturbo?»

«Certo. I ragazzi saranno felici di vederti. Vieni alle loro partite di football, ti conoscono. Puoi rimanere seduto fino a quando non andiamo in pausa. Facciamo pause a orari fissi. Forse ci sarà anche Di, la sorella di Middy che lavora al tavolo, così potrà mostrarti cosa fa, e ti concederà un paio di lanci se me la lavoro bene.»

Sbatté le palpebre, potevo quasi vedere gli ingranaggi lavorare nel suo cervello. «Non ti sto nemmeno a chiedere cosa significa.»

Sorrisi radioso. «Allora verrai?»

«Come faccio a sapere dove andare?»

Gli risposi con il sorriso sulle labbra. «Guarda, dovresti essere proprio cieco per non trovarci. Ci saranno una ventina di macchine e migliaia di pecore.»

«A che ora, allora?»

Provai un'improvvisa sensazione di benessere. Era come una pietra miliare nella nostra relazione. Veniva a trovarmi in un luogo dove non c'era alcuna possibilità di fare sesso, neanche un lavoretto di mano. Non è che passassimo tutto il tempo a fare sesso, quando ci vedevamo, ma non c'era mai stato un momento, quando ci incontravamo, in cui il sesso non fosse coinvolto. A volte lo facevo aspettare un paio d'ore per farmi aiutare alla fattoria, e lui mi indirizzava un sorrisetto, dicendomi che era giusto così, perché poi io gli avrei dedicato il mio tempo in altro modo. Di sicuro non avevo mai trascorso così tanto tempo a letto come da quando avevo cominciato a frequentare Elliot.

Era anche un po' maniaco dell'ordine. Non che io sia disordinato, però lui era un amante della pulizia. Se rimaneva a dormire e io mi alzavo di mattina presto per dare da mangiare alle galline, quando tornavo in casa lui aveva già tolto le lenzuola dal letto e aveva messo i panni a lavare nella mia lavatrice preistorica. Oppure, a volte, quando lui arrivava, mi capitava di essere fuori, nel recinto lontano, e invece di venirmi a cercare rimaneva in casa a fare dei lavoretti. Io tornavo per pranzo e lui aveva già passato l'aspirapolvere mentre aspettava.

All'inizio mi vergognavo, temevo credesse che fossi uno zozzone – e non in senso buono – ma poi lui, arrossendo, aveva ammesso che in realtà gli piaceva. Per un attimo avevo pensato che mi prendesse in giro, ma poi si era spiegato, e in effetti era la verità. Era cresciuto con una governante. Durante gli studi, aveva abitato a casa e durante il praticantato aveva dormito e mangiato in ospedale. Quella era una esperienza nuova per Elliot. La prendeva come un gioco e io ero più che felice che facesse esperimenti con i lavori domestici a casa mia. Diceva che gli piaceva vedere i risultati immediati del suo lavoro. Ci dovetti pensare su un attimo, ma alla fine ne capii il senso. Essere medico era un impegno a lungo termine. Raramente era possibile vedere un cambiamento immediato. Di solito doveva aspettare che un farmaco facesse effetto o che avvenisse la guarigione.

I suoi recenti tentativi di essere un bravo casalingo lo avevano portato a fare delle torte. Jimmie mi aveva mandato via email alcune ricette ed Elliot le stava sperimentando. Non era bravissimo, ma d'altra parte Jimmie mi viziava da anni con i suoi capolavori.

Adesso stavamo facendo progetti affinché Elliot mi vedesse "in azione", per così dire.

«Cominciamo alle sette, con una pausa verso le nove e mezza e il pranzo alle dodici,» gli dissi, poi ci mettemmo d'accordo che sarebbe venuto in mattinata, non appena sveglio.

Alle sette meno dieci di sabato mattina, parcheggiai nei pressi della staccionata accanto al capannone della tosatura, pronto per iniziare la giornata. C'erano centinaia di pecore tutte radunate e recintate, pronte per essere tosate. Middy e i suoi aiutanti avrebbero portato le altre nel corso della giornata. Ne dovevamo tosare circa duemilacinquecento in due giorni.

Scesi dalla macchina e gridai invano a Buck. Aveva visto Dancer e si stavano già annusando come loro solito. Se c'era Dancer, significava che Middy era dentro. Salutai con un cenno gli altri che erano già arrivati e li catalogai mentalmente. L'ambiente dei tosatori era uno "stagno" piuttosto piccolo, e conoscevo quasi tutti quelli che lavoravano nella zona. Middy aveva messo insieme una squadra, quel giorno a lavorare c'erano le sue due sorelle, due fratelli, un cugino e uno zio. I ragazzini con le scope in mano forse erano nipoti o cugini. Alcuni allevatori facevano tosare le pecore a una ditta esterna che forniva i propri operai specializzati e generici. Altri, come Middy, usavano i parenti per formare la squadra.

Io lavoravo con entrambi.

Parlai con il caposquadra, trovai la mia postazione e sistemai la mia attrezzatura. I tosatori portavano con loro i propri strumenti e i pettini, e li attaccai quindi alla corrente sopra la mia postazione per testare il tutto. I motori delle tosatrici erano attaccati a delle ampie assi sopra le nostre teste con un lungo braccio di metallo che si piegava a circa due terzi della sua lunghezza. Il manico della tosatrice è simile a quello di un tagliacapelli da barbiere e si attacca all'estremità del braccio che fornisce l'elettricità. Dal motore penzolava un filo attorcigliato, sporco e macchiato dagli anni di usura e grasso accumulato, che serviva per spegnerlo e accenderlo.

Durante la tosatura ci si concentrava sull'animale che era davanti e si faceva attenzione che il filo non tirasse. Bastava tirarlo per accendere o spegnere il motore.

Middy fece un giro per assicurarsi che tutti fossero pronti per lavorare.

«Ehi, Hank. Grazie per essere t-t-ornato anche quest'anno. Stavolta batterai il r-r-ecord?»

In ogni capannone del paese, o almeno in quelli dove ero stato, c'era una parete sulla quale si registravano i migliori punteggi per la tosatura. Il capannone di Middy aveva un registro che risaliva al 1958. Da tre anni cercavo di battere il record del 1999.

«Ci puoi giurare,» risposi. «Oggi mi sento in forma. Ehi, ora ascolta, il dottor Elliot ha detto che avrebbe fatto un salto questa mattina per vedere un vero e proprio capannone della tosatura in azione. È un pappamolle bello e buono. Ci credi se ti dico che non aveva mai raccolto un uovo da un nido? Ti dispiace chiedere a Di di fargli vedere come funzionano le cose?»

Middy stava già guardando male un operaio dall'altra parte del capannone, ma rispose: «Non c'è problema, Hank. Lo terrò d'occhio. Sono sicuro che Di sarà contenta di fargli fare un tour.»

L'orologio sul muro ticchettava, ancora pochi minuti e avremmo cominciato. Indossai le mie scarpe da tosatore – quelle che non rimanevano attaccate alle lame della tosatrice o che non facevano male all'animale quando avevo bisogno di tenerlo fermo con il piede – mi sfilai il maglione e rimasi in canottiera, poi misi l'orologio nel borsone. Mi stiracchiai la schiena, sapendo che avrebbe sofferto un pochino di lì a momenti, e lanciai un'occhiata al mio recinto. Dietro a ogni postazione c'era un recinto individuale, in cui erano ammassate circa venticinque pecore, con un cancello a doppia cerniera. Eravamo pagati un tanto ad animale, quindi il caposquadra teneva il conto. C'era un operaio responsabile di fare entrare le pecore dall'esterno che doveva informare il caposquadra del numero esatto di capi.

Di stava completando gli ultimi controlli dei tavoli. Era responsabile della pulitura dei velli dalla lana di cattiva qualità e dai tarzanelli, e doveva classificare ogni vello e mettere da parte quelli di prima scelta. Avrebbe lavorato a due tavoli allo stesso tempo, aiutata da Denny, la sorella minore di Middy. Denny avrebbe raccolto i velli appena tosati, li avrebbe lanciati sul tavolo con la parte sporca rivolta verso il basso. Il tavolo ovale era in acciaio e poteva ruotare su una gamba centrale, in modo che il selezionatore non dovesse girarci attorno.

La lana veniva divisa in diverse balle: velli, lana sporca, lana della pancia, e così via. Due ragazzini di circa tredici anni erano gli spazzini. Cominciavano coi lavori più duri, ma nel giro di sei anni si sarebbero trovati al mio posto. La prima parte della lana a venir via era quella della pancia, andava a finire in una balla separata e doveva essere spazzata via da sotto i piedi del tosatore appena tolta. Poi il tosatore tagliava il resto della lana in un pezzo unico. Una volta che il vello cadeva, Denny aveva circa venti secondi per raccoglierlo intanto che il tosatore spingeva l'animale appena tosato giù per lo scivolo e prendeva la vittima successiva dal recinto. Poi uno dei ragazzini doveva spazzare via i residui di lana dal pavimento di legno prima che riprendesse la tosatura.

Sembrava semplice, fino a quando non ti rendevi conto che avevi cinque tosatori, che lavoravano tutti a ritmi diversi, due spazzini e un operaio che raccoglieva la lana. Il caposquadra ci incitava a mantenere un certo ritmo, se necessario, ma ci davamo dentro tutti.

Strinsi la mano a Rooster, che era accanto a me, bevvi un sorso d'acqua dalla bottiglia e guardai Pete

Adamson e il suo gemello Shawn mentre entravano nel recinto per tirare fuori la prima pecora alle 7:28. Io non avevo fretta. Denny era giovane e non ce l'avrebbe fatta a stare dietro a cinque pecore tosate allo stesso tempo, meglio dare agli altri un vantaggio. Osservai Pete un attimo, poi entrai nel recinto. Afferrai la pecora più vicina, tenendola per la lana attorno al collo per farla stare ferma, poi le presi la zampa anteriore, la sollevai e la misi a sedere. Era divertente notare che le pecore più anziane sembravano ricordarsi della tosatura. Quasi non opponevano resistenza.

Camminando all'indietro, trascinai la pecora in posizione, poi me la infilai sotto braccio e presi l'attrezzatura. Era un'azione ripetitiva. Avevo tosato oltre duecentocinquantamila pecore nella mia vita e i movimenti erano diventati istintivi. Accendevo il motore e il resto veniva da sé.

Quasi non mi accorgevo del passare del tempo. Negli anni, la tosatura mi aveva insegnato a essere efficiente e rapido. Lavoravo sodo, ma conservavo le mie energie per dopo. Il capannone si sarebbe surriscaldato e avevo ancora molte ore davanti. Lavoravo e pensavo a Elliot. Mi chiedevo per quanto tempo sarebbe rimasto a Dumbleyung. Aveva firmato un contratto col dottor Larsen per rimanere almeno un anno, ma il suo contratto governativo gli permetteva di lavorare solo in una zona rurale. Aveva la possibilità di fare domanda per un'altra località l'anno seguente, se avesse voluto.

E io che fine avrei fatto?

Sarei rimasto da solo, probabilmente. Dovevo accontentarmi poiché, secondo i miei calcoli, avevo fatto più sesso con Elliot nelle sei settimane precedenti che nei tre anni da quando mi ero trasferito a Dumbleyung. E dovevo dire che il sesso extra era di gran lunga preferibile ai grandi periodi di siccità. Mentre toglievo un altro vello, pensai alle insinuazioni del dottor Larsen sul fatto che ci fossero altri gay in città. Chi erano?

Un altro vello, pensai ai ragazzi in città e decisi chi mi sarei fatto se ne avessi avuto la possibilità. Via un altro e la lista dei potenziali ragazzi si rivelò pietosamente breve. Due di loro erano sposati, solo tre erano single e per uno dovevo controllare attentamente che fosse maggiorenne.

Ancora un altro vello e mi resi conto che avere Elliot come amante era proprio un bell'affare. Era carino, spiritoso, sexy, aperto, intelligente e un gran bravo ragazzo. Ero fortunato. Era come aver trovato oro cercando carbone.

«Pausa!»

Quell'annuncio mi sorprese, alzai lo sguardo dalla pecora che stavo tosando e mi resi conto che si erano fatte le 9:30. Terminai il lavoro, spinsi la pecora nel recinto esterno e mi sgranchii. A giudicare dal profumino di cibo che sentivo nell'aria, la mamma di Middy doveva aver cucinato, e quell'odorino sovrastava il tanfo del grasso e della merda di pecora. All'abbeveratoio, mi ritrovai vicino a Rooster, mi strofinai per bene le mani con sapone e spazzola.

«Andiamo forte oggi, vero Hank?» mi domandò.

«Cosa?»

«Tu,» annuì. «Di solito riesco a starti dietro con una differenza di cinque-dieci pecore all'ora. Stamattina secondo me mi hai staccato di almeno venti.»

Era vero?

Controllai con il caposquadra, ero sconvolto. Come avevo fatto a tosare così tante pecore senza neppure rendermene conto? In media, un tosatore poteva fare venticinque pecore l'ora. Io riuscivo a farne trentacinque, quaranta se ci davo sotto. Ne avevo appena tosate novantacinque in due ore come niente fosse.

Dopo essermi rimpinzato di scones con marmellata e crema, muffin ai mirtilli e due tazze di caffè, ripresi a lavorare.

Ritornato in postazione, i miei pensieri volarono di nuovo a Elliot. Che cosa l'avrebbe persuaso a rimanere più a lungo dell'anno previsto dal contratto? I soldi non erano un problema per lui. A quanto pareva, sua madre ne aveva più che a sufficienza, quindi poteva giocare quella carta per attirarlo a casa, se quello era ciò che Elliot voleva. Mi aveva detto quanto guadagnava. Mi aveva fatto sbavare, ma allo stesso tempo, sapevo che i medici di Katanning potevano prendere anche il triplo. E quelli di città? Almeno dieci volte tanto.

Non era stata di certo la posizione della città ad attirarlo. Aveva scelto Dumbleyung perché gli aveva permesso di alzare il dito medio contro sua madre in segno di disprezzo. Ma quanto sarebbe durata quella soddisfazione? La vendetta diventava insapore molto rapidamente.

Come dottore, anche la mole di lavoro era eccessiva. Ero sicuro che c'erano altri lavori che non avrebbero occupato così tanto del suo tempo quanto quello come dottore della nostra città, ma non c'era niente che potessi fare al riguardo. Non potevo offrirgli di sgravarlo del peso del lavoro, se fosse rimasto un po' più a lungo.

Mi aveva detto che si sentiva solo. Forse avrei dovuto presentarlo ad altri miei amici della zona. Un'ampia cerchia di conoscenze avrebbe potuto fare un bel po' di differenza per la sua felicità. Ma molti dei nostri argomenti di conversazione – e il luogo in cui li affrontavamo – riguardavano l'allevamento.

A quel punto... rimanevo solo io. Una relazione segreta e clandestina con un allevatore alto – magari anche sexy, se potevo illudermi – e totalmente confuso sarebbe stata sufficiente a far decidere a Elliot di rimanere? Il sesso poteva bastare? Dovevo fare di più? Dovevo impegnarmi di più? Dovevo essere romantico? Un uomo poteva comprare fiori per un altro uomo? Forse potevo proporgli di fargli la manutenzione della macchina gratis? Sarebbe stato romantico?

Pareva che le mie galline gli piacessero molto. E se gli avessi comprato un paio di galline e le avessi tenute nella mia fattoria?

Mi presi a schiaffi mentalmente quando presi la pecora successiva dal recinto per portarla in postazione. Galline? Merda! Ero proprio un romanticone! Pensavo davvero che regalare due galline a un uomo sarebbe stato sufficiente a farlo rimanere in una città retrograda in mezzo al nulla? Al diavolo, Dumbleyung era così lontana dalle luci di Melbourne che era a sud-ovest del nulla.

Forse le luci della città erano la soluzione. Se fossi riuscito a organizzarmi, avremmo potuto trascorrere un fine settimana su due a Perth. Elliot era reperibile un fine settimana sì e uno no. Magari avrei potuto rifiutare un paio di lavori come tosatore per andare in città con lui. Certo, non avrebbe giovato molto alle mie tasche, una giornata di lavoro come tosatore mi fruttava seicento dollari al netto delle mie spese. Niente male, ma il lavoro era stagionale, quindi dovevo mettere dei soldi da parte per il resto dell'anno. Facendo due conti, un fine settimana fuori mi sarebbe costato milleduecento dollari di stipendio. Un viaggio in città mi sarebbe costato centocinquanta dollari di benzina come minimo, più vitto e alloggio…

«Hank!»

Alzai gli occhi sorpreso quando Middy pronunciò il mio nome. Nei capannoni della tosatura c'era tanto rumore, per via dei motori, delle pecore e dei suoni tipici del lavoro. Mi infilai tra le gambe il montone mezzo tosato e mi alzai per permettere a Middy di parlarmi all'orecchio invece di gridare. Aveva un sorriso sulle labbra che non riuscivo a decifrare. Mi asciugai il sudore dalla fronte e aspettai che parlasse.

«Il tuo ragazzo è qui.»

Mi illuminai e mi guardai attorno per trovare Elliot. Aveva un gran sorriso in volto, come quello di un bambino in gita a visitare una fattoria. Mi teneva gli occhi puntati addosso e io ricambiai con un sorriso a trentadue denti. Gli feci un cenno con la mano e lui sembrò capire che non potevo fermarmi per raggiungerlo. Parlava con il caposquadra, che si stava assicurando che non disturbasse Di. Lanciai un'occhiata all'orologio sulla parete, mancavano ancora quaranta minuti al pranzo.

Middy continuò a parlare. «Non preoccuparti. Ci penso io a lui. Devo andare a prendere altre p-p-pecore, se vuole può darmi una mano.»

«Grazie, amico. Portati Buck. A Elliot, a volte, dà retta.»

Middy annuì e si incamminò verso il mio fid… *Oh, cazzo! Middy lo aveva chiamato il mio ragazzo, e io sapevo esattamente a cosa e a chi si riferiva. Non l'avevo nemmeno negato!*

Con un vago senso di vertigini, mi piegai sulla pecora e le infilai la tosatrice nel manto. Middy lo sapeva? Lo sospettava? Se era così, *adesso* ne aveva avuto la conferma? Se avessi tirato fuori l'argomento, sarebbe stato troppo evidente? Meglio lasciar perdere?

Mi girava forte la testa e mi si strinse lo stomaco per l'ansia. Continuavo a tosare una pecora dopo l'altra, prendendo animali bianchi come la neve e spingendo fuori dal capannone animali nudi. Nella mia testa intanto si susseguivano vari scenari. Avrei dovuto dirlo a Elliot? Avrei dovuto confessare la verità a Middy? Avrei dovuto far finta che non fosse successo niente? Cosa avrebbe detto Middy, se avesse saputo la verità? Cosa avrebbe fatto? Se adesso lo sospettava, come faceva ancora a parlarmi e a essere gentile con Elliot? Se la gente l'avesse saputo, avrebbe evitato Elliot? Avrebbe preferito essere malata anziché rivolgersi a un dottore gay?

Il silenzio improvviso mi fece guardare l'orologio con aria sorpresa. Era mezzogiorno passato e gli altri avevano chiuso. Altri quattro colpetti e il vello della pecora cadde al suolo. La feci stare in piedi sulle sue zampe instabili e la spinsi giù per lo scivolo esterno, così Denny poté raccogliere la lana. La signora MacDonald aveva un contenitore metallico con dell'acqua bollente e stava mettendo sul tavolo tramezzini, panini con salsiccia caserecci e mini quiche. C'era dell'acqua fresca con dei bicchieri, della frutta, altri scones con panna e quella che sembrava una torta di mele, anzi no forse era di rabarbaro, se ben ricordavo dall'anno prima.

Mi diedi una lavata, presi un piatto e me lo riempii di cibo prima di sedermi sulla cassa del latte vicino a Elliot.

«Ehi, DottorEllo. Vedo che ce l'hai fatta. Hai aiutato Middy con le pecore?»

Elliot sfoggiava un sorriso che gli andava da un orecchio all'altro mentre mangiava un panino con uova al curry. «Sì, mi ha aiutato Buck. Middy mi ha detto che c'erano circa quattrocento pecore nel gregge che abbiamo portato qua. Mi ha anche detto che posso dargli una mano dopopranzo.»

Scossi la testa. Gli altri nel capannone erano pagati per assistere Middy, invece per DottorEllo quel lavoro sembrava il regalo più bello che potessero fargli! Middy si sedette su una cassa accanto a me.

«Quest'anno vuoi p-p-proprio battere il record, Hank.»

Ancora una volta ero stupito. «Sì? Non le conto nemmeno, sai. Quante ne ho fatte finora?»

«Duecentotré.»

Ero senza parole. Duecentotré pecore?

Elliot si chinò in avanti e domandò a Middy: «Duecentotré? Sei sicuro?»

Middy indicò il pezzo di lamiera ondulato attaccato al muro. Era arrugginito e bucherellato per via del tempo, e forse era parte del capannone originale, a giudicare dalle date scritte sopra. Chiunque avesse costruito quel capannone aveva tenuto quel pezzo di vecchio muro e l'aveva inchiodato a quello nuovo e stabile per ricordo. Nella scritta in alto si leggeva *CB Lancaster 204 - 1958*.

Elliot era perplesso. «Non capisco.»

Ero impegnato a divorare il pranzo e lasciai che fosse Middy a spiegare. «Sono i r-r-record di tosatura. Vedi? Nel 1958, un tizio di nome Lancaster ha tosato duecentoquattro pecore in un g-g-giorno. Il tuo nome viene scritto solo se batti il record precedente.»

Elliot annuì e continuò a leggere. «Quindi Hank vuole battere il record del 1999 di quattrocentoquattro?»

«Sì. E ne ha già fatte duecentotré. Ne deve fare altrettante se vuole batterlo.»

«Quindi mi stai dicendo che Hank ha tosato quasi lo stesso numero di pecore in mezza giornata di quante il miglior tosatore sia riuscito a fare in un giorno intero nel 1958?»

«Sì. S-s-sono tre anni che cerca di battere quel record.»

«Quante ne ha tosate l'anno scorso?»

Cominciavo a non poterne più di sentir parlare di me come se non fossi neanche presente, però decisi di non fare lo stronzo e lasciai che Elliot parlasse con gli altri invece di richiedere tutta la sua attenzione per me.

«Trecentottantotto. Ne ha f-fatte trecentonovanta l'anno prima.»

«Mi sembra buono. No?»

«Hank è uno dei migliori.»

Elliot mi diede un lieve colpetto con il ginocchio. «Sì, credo proprio di sì. Quindi gli altri quante ne hanno fatte?»

Mentre parlavano io appoggiai la schiena e mi riposai. Molti di quelli che non sapevano come conservare le proprie energie facevano abbassare i loro numeri dopo pranzo. Per me, il terzo tempo era stato sempre buono. A quel punto gli animali cominciavano a sentirsi stanchi e di solito erano più facili da maneggiare. Mentre Middy ed Elliot facevano le loro considerazioni, io mi appoggiai al capannone. Ogni tanto Elliot strusciava la gamba contro la mia, quando si chinava in avanti per esprimere la sua opinione, il suo tocco aveva un certo potere calmante su di me. Era come se fossi quasi... appagato.

La signora MacDonald ci passò davanti con delle bevande fresche e io ne presi un bicchiere con gratitudine. «Cavolo, grazie, signora D. Ha messo su un vero banchetto per il pranzo.»

In qualche modo, anche se il suo cognome era MacDonald, erano nati i soprannomi di Big D, Mid D e Little D. Era la madre dei D, quindi la signora D.

Anche Big D era un tosatore e mi gridò: «Quanto vuoi scommettere che quest'anno non batterai il record, Hank?»

Sapevo che Big D era un pallone gonfiato. Con un padre giocatore d'azzardo, nessuno dei MacDonald avrebbe scommesso. «Me ne frego del record, ti voglio solo stracciare, Big D. Oh, aspetta. Probabilmente potrei smettere anche adesso e vincerei lo stesso.»

Ci fu una risata generale.

«'Fanculo!» replicò. «Io ne ho fatte centosessantadue. Se quel mentecatto mi desse delle pecore come Dio comanda da tosare, ne avrei fatte anche di più.»

Era un numero di tutto rispetto. Da Big D ci si poteva aspettare un buon totale a fine giornata.

Little D faceva sembrare piccolissima la cassa su cui era seduto. Non avevo idea di cosa gli avesse dato da mangiare la madre da piccolo, ma torreggiava su di me e si portava in giro una cinquantina di chili di troppo. Riusciva a intimidire i migliori avversari sul campo da football, ma aveva un cuore d'oro. Parlava a voce bassa quando era in compagnia e si chiudeva come un'ostrica se c'erano delle ragazze carine ad ascoltarlo. «Come va la spalla adesso, Hank? Lo sai che mi dispiace, vero?»

Non serbavo rancore nei confronti di Little D. Certo, mi si era seduto sopra, ma era una partita di football e certe cose erano consentite. «Non preoccuparti, amico. Va meglio, adesso. Il dottor Elliot mi ha dato una controllatina e posso dirti che sono sano come un pesce.»

Ai due uomini seduti accanto a me, uno da una parte e uno dall'altra, per poco non andò di traverso il pranzo. Sapevo perché Elliot stava soffocando ma non c'era nessun doppio senso in quello che avevo detto, però mi infastidì accorgermi che forse Middy stava soffocando per lo stesso motivo.

CAPITOLO 17

Con incedere pesante, le donne si incamminarono verso casa per andare al bagno, il che diede a noi uomini la possibilità di dare libero sfogo all'apparato urinario. Tutti in fila, in modo da non essere visti dalla casa, annaffiammo il terreno. Accanto a me c'era Middy.

«Allora, come va con la s-s-palla, amico?»

«Non la sento neanche, se devo dirti la verità. Gliene direi quattro a Big D, se Little D non fosse qui, ma non vorrei che tuo fratello minore ci restasse male.»

Ci dirigemmo verso il recinto di pecore appena tosate e le osservammo. «Adesso si è t-t-trovato una f-f-fidanzata, lo sai?»

Ero contento per lui. «Sì? È cieca?»

Middy mi colpì allo stomaco mentre si appoggiava alla staccionata. «Ehi! Vedi di essere gentile. Si chiama Tamara. È alta circa un metro e venti e dimostra quindici anni. Porca puttana, Hank, ci è mancato poco che le chiedessi un d-d-documento la prima volta che l'ho vista. Due m-m-minuti dopo mi sono reso conto di quanto ami m-m-mio fratello, e da allora sono diventato il suo santo protettore.»

«Lo ama?»

«Sì. E lui è i-i-innamorato perso.»

«Te ne sei reso conto solo guardandoli?» *Cribbio, c'era qualcuno che riusciva a farlo?*

«Sì.» Sostenne il mio sguardo per un tempo più lungo del normale, mettendomi a disagio. «Io riesco a capire quando due persone sono molto innamorate.»

«Middy, io…»

Fui interrotto dal grido di Denny, che sbucò dietro l'angolo per chiamare Middy, così tornammo indietro. Dentro il capannone, Di stava spiegando a Elliot come asportare la lana sporca. Con due velli sul tavolo, gli fece vedere che, ruotandolo, la lana sporca veniva rimossa per essere pulita. Poi Elliot volle provare a farlo.

Di lo incoraggiò con un sorriso. «Così. Sì, tutta quella parte se ne va via. Metti tutta quella lana sporca in questo sacco. Sì, bene. Ora devi alzare tutto il vello così, poi lo pieghi in modo che si veda la parte sotto e poi lo tiri su. Ti dico io in quale balla metterlo.»

Raggiunsi la mia postazione a grandi passi, controllai il rasoio e decisi che era giunto il momento di cambiare i denti. Gli altri uomini erano ancora fuori a chiacchierare, un paio di loro fumavano una sigaretta. Elliot mi seguì nella relativa privacy del capannone vuoto.

«Ti stai divertendo, DottorEllo?»

«Un sacco. È proprio forte.» Abbassando il tono di voce, mi disse: «Non mi ero mai reso conto che la tosatura fosse così sexy.»

Inarcai le sopracciglia. «Davvero? Che parte? La merda di pecora, il grasso o il rumore?»

Mi fece una smorfia. «Piantala. Intendevo gli uomini sudati e accaldati chini con i loro bei culetti per aria che ci danno dentro. Non c'è da stupirsi se sei così forte. Mi fa venire un certo prurito pensare a come puoi sbattermi sul letto con la stessa destrezza e facilità.»

Oh, sì. Mi piaceva farlo, eccome. Mi si seccò la gola, non riuscivo a deglutire.

«E guardare con quanta agilità muovi le mani, mi ricorda la sensazione dei tuoi palmi su di me.»

Oh, ancora sì. Anch'io me lo ricordavo.

«Ma la parte più eccitante?»

Ecco, adesso viene il bello. Aspettai, quasi con il fiato sospeso. Si avvicinò ancora di più.

«La cosa più eccitante sono quelle pantofole bizzarre che indossi. Perché cavolo non le porti anche a casa? Non c'è niente di più sexy.»

Scoppiai a ridere e lo spinsi via. «Vai a cagare, DottorEllo.» Mi guardai le scarpe da tosatore, erano fatte di pelle di pecora, quasi tutti nel mio mestiere le avevano. «Non sono pantofole, idiota.»

Andò vicino ai recinti e diede un'occhiata dentro. «Quante possibilità hai di battere il record oggi?»

Mi strinsi nelle spalle, non volevo illudermi troppo. «In questa fase devo riuscire a farne almeno un centinaio, se voglio avere qualche speranza. Non so se ce la farò.»

«Sarai stanco morto stasera, quando arriverai a casa. Facciamo un patto. Se riuscirai a battere il record, mi prenderò cura di te.»

Voleva dire...?

Si avvicinò ancora. Sentivo le voci degli uomini sempre più forti, ma non me ne poteva fregare di meno. «Sì. Mi prenderò cura di te come vorrai. Puoi semplicemente startene steso sul letto e io userò la mia bocca dovunque tu vorrai. Oppure se sarai troppo stanco, potrai metterti a pancia in giù e al resto ci penserò io.»

Rimasi di stucco, pensando alle implicazioni di quelle parole. Se ero a pancia in giù, significava che lui era sopra di me. *Sopra*, sopra. Le mie natiche si contrassero per l'eccitazione. Quel pensiero mi rendeva nervoso? Certo che sì. Ma avevo voglia di provarci?

Spostai l'attenzione sul recinto davanti a me. Dovevo tosare duecentodue pecore in duecentoquaranta minuti. Forza e coraggio!

Il caposquadra fece un cenno con la testa e mi precipitai verso il recinto, con rinnovata energia e vigore. Cominciai a contare le pecore con la mente, anche se si insinuavano in testa pensieri di me ed Elliot sul mio letto. Non è che non avessi mai pensato di chiedere a Elliot di invertire i ruoli. Ci avevo riflettuto eccome! Ma quando l'eccitazione del momento prendeva il sopravvento, non riuscivo a pensare ad altro che al delizioso piacere di essere avvolto nel calore del suo corpo. Quell'atto fisico era anche qualcosa di spirituale: se Elliot mi accettava nel suo corpo, allora mi accettava nella sua vita, e, cosa ancora più importante, accettava *me*.

Razionalmente, sapevo che il dolore del rifiuto di mio padre aveva falsato la mia visione. Poco importava che zio Murray e Jimmie mi avessero accolto a braccia aperte. Non importava che Paul non fosse più così ostile come lo era stato all'inizio. Sembrava che fossi sempre alla ricerca di approvazione per quella parte della mia anima che dettava la mia omosessualità. Il fatto che Elliot mi permettesse di unire il mio corpo al suo rappresentava la completa accettazione di quella parte di me. Lui conosceva quel lato di me, lo capiva, ne era felice e lo amava.

E quel bambino di cinque anni che era dentro di me e che aveva perso sua madre cercava disperatamente di essere amato.

«Sono duecentocinquanta, Hank!»

Il grido di Elliot dall'altra parte del capannone si insinuò tra quei pensieri profondi. Alzai gli occhi verso l'orologio e sorrisi. Ce la potevo fare. Elliot stava ovviamente tenendo il conto, anche mentre lavorava di buona lena sotto le direttive di Di.

Afferrai un altro animale e ricominciai a tosare.

Mi chiesi se mi avrebbe fatto male. Essere penetrato. Non è che avessi moltissima esperienza in fatto di sesso, però avevo visto che alcuni avevano dei problemi durante l'atto, mentre altri non avevano nemmeno bisogno del lubrificante. Elliot non era il più piccolo dei ragazzi nel reparto cazzi, però. Nonostante fossi più dotato di lui, Elliot non aveva difficoltà durante la penetrazione, però aveva esperienza. E se mi avesse fatto così male da costringermi a dirgli di smettere?

Spinsi un montone giù per lo scivolo con un po' più di forza del necessario e tornai al recinto. Mi stavo rimproverando. *Cristo santo, pappamolle che non sei altro! Decine di migliaia di uomini praticano sesso anale tutti i giorni. Forse milioni! Che male potrà mai fare? Santo cielo, Elliot in pratica ti prega in ginocchio che lo scopi. Se a Elliot piace da impazzire, ci sarà qualcosa di molto piacevole in questa esperienza.*

Mi stavo ancora dando una lavata di capo quando ci fu un incidente. Big D era alle prese con un enorme montone ribelle. Avevo notato con la coda dell'occhio che stava lottando contro un colosso che scalciava da tutte le parti. Sarebbe bastato un calo di concentrazione da parte sua, e il montone sarebbe corso libero per il capannone in cerca di un'uscita. Uno degli spazzini gettò a terra la scopa – *poi mi paghi da bere!* – e si lanciò verso l'animale, finendo per mandarlo nella mia parte. Alzai lo sguardo e vidi che il montone stava piombando su di me minacciosamente, e mi preparai all'impatto. Troppo tardi! Settanta chili di incrocio di pecora Merino mi colpirono dritto al centro delle scapole mentre l'animale saltava per evitare di essere catturato. Barcollai e cercai invano di tirare via la tosatrice. Sentii sobbalzare la pecora che avevo sotto, l'avevo ferita senza volerlo.

«Cazzo!»

Rooster agguantò quella bestia ribelle facendola cadere a terra, offrendo a Big D la possibilità di riprenderla.

«Darren, pezzo di idiota!» gridò una delle ragazze.

Con una certa ansia osservai una chiazza di sangue formarsi sotto la mia mano. Rooster fu il primo a notarlo e urlò: «Pecora ferita!»

Tutti distolsero lo sguardo da Big D, che stava ancora tentando di spingere il montone fuori dallo scivolo, e puntarono gli occhi su me. Io spensi il rasoio e controllai il danno. Lo spazzino lasciò cadere di nuovo la scopa e cercò di evitare che la pecora mezza tosata si sporcasse tutta di sangue.

Era un brutto taglio, ma non tale da doverla sopprimere come temevo.

«Passami il borsone, ragazzo. Dovrò darle dei punti.»

Il caposquadra si precipitò da me, seguito da Middy ed Elliot. «Dannazione. È grave?»

«Non troppo, capo. Le serviranno diversi punti e della tintura viola se ce l'hai, è una pecora forte, ce la farà.»

Il ragazzo tornò con il mio kit, in cui c'era un ago già infilato pronto all'uso. Qualcuno andò a prendere la vernice, che in realtà non era vernice viola, ma un prodotto veterinario per tagli e ferite di colore viola acceso. Middy si inginocchiò accanto a me e teneva la ferita unita mentre io mettevo i punti. Ce ne vollero dieci. Spalmai la pomata sulla pecora e con delicatezza la tenni ferma a sedere per finire la tosatura. Non potevo stenderla su un fianco, il che era strano, ma era andata in shock, quindi stava buona. La lana era comunque rovinata, quindi feci del mio meglio per asportargliela.

Elliot mi era ancora accanto mentre la facevo rialzare e l'accompagnavo con delicatezza allo scivolo. Era malferma sulle zampe e cadde a terra, però poi si rialzò e raggiunse il gregge.

«Se la caverà? Non sarebbe meglio isolarla per assicurarsi che guarisca?»

Guardai Elliot e feci una smorfia. «È un animale gregario, DottorEllo. Si sente più sicura circondata dai suoi simili. Isolandola, le provochi più stress che mettendola fuori a fare i conti con la sua ferita.»

Mi guardò mortificato. «Di solito, quando sono l'unico dottore in una stanza, i punti li metto io.»

«Adesso sei nel mio mondo, DottorEllo.» Gli rivolsi un rapido sorriso mentre lo spazzino usava uno straccio per pulire il sangue dal pavimento. «Sarà meglio che riprenda a lavorare. Qualcuno mi ha promesso qualcosa di molto bello, se oggi faccio un punteggio parecchio alto.»

Lo guardai arrossire e pensai a quanto fossi fortunato ad avere un uomo così adorabile nella mia vita.

CAPITOLO 18

Prima della pausa pomeridiana, avevo raggiunto quota trecentoventi. Se fossi riuscito a mantenere una media di quarantacinque pecore all'ora, il record sarebbe stato mio. Sbuffavo e mi faceva male la schiena. L'ultimo quarto della giornata di solito era il più duro, e il più lento.

Elliot osservava... e aspettava. Era diventato piuttosto efficiente a lanciare il vello durante la giornata. Era sporco, sudato e felice.

Da un uomo non si poteva chiedere di meglio.

Il recinto era di nuovo pieno e alle 15:00 ero pronto per entrare in azione. Avevo la mente da un'altra parte e continuavo a ripetere meccanicamente i movimenti. Gambe, stringi, tosa, gira, testa, collo. Ripetevo quelle parole più e più volte nella testa. Il sudore cominciò a scendermi sulla fronte. Elliot mi portò un asciugamano, lo ringraziai con un sorriso e ritornai nel recinto a prendere un'altra pecora. Avevo la gola secca, ma non potevo fermarmi per bere. Erano anni che volevo battere quel maledetto record. Riuscirci, quel giorno, non era solo una questione di gloria.

Elliot mi portò da bere senza che glielo chiedessi, e mi chiesi che aspetto orribile avessi. Mi contava le pecore.

«Siamo a trecentocinquanta, Hank.»

«Trecentosessanta. Facciamo tutti il tifo per te.»

«Sono le quattro, Hank. Ne hai fatte quarantasette in un'ora.»

Cazzo. Stavo rallentando.

«Trecentottanta.»

Il capannone sembrava pieno di gente. Persino la signora D era venuta per godersi lo spettacolo. Avevo un mal di schiena che mi spezzava in due e le braccia erano di gelatina. Speravo che le pecore nel recinto fossero stanche come me e non si ribellassero.

«Trecentonovanta, Hank.»

«Trecentonovantacinque. Ancora dieci, forza! Hai ancora diciotto minuti.»

Cazzo. Per certi versi speravo che la giornata fosse finita, così avrei potuto dire di aver fallito e la tortura sarebbe terminata.

«Forza, Hank. Ce la puoi fare! Voglio s-s-scrivere il nome del mio amico p-p-preferito sulla parete del capannone!»

Mi diressi verso il recinto, quasi inciampando per lo sfinimento.

«Trecentonovantotto.»

«Siamo a quattrocento, coraggio! Forza! Altre cinque! Ancora dieci minuti.»

Merda! Ci avevo messo otto minuti per fare cinque pecore. Potevo resistere ad altre cinque?

Volevo battere il record del capannone? Sì, cavolo.

Volevo che Elliot mi scopasse quella sera? Quante aveva detto che ne mancavano, cinque o cinquanta?

«Ancora tre.»

«Tiro fuori il p-p-pennello, Hank!»

«Cinque minuti!»

Mi resi conto che gli altri tosatori avevano già chiuso bottega. Il rumore si era affievolito.

«Quattrocentoquattro e mancano quattro minuti, Hank.»

Quattro fottutissimi minuti?

Feci quattrocentocinque tra fischi e incitamenti, poi guardai l'orologio. «Ancora una, capo?»

Il caposquadra annuì e mi fece un sorriso. Middy era già vicino al muro che dipingeva la W di Woods.

Presi un'altra pecora e accesi il rasoio per l'ultima volta. La tosai e il pubblico esultò. Mi alzai in piedi per sgranchirmi con la pecora ancora tra le ginocchia. «Porca puttana, DottorEllo. Vieni qua a sbattere fuori questa, per piacere? Ho la schiena a pezzi.»

Elliot scoppiò a ridere e afferrò la pecora per la testa. Non ci volle molto a convincerla a scendere la rampa per raggiungere il resto del gregge.

Sorrisi, stanco, mentre si congratulavano con me stringendomi la mano e promettendomi di offrirmi da bere la prossima volta al pub. Erano le cinque, ma dovevamo ancora pulire.

«Come siamo andati, capo?» domandai al caposquadra mentre mi stringeva la mano. «Quante ne abbiamo ancora da fare domani?»

«Siete stati dei fulmini. Ne abbiamo fatte millecinquecento. Ne abbiamo ancora novecento da fare domani. Speriamo di finire per le tre.»

Il mio corpo dolorante dichiarò che quella era una bella notizia. Di stava arrotolando l'ultimo vello e io le buttai le braccia al collo. «Come va?»

«Stanca, ti dirò. Mi hai fatto stare sull'attenti oggi.»

«Com'è la lana?»

«Buona. Dave sarà contento.»

«Grazie per esserti occupata del dottore per un po', oggi. Non credo che avesse mai toccato una pecora prima di venire qui nell'ovest. Credi che riusciremo a trasformare il suo sangue e a farlo restare?»

Mi fece un timido sorriso. «È un bel ragazzo. Devo trovargli una moglie.»

Anche no. Facendo uno sforzo, riuscii a tenere un'espressione neutra e risi per il suo commento. «Cosa? Non me lo perdonerebbe mai.»

Raccolsi le mie cose e rivolsi una parola di lode a tutti i ragazzi che avevano dato una mano. Avevano fatto uno splendido lavoro. Seguii Rooster fuori dalla porta e lo salutai con la mano mentre mi dirigevo verso la macchina di Elliot. Lui era già al volante.

Mi si strinse lo stomaco quando i nostri sguardi si incrociarono, ma né io né lui trovammo niente da dire. Alla fine chiese: «Ci vediamo a casa tua?»

«Sì. Devo dire due parole a Middy, ci metterò un paio di minuti. La porta sul retro dovrebbe essere aperta.»

Fece un sorriso nervoso e mi chiesi che motivo aveva di essere ansioso. «Okay. Rimedierò anche qualcosa per cena. Devi essere stanco morto.»

Sostenni il suo sguardo. «Non troppo esausto, DottorEllo.»

Quelle parole gli fecero illuminare gli occhi. «Ci vediamo a casa, Hank.»

Lanciai le mie cose sul sedile posteriore della macchina e mi diressi spedito verso Middy, che stava contando le pecore per l'indomani. Aspettai che finisse. Scrisse qualcosa su un block notes e mi sorrise contento.

«Ottimo risultato, Hank.»

«Grazie, amico.»

«Ho a-aspettato questo record per c-cinque anni. Sono contento che sia stato tu a farlo.»

Il mio sorriso era stanco e probabilmente un po' forzato. «Senti, Mid. Per quello che hai detto prima. Ti ricordi? Che Elliot era il mio…»

«Va tutto bene, Hank,» mi interruppe. Si infilò il block notes in tasca e si voltò verso di me con un'espressione seria. «Va bene così. È un po' che lo s-sospettavo. Non cambia niente.»

Lo fissai perplesso. Non cambiava niente? «Cosa vuol dire "lo sospettavo"?»

«Senti, siamo amici da oltre tre anni. Me lo sono domandato d-dall'inizio. Chi è che v-viene cacciato di casa per qualcosa di cui non vuole parlare e va a rifugiarsi da suo zio g-gay? Non me ne è mai importato se lo fossi o meno. Per me sei Hank, allevatore, tosatore, compagno di squadra e amico. Col p-p-passare del tempo e per il fatto che non ti vedevi mai con nessuno, ho cominciato a convincermene sempre di più. Mi chiedevo persino se tu lo s-s-sapessi.»

Scalciai il terreno e diventai paonazzo. Quello non era il tipo di conversazione che di solito avevo con Middy. «Elliot… be'…»

A cosa servono gli amici se non a leggerti la mente? «Non credere che lo vada a s-s-spifferare in giro, Hank. È un po' che provi qualcosa per lui, credo. Me lo c-chiedevo, perché parlavi sempre di lui, del fatto che veniva a casa tua e cose del genere. Però, non l'hai mai p-p-portato al pub. Passavi tutto quel tempo con lui, ma non lo portavi nei posti dove di solito si incontrano gli amici. Lo tenevi s-s-separato. Se ne accorgeranno anche altri se continui a fare c-c-così.»

Merda. Perché non ci avevamo pensato?

«Perché non mi hai detto qualcosa prima, Mid?»

«Perché non l'hai fatto tu?»

Be', quella era la domanda da sessantaquattromila dollari. Guardai il mio migliore amico, che avevo sottovalutato. «Grazie, Dave.»

Mi diede una pacca sulla spalla. «Ci vediamo domani, Hank.»

Quando svoltai nel vialetto, notai che casa mia era illuminata. Si vedeva il fumo uscire dal comignolo, il che significava che Elliot era riuscito ad accendere la stufa a legna. Cristo, non era una prova del fuoco insegnare a un uomo di città come… accendere un fuoco? Sbattei le scarpe sullo scalino sul retro e mi diressi verso la lavanderia. Mi tolsi tutto tranne gli slip, lanciai tutti i panni nel cestello della lavatrice e l'accesi. A piedi nudi andai in cucina, dove Elliot stava scongelando le bistecche e pelando le patate. Si era fatto la doccia e si era cambiato: ne aveva bisogno perché aveva lavorato sodo per diverse ore. Quella Di era una gran sgobbona.

Fu una sensazione bella, e anche naturale, cingerlo da dietro, mettergli le mani sui fianchi e rubargli un bacio da sopra la spalla.

«Ehi,» disse sottovoce. «Vatti a fare una doccia. Alla cena ci penso io.»

Quello gli valse un altro bacio di gratitudine, io intanto mi affrettai a mettere il mio corpo dolorante sotto l'acqua bollente. Dopo essermi lavato, schiacciai le patate mentre lui girava le bistecche e friggeva dei pomodori, poi andai fuori a controllare le galline alla luce della torcia. C'erano cinque uova pronte ad aspettarmi, anche se dovetti infilare la mano sotto un paio di galline infastidite, ma le portai dentro mentre pensavo di mangiarle per colazione.

Praticamente aspirai il mio cibo mentre Elliot continuava a parlare delle nuove esperienze che aveva fatto quel giorno. Alla fine capì che era meglio darmi una doppia porzione, anche se poi lui ci mise più tempo a finire di mangiare rispetto a me.

Lavai i piatti mentre lui stendeva i miei panni e dava da mangiare a Buck.

«A che ora ti alzi domani?» mi chiese mentre mi aiutava ad asciugare l'ultimo piatto.

«Alle cinque,» risposi. «Devo dare un'occhiata alla staccionata, controllare il bestiame, dar da mangiare alle galline, annaffiare l'orto ed essere per strada alle sei e mezza.»

«Allora è troppo presto per andare a letto adesso?»

Lo attirai con forza contro il mio corpo e per un attimo gli venne meno il respiro, a causa dell'impatto. «Con te? Mai.»

CAPITOLO 19

Alle cinque la radiosveglia si accese e mi svegliò. Mi girai e sgattaiolai fuori dal letto, attento a non disturbare Elliot. Mi presi un lungo minuto per osservarlo. Era così carino. Dormiva sempre a pancia in giù, con un braccio sulla testa e un piede che sbucava fuori dalla coperta. Le notti erano ancora fresche, quindi si teneva le coperte tirate su fino alle spalle, spuntava solo la sua testa di capelli ricci. Ogni volta che dormiva da me, mi prendevo del tempo per osservarlo. Guardarlo dormire mi scaldava il cuore, non sapevo come definire quella sensazione e non ero ancora pronto ad analizzarla.

Andai in cucina in punta di piedi e accesi la stufa a legna. Le prime due volte che Elliot era rimasto a dormire, compresa la notte in cui si era ubriacato come una scimmia, il rumore della mia routine mattutina l'aveva svegliato. I suoni familiari oramai non disturbavano più il suo inconscio. Continuò a russare mentre io cercavo di accendere il fuoco per prepararmi la colazione.

Buck mi seguì quando salii sulla Rover, il sole illuminava il cielo sopra le colline. Quella mattina dovevo fare i conti con una nuova sensazione, ed ero contento che Elliot dormisse ancora mentre cercavo di venirne a capo. Lo stare seduto mi ricordava un dolore che non avevo mai provato prima, e non ero ancora sicuro se mi piacesse o meno.

La nottata era stata magica. Elliot si era rivelato amorevole e premuroso e, allo stesso tempo, vigoroso ed eccitatissimo! Mi era piaciuto tutto quello che mi aveva fatto, e non sapevo definire come mi sentivo. Da un lato avevo la certezza assoluta di essere gay. Però una parte di me era ancora aggrappata all'idea che non lo sarei stato del tutto se non fossi arrivato fino in fondo. Potevo ancora rifugiarmi a testa bassa da mio padre, implorare il suo perdono, e dirgli che mi ero sbagliato. Avevo fatto un errore a dire che ero gay, in realtà ero solo confuso.

Ma ormai il sipario si era alzato. Era entrato in me. Gli avevo permesso di farlo. E mi era piaciuto da morire.

C'era una certa sensazione di impotenza nello stare a pancia in giù mentre ricevevi un bel cazzo duro nel sedere. Impotenza e libertà. Non dovevi fare nulla, non eri responsabile dell'orgasmo dell'altra persona, ti potevi concentrare solo sull'apice del tuo piacere. Ricevere senza dare era un atto di libertà.

Avevo sempre pensato che mi avrebbe fatto sentire… meno. Meno uomo e più simile a una donna. Mi aspettavo un lieve dolore, invece era stato più un bruciore, ma non avevo previsto l'estasi strabiliante che ne era seguita. Nei recessi della mia mente, mi sarei aspettato di dover digrignare i denti dal male, per regalare a Elliot il suo momento di piacere, invece non era stato affatto così. Quando gli entravo dentro mi rendevo conto che si muoveva in un certo modo, così che io non gli facessi male, quindi doveva esserci una specie di tecnica. Infatti, la notte precedente aveva provato ad aiutarmi, ma io non ero stato in grado di ascoltarlo. Ero troppo preso dalle emozioni, dalla sensazione di pienezza, dal bruciore e dall'attrito, dalla consapevolezza di quello che stavamo facendo. Poi, all'improvviso, *wham!* Era stato come essere travolti da un'ondata di piacere. Scorreva sopra e intorno a me, e non sapevo che cosa fare. Ero in preda all'eccitazione e a un bisogno impellente di urlare e mugolare con un tono di voce a cui non ero abituato. Mentre mi crogiolavo in quella sensazione, Elliot si era mosso e una stilettata di piacere mi era saettata lungo la schiena. Proprio quando avevo pensato di non poter provare niente di più bello in vita mia, era di nuovo affondato nel mio canale e la bomba atomica era esplosa, più e più volte.

Mentre dalla macchina perlustravo il profilo della staccionata, in cerca di eventuali problemi, scandagliavo anche i miei sentimenti. Non ero sicuro se volevo farlo di nuovo, e non perché Elliot non fosse un bravo amante. Era la mia perdita di controllo a preoccuparmi. Elliot adesso si sentiva diverso nei miei confronti? Ci avrei giurato, perché io stesso non mi sentivo più come prima. Tra di noi era nata una fiducia tutta nuova, un nuovo livello di emozioni che io non sapevo come gestire.

Dovevo davvero fare qualcosa al riguardo?

Era in momenti come quelli che un uomo aveva bisogno che la propria madre gli spiegasse la natura di quella sensazione di confusione, tensione e fuoco liquido che gli inondava la pancia.

Controllata la staccionata, diedi da mangiare alle mie ragazze e bagnai i germogli appena spuntati con l'annaffiatoio. Il tempo correva veloce e io dovevo mettermi in strada. Sgattaiolai in casa, controllai il letto e trovai il mio amante che dormiva ancora come un ghiro. Mi sentii un idiota, ma non c'erano testimoni, così gli soffiai un bacio in silenzio, prima di andarmene.

C'era un cartone di birra sul pavimento della mia postazione da tosatura nel capannone di Middy e mi venne da sorridere pensando a come mi ero sentito il giorno prima, dopo aver battuto il record. Devo dire che quando mi chinai per raccoglierlo sentii un certo dolorino al fondoschiena, in ricordo di un un'altra pietra miliare della mia vita. Mi venne in mente Elliot e mi si illuminò il volto.

«Ehi, Hank! Cos'è che ti fa sorridere così tanto a quest'ora di domenica mattina? Si può sapere chi è quella pollastra che ha allargato le gambe per farsi scopare da te?»

Sgranai gli occhi e scossi la testa, incredulo davanti a quel commento di Big D. «Piantala. E non ti dimenticare che mi devi una birra per quello scherzetto che mi hai fatto ieri. Non ci posso credere che ti sei lasciato sfuggire di mano quel montone. Erano mesi che non dovevo mettere dei punti a un animale, mi hai rovinato una buona giornata.»

«Sì, sì. Scusa.»

«Potevo rimetterci un dito!»

Big D sbuffò. «C'era quel frocio di dottore, te l'avrebbe potuto riattaccare lui.»

Mi rabbuiai in volto, mi si aggrovigliarono le viscere e tutta la solarità che avevo quella mattina svanì. «Che cazzo hai appena detto?»

Big D stava lubrificando il rasoio e non mi guardava. «Quel dottore che hai invitato ieri, sono quasi sicuro che sia un culattone di merda. Credo che abbia anche un debole per te. Se glielo chiedi con le dovute maniere, sono sicuro che te lo succhierebbe con molto piacere.»

Ebbi la sensazione che un fiume di lava mi scorresse nelle vene. L'adrenalina cominciò a pompare e avevo tutti gli arti del corpo tesi, pronti a scattare. Il cuore mi batteva all'impazzata mentre pompava sangue e ossigeno in tutto il corpo, ero un fascio di nervi. C'era una pozza fumante di lava nel mio stomaco, che imprigionava tutta la mia vergogna e la rabbia, pronta a esplodere da un momento all'altro. C'ero passato già centinaia di volte, il fuoco bruciava e aveva bisogno di uscire fuori. La pozza quella mattina si era già riempita di emozioni contrastanti, e adesso avevo trovato una valvola di sfogo: una testa di cazzo che insultava l'uomo di cui mi stavo innamorando.

Serrai i denti e strinsi le mani a pugno, cercando di tenere a freno la necessità di spaccare la testa al pezzo di merda che avevo davanti. La mia voce si abbassò, diventando un ringhio. «Ti consiglio di stare attento a come parli, Darren MacDonald. Quell'uomo è un genio con un cuore d'oro, ed è anche mio amico.»

«Tuo amico?» mi canzonò Big D. «Perché mai vuoi essere amico di una checca del genere?»

Quelle parole mi colpirono nel profondo.

«Oh, cazzo! Merda! Hank... no!»

Come se provenisse dal fondo della mia mente, sentii la voce di Middy dall'altra parte del capannone. Avvertii il martellare dei suoi passi sulle assi del pavimento, ma era troppo tardi. Big D rideva.

«Cosa ci fai con un amico come lui, Hank? Gli chiedi di mettersi a novanta? O sei tu quello che...»

Non gli permisi di finire la frase. Poteva dire quel che voleva di me, ma non aveva il diritto di parlare di Elliot con quel tono offensivo. La lava fusa entrò in contato con la polvere da sparo e la fece detonare. Gli mollai un cazzotto sulla mascella. Qualcosa si ruppe, non sapevo se fossero i suoi denti o la mia mano. Poi gli assestai un sinistro nello stomaco.

Ma Big D non era mingherlino e aveva due fratelli più giovani che di tanto in tanto sentiva il bisogno di mettere in riga. Non cadde a terra, anzi ricambiò con un gancio destro che mi colpì all'orbitale. Il dolore mi esplose nella testa e mi avventai contro di lui: lo volevo fare a pezzi. Lo spinsi contro il muro del recinto, ma Middy mi tirò indietro quasi immediatamente, afferrandomi per la vita.

«Hank! Calmati!»

Mi liberai dalla presa di Middy, la mia attenzione era concentrata solo a causare male e dolore a suo fratello maggiore. Purtroppo gli altri si erano accorti di quel che stava succedendo e adesso erano in tre a tenermi fermo.

«Fanculo! Lasciatemi!» gridai. «Non hai nessun cazzo di diritto di parlare di Elliot in quel modo. Te ne pentirai.»

Big D si tamponava il labbro con le dita, perdeva sangue. Mi guardò incredulo e sconvolto. «Cazzo. Che cosa te ne importa? Sei per caso innamorato di quel frocetto?»

Middy si fece scappare un'esclamazione muta e mi mollò il braccio destro come a dire: *Ecco, se lo merita, va' a spaccargli il muso, Hank.* E così feci. Gli diedi un pugno nello stomaco con tutta la rabbia e il risentimento che avevo in corpo. Big D si accasciò e io per un attimo vacillai. Che diavolo stavo facendo? Era una battaglia persa. Lo guardai impassibile mentre vomitava sul pavimento. Credetti che mi stessero scendendo le lacrime dagli occhi, invece era sangue che mi sgorgava da un taglio sul sopracciglio.

Senza proferire parola, mi voltai e uscii dal capannone, mi diressi di gran carriera verso l'auto e, appoggiato alla fiancata, guardai le pecore, pronte per la tosatura.

Cazzo!

Non solo avevo perso il controllo, anche se avevo detto a DottorEllo che non l'avrei più fatto, ma avevo picchiato il fratello del mio migliore amico, nel suo capannone, rovinando i programmi della giornata. Scossi la testa per la mia stupidità. Mi ero comportato da idiota, ed ero stato ancora più stupido a pensare che la gente del posto avrebbe accettato me ed Elliot se la notizia fosse trapelata. Big D aveva appena dimostrato che quasi tutti ci avrebbero evitati o ridicolizzati.

Mi sentivo abbattuto come non mi era mai successo prima. Dalle stelle della notte prima, alle stalle della mattina.

«Hank?» Voltai la testa per vedere la signora D, che era uscita dal recinto con un secchio. «Tutto bene? David mi ha detto che tu e Darren vi siete azzuffati. Oh, no! Guarda lì l'occhio! Tieni, ci mettiamo sopra del ghiaccio.»

Trasalii quando mi appoggiò sulla faccia una manciata di cubetti avvolti in un asciugamano. Mi piaceva quell'aspetto della signora D. Aveva saputo che c'era stata una lite e, anche se mi ero scontrato con suo figlio, non era scandalizzata, accettava il fatto che i maschi fossero fatti così, a volte alzavano le mani.

«Sta bene?» riconobbi la voce di Middy dietro di me.

Sua madre sospirò. «Ancora non lo so. Come sta l'altro fesso?»

Mi emozionai nel riconoscere l'affetto materno che provava nei confronti del figlio maggiore, poi Middy rispose: «Lui p-può a-aspettare. Se l'è meritato.»

Imbarazzato, mi voltai verso Middy, tenendomi ancora l'asciugamano bianco e rosso sull'occhio. «Mi dispiace, Dave, davvero. Non… avrei dovuto farlo. Vuoi che me ne vada?»

Scosse il capo, mi venne di fianco e mi tolse il ghiaccio per valutare il danno. «Non te ne vai a meno che tu non sia in grado di t-t-tosare. Ne abbiamo ancora novecentocinquanta da fare. Anche Darren ci deve dar s-s-sotto, quando avrà finito di vomitare. Accidenti, credo che ci v-v-vorranno dei punti. È un bel taglio.»

Mi abbassai e mi guardai nello specchietto laterale dell'auto. L'occhio mi si stava gonfiando, e avevo un taglio di circa cinque centimetri sopra il sopracciglio. Sanguinava ancora, e il sangue colava su quello rappreso che avevo in volto.

«Santo cielo. Sì… dobbiamo chiuderlo. Mi metti i punti, per favore? Oppure hai un cerotto da sutura?»

Scoppiò a ridere. «È un p-p-peccato che non ci sia Elliot oggi, eh? Torna?»

Arrossii quando mi ricordai dove l'avevo lasciato. «Non lo so. Non ha detto niente. Credo che tua sorella l'abbia fatto lavorare troppo, l'ha sfinito.»

La signora D se n'era andata, quindi eravamo soli quando Middy mi fece un sorrisetto. «È stata Di a sfinirlo o… tu, Hank? È magrolino… devi andarci piano con lui.»

Diventai rosso e sogghignai. Ecco perché Middy era il mio migliore amico. Era un grande, con un paio di frasi era riuscito a scacciare tutte le cose brutte. Suo fratello era uno stronzo, ma Dave scherzava e accettava la mia relazione con Elliot. Non solo mi voleva dire che per lui non era un problema, ma desiderava anche farmi sapere che gli andava bene qualsiasi cosa avessimo deciso di fare assieme.

«Ti ho tosato quattrocento pecore ieri. Non pensi che sia lui a dover andarci piano con me?»

Tirai fuori dalla macchina la valigetta del pronto soccorso e trovai quello che mi serviva. Passai a Middy ago e filo per suture mentre trovavo dei tamponi imbevuti di alcol. Middy mi cuciva e mi canzonava allo stesso tempo.

«Ehi! Non sono io q-q-quello che si mette a tirare pugni prima delle s-s-sette di mattina. Non sei così stanco, dopotutto.»

Feci una smorfia. «Mi dispiace tanto per quello che è successo, lo sai, vero? Non dovrei ricorrere alle mani. Avrei dovuto prendere quel coglione e scaraventarlo giù per lo scivolo.»

Mi appoggiai alla macchina e cercai di non scattare mentre mi puliva la ferita. «Sì. Ma lui è un grandissimo stronzo. La prossima volta, fammi un fischio e lo sistemiamo assieme. Se c'è Denny, chiamo anche lui.» Mi ricucì e coprì la ferita con della garza impermeabile. Avrei sudato quel giorno, ma con un po' di fortuna avrebbe tenuto. «Bene, e la testa come va? Ci vedi s-s-sfocato, hai senso di nausea, ci vedi doppio?»

«No. Mi fa solo un pochino male. Dov'è il ghiaccio? Posso sentire questo stronzo gonfiarsi.»

«Okay. Ti faccio p-p-portare un analgesico da mamma. Ti serve altro?»

«Credo di essermi morso la lingua. Ha delle altre bevande ghiacciate, per caso?»

Big D era seduto nell'angolo in fondo al capannone, mi lanciava occhiatacce arrabbiate ed era pallido in volto. Si teneva del ghiaccio sulla mandibola. Il caposquadra svolazzava come una gazza ladra, erano già le sette passate ed eravamo in ritardo; Denny ebbe fortuna e riuscì in qualche modo a ripulire il pavimento da sangue e vomito. Gli tirò sopra secchiate di acqua e spazzò tutto fuori dalla porta, io presi uno straccio e mi misi ad asciugare il pavimento. La mia disponibilità a ripulire motivò tutti gli altri e di lì a poco il capannone fu pronto. Il caposquadra fece cenno agli altri di iniziare, ma mi chiamò in disparte.

«Ce la fai a tosare?»

«Sì. Non sarò veloce come ieri, ma farò la mia parte.»

«Bene. Ma cosa cazzo ti è saltato in testa?» Mi urlava in faccia e io digrignai i denti. Era il capannone di Middy, ma il caposquadra era il responsabile. Avevo provocato un ritardo generale e dovevo risponderne a lui.

«Mi dispiace, capo. Ha dato del frocio a Elliot e io non gliela potevo lasciar passare liscia. Elliot non è qui per potersi difendere e Big D non ha alcun diritto di fare commenti a sproposito.»

Il caposquadra lanciò un'occhiataccia a Big D. «Brutto stronzo. Dovrà imparare a darsi una regolata.» Poi mi guardò di nuovo e io mi irrigidii. «Però tu non hai nessun diritto di insegnargli a comportarsi bene, finché lavori per me. Vedi di mantenere la calma, Hank. Adesso, va' a tosare quelle cazzo di pecore!»

Non era di certo il giorno migliore per tosare. Mi faceva male la mano dove avevo colpito Big D, mi pulsava la faccia dove mi aveva dato il pugno e tutte le volte che mi piegavo il dolorino al fondoschiena mi ricordava della notte precedente. E quel giorno avrei dovuto piegarmi un sacco di volte, cazzo!

Little D era alla pressa e impilava i velli nei sacchi prima di trascinarli fuori sul camion. Il numero di balle era impressionante. Per l'ora di pranzo, mancavano solo duecento pecore. Alle quattordici Rooster spense la macchina, dopo aver tosato l'ultima pecora, e tutti esultammo. Per i tosatori la giornata era giunta al termine. Gli altri avevano ancora dei lavori da finire.

Il capo mi consegnò il conteggio e mi disse che mi avrebbe richiamato la volta successiva, Pete e Shawn mi strinsero la mano e mi dissero che ci saremmo rivisti la settimana dopo da Ted Munro. Rooster mi salutò dicendo che ci saremmo visti al pub quella sera. Le ragazze erano ancora indaffarate, ma mi salutarono con la mano, dicendomi di passare i saluti a Elliot. Ringraziai di cuore la signora D, lanciai un saluto a Little D, feci il gesto del pollice in su ai ragazzi, salutai il cugino di Middy e ignorai saggiamente Big D.

Middy venne fino alla macchina per salutarmi. «Grazie per l'ottimo l-l-lavoro amico, come al solito. Ci vediamo al p-p-pub stasera?»

«Sì. Okay.»

Diede un colpetto sul cofano. «Porta Elliot.» Non aspettò una risposta o un rifiuto; agitò la mano e se ne andò.

Elliot era ancora da me quando arrivai a casa. Aveva il suo lettore e-book e delle scartoffie sparse su tutto il tavolo della cucina. Quell'uomo lavorava dodici ore al giorno, era allo studio medico per occuparsi delle emergenze come minimo tre volte la settimana anche nel cuore della notte, era reperibile un fine settimana su due e in più riusciva a leggere le ultime riviste mediche e i rapporti farmacologici nel tempo libero.

Mi spogliai in lavanderia per ritardare il momento in cui avrei dovuto affrontarlo. Quando entrai in cucina, alzò lo sguardo dai fogli e mi fece un largo sorriso di benvenuto, che svanì non appena vide la mia faccia.

«Ehi Hank! Come è… merda! Cosa è successo alla tua faccia? Tutto bene? Vieni, siediti qui.»

Era in piedi, mi invitò a sedermi sulla sedia e mi esaminò la tumefazione, mentre io non potevo sopportare di guardarlo negli occhi. Mi coprì di attenzioni e mi tolse con delicatezza la garza, che ormai era bagnata fradicia e tutta sudicia.

«Cos'è successo? Fammi vedere… accidenti. Chi ti ha messo i punti? Se lo lasciamo così ti rimarrà la cicatrice. Fammi andare a prendere la valigetta dalla macchina, te li rimetto.»

Sapevo che si sarebbe arrabbiato con me una volta scoperta la verità, quindi lo afferrai e me lo tirai sulle ginocchia. Gli strinsi le braccia attorno al petto, per poter sentire il suo profumo e il suo calore prima che si arrabbiasse. Si fermò e ricambiò l'abbraccio, baciandomi dolcemente sulla fronte.

«Hank? Cos'è successo, eh? Stai bene? Ti fa male da qualche parte?»

Non risposi. Appoggiai semplicemente il viso contro il suo collo e lo tenni stretto, prendendo forza e amore dalla sua pelle.

Gli sentivo battere il cuore, un suono che mi calmava e raffreddava il magma che mi ribolliva all'interno. Sentii la sua mano sulla testa, che mi accarezzava i capelli, scostandomeli dal sopracciglio.

«Hank? Cos'altro, amico?»

«La mano,» mormorai con la bocca sul suo collo.

«La mano? Dove? Fammi vedere.» Mi prese la mano per esaminare il livido e il gonfiore. Avvertii il momento in cui si rese conto di cosa significasse: avevo preso parte a una rissa. «Oh.» Si afflosciò e portò la mano alla bocca per baciarmi il livido con delicatezza.

Resistetti per un minuto, poi gli chiesi: «Te lo insegnano all'università, dottore? A far guarire la bua con un bacio?»

Sogghignò. «Credo che sia un'arte sottovalutata. Devo confessare che all'università c'era un docente in particolare da cui avrei accettato una dimostrazione più che volentieri.»

Mi ritrassi con un sorriso. «Sì? Era sexy?»

«Di più.» Poi smise di sorridere. «Hai fatto male a qualcuno, Hank?»

Con una smorfia, abbassai lo sguardo. «Gliele ho suonate di santa ragione, l'ha voluto lui.»

«Cosa? È venuto lì e ti ha chiesto: "Ti prego, colpiscimi Hank?" Non credo proprio.»

Lo guardai con aria di rimprovero. «No. È venuto lì e ha dato del frocio al mio ragazzo. Non ce l'ho fatta a lasciar correre, Ell.»

Lo sentii scosso da un vortice di emozioni: sorpresa, rabbia, dolore, paura e infine perdono. In silenzio, Elliot sospirò e mi accarezzò con tenerezza il viso con le sue mani confortanti. Poi domandò: «Io sono questo per te? Il tuo ragazzo?»

Il cuore mi rimbombava così forte che non riuscivo quasi a sentire le sue parole sussurrate. «Se lo vuoi.»

Rimanemmo a guardarci per un tempo infinito prima che sorridesse con quell'espressione da bambino. «Sì, lo voglio. E adesso, fammi alzare, voglio che il mio ragazzo torni bello come prima, devo rimettergli i punti così non gli resterà la cicatrice.»

Lo strinsi ancora più forte e lo attirai a me per baciarlo. «Non mi importa del mio aspetto, dottore. Va bene così.»

Mi diede un bacetto e mi spinse via le mani in modo da potersi alzare. «A me importa. Bene, consideralo uno dei vantaggi di avere un dottore come fidanzato.»

Mentre andava verso la porta, gli dissi: «La cosa migliore di avere un ragazzo medico è giocare al dottore e infermiere.»

Il rumore della porta che sbatteva sovrastò le sue risate mentre si dirigeva verso la macchina.

CAPITOLO 20

Secondo una tradizione nata molto tempo prima che mi trasferissi da quelle parti, i ragazzi si incontravano tutti nello storico pub locale ogni domenica pomeriggio alle cinque. Si parlava di football durante la stagione del football, di cricket durante quella del cricket e di allevamento tutto l'anno. Il campionato di football era finito, a parte le finali – per le quali non ci eravamo qualificati – quindi parlavamo di prezzi dei cereali, della lana, e di che tempo faceva quella sera. Si poteva partecipare a un sacco di conversazioni, chi era in cerca di più stimoli poteva giocare a freccette e la birra scorreva a volontà.

Avevo convinto Elliot a venire con noi, così era passato da casa per fare una doccia e cambiarsi prima di raggiungermi. Ordinai una caraffa di birra e presi il bicchiere vuoto che Sharon mi aveva gentilmente allungato per la mia dose settimanale di luppolo e orzo. Appoggiai la caraffa sul tavolo vicino ad altre due che erano mezze piene e ne versai un po' da una fresca.

Middy era già arrivato e aveva sparso la voce del mio record, quindi avevo ricevuto molte pacche di congratulazioni sulla spalla e strette di mano. Poi c'era la questione dell'occhio nero che mi stava venendo. Middy guardò il taglio e curvò le labbra, divertito.

«Cosa?» domandai.

«A quanto pare il mio lavoro non era all'altezza, eh?»

Cercai con tutto me stesso di celare il rossore delle guance, ma non ci riuscii. Per fortuna Middy era l'unico a sapere chi mi aveva ricucito con un solo punto, visto che in quel momento sfoggiavo due bei nodi legati alla perfezione. Mortificato e sulla difensiva, gli sussurrai: «Gli avevo detto di lasciar perdere, ma ha insistito.»

Ero sicuro che il mio migliore amico stava cercando di non scoppiare a ridere a crepapelle. «Povero bambino.» Si chinò su di me e mi sussurrò: «Qual è l'equivalente gay dell'espressione "s-succube della gnocca". È da a-anni che me lo chiedo. Succube del cazzo?»

Restai a bocca aperta, totalmente incredulo. Il mio cervello stava andando in pappa, non riuscivo a formulare una risposta. Ci guardammo fissi negli occhi, finché non scoppiai a ridere e gli diedi un colpetto sulla nuca. «Coglione.»

Per un attimo rimase di stucco, e poi mi sembrò di sentirgli dire: «Succube del coglione?» Lo ignorai e guardai invece quello splendore del mio ragazzo che stava entrando dalla porta. Lo salutarono in molti quando entrò, Tim Davies fu uno di quelli che si alzò per stringergli la mano. Rooster mi salvò dall'essere io a chiamarlo perché si avvicinasse.

«Ehi, Doc! Prendi un bicchiere da Sharon dietro il banco e porta una panca.»

Elliot sorrise e fece cenno di sì con la testa, poi si voltò per parlare con il signor Jenkins, che era appollaiato su uno sgabello. Ci mise cinque minuti prima di arrivare da noi, ma si inserì benissimo nella conversazione, sedendosi di proposito dalla parte opposta a Middy. Dovevamo stare attenti in pubblico, nessuna dimostrazione di affetto, e non bisognava far vedere quanto ci conoscevamo bene. Per tutti gli altri, eravamo amici. Sarebbero inorriditi se avessero saputo che uscivamo spesso insieme.

E quello che facevamo.

Neil arrivò tardi e offrì una birra a Elliot quando vide che stava bevendo solo della limonata. «Ti ordino un Jim Beam se ti va qualcosa di forte, dottore. So che la birra non piace a tutti.»

Elliot sorrise, riconoscente. «No, ma grazie dell'offerta. Il dottor Larsen mi ha chiamato un'ora fa. Si è preso quella brutta influenza che è in giro adesso, quindi stasera sono reperibile.»

Quello fece spostare la conversazione sulle malattie. «Ti ricordi quando ci fu quell'influenza intestinale nel 2007?» disse qualcuno. Dentro di me, ero molto orgoglioso che Elliot si fosse amalgamato così bene. Era come se fosse sempre stato con noi.

Ridemmo e scherzammo. Ci raccontammo storie inverosimili ed esagerammo i nostri successi. Ordinammo del cibo e lo mangiammo all'aperto, nell'area sul retro dell'edificio. Alla fine mi sedetti vicino a Elliot e gli passai il mio piatto di patate per condividerle. All'improvviso, il telefono che aveva in tasca squillò. Per esperienza, sapevo cosa significava e mi sentii sprofondare... non solo perché qualcuno era malato o ferito, ma perché sarei rimasto lontano da lui tutta la sera. Il dottore rispose e disse alla persona all'altro capo del telefono che stava per arrivare. Si alzò dalla sedia e si scusò prima ancora di aver riattaccato.

«Mi dispiace, ragazzi. Un'auto è andata fuori strada a sud di Nippering. Ci vediamo dopo, ok?»

Mi diede un colpetto sulla spalla mentre usciva in tutta fretta. L'allegria si smorzò... per i venti secondi successivi, fino a quando Neil disse: «Avete sentito della seconda moglie di Kevin Shultz?»

La stagione si fece frenetica, con la mietitura e la tosatura che erano in concorrenza l'una con l'altra Quasi tutti gli uomini lavoravano sette giorni la settimana, se già non lo facevano prima. I cereali erano pronti per essere mietuti e chiamai Paul per organizzare una giornata in cui sarebbe potuto passare ad aiutarmi tra un lavoro di tosatura e un altro. Pagai il mutuo, ero indietro di una rata, poi versai anche le due mensilità successive per evitare che la banca mi stesse col fiato sul collo. Saldai il conto al negozio di mangimi locale, regalando al proprietario una bottiglia di whisky per avermi fatto credito per due mesi buoni.

Una notte Elliot mi vide alle prese con i calcoli di quanto mi sarebbe servito nei sei mesi successivi, fino all'autunno, quando sarebbe cominciata la stagione della tosatura.

«Non so come facciate voi contadini a vivere così,» disse, «con un solo reddito una volta l'anno, quando vendete la lana o i cerali, senza nemmeno sapere quanto prenderete prima di andare al mercato.»

«Ecco perché abbiamo le galline e un orto, DottorEllo. Se il raccolto dovesse andare male, almeno puoi mangiare uova e verdura. Oppure puoi sempre macellare il bestiame per la carne, se sei proprio disperato.»

Un po' scherzavo, però c'era un fondo di verità in quelle parole e la sera dopo Elliot si presentò con diversi scatoloni di cibo. Lo guardai male e pretesi di sapere cosa credeva di fare.

«Dai, Hank. Mangio sempre qui, voglio solo contribuire, non mi va di fare lo scroccone.»

Apprezzai il gesto ma non volevo che pensasse che non fossi in grado di mantenermi. «Puoi comprare i preservativi, se vuoi. Se non sbaglio ce ne serve un'altra scatola.»

Diventò di un rosso adorabile, qualcosa da cui ero totalmente dipendente visto che diventava di quel colore quando raggiungeva l'orgasmo. «Già fatto. Sono nello scatolone.»

La credenza era sempre più sguarnita, non tanto perché mancavano i soldi ma perché non avevo mai tempo per fare la spesa. Elliot aveva appena finito di riporre l'ultima lattina sullo scaffale e io stavo già pensando a come sedurlo, quando Buck cominciò ad abbaiare, avvertendoci che dovevamo rimandare la scopata perché avevamo ospiti. Mi ripromisi di liquidarli in meno di cinque minuti e uscii fuori a vedere.

Com'è il detto sui migliori progetti?

Non potevo credere ai miei occhi quando zio Murray scese dalla macchina agitando la mano per salutare, era con Jimmie. Erano quasi le sei di sera, quindi voleva dire…

Porca puttana!

Imprecai sottovoce e bisbigliai a Elliot: «Tieniti pronto, DottorEllo. È arrivata la mia famiglia.»

Sentii Elliot deglutire quando Jimmie chiuse la portiera e girò attorno alla macchina con un paio di pantaloni a tre quarti, una maglietta arancione attillata e un paio di infradito in tinta. Aveva gli occhiali da sole in bella mostra sui capelli pettinati alla perfezione, anziché sugli occhi, e camminava impettito nel cortile con la sua borsa bianca da uomo che teneva per la cinghia, attorcigliata attorno al polso.

«Hank, tesoro!»

Mandai giù il risentimento per l'interruzione e li accolsi con un sorriso di benvenuto. «Cosa ci fate voi due da queste parti?»

«Siamo venuti per aiutare! Ne ho parlato con Murray e abbiamo deciso di prendere la macchina e venire qui. Murray ha una voglia matta di sporcarsi le mani, e sono sicuro che avrai bisogno di qualcuno che ti prepari qualcosa di buono da mangiare. Murray voleva telefonarti, ma io desideravo che fosse una sorpresa. Non te l'aspettavi, vero tesoro? Purtroppo non potrai dormire nel tuo letto fin quando staremo qui, ma non credo sarà un gran disturbo. Paul dorme sempre nel letto degli ospiti. Ah, salve! Che maleducato. Io sono Jimmy e questo è Murray. Come ti chiami? Hank, non mi avevi mai detto quanto fossero carini i tuoi amici. Se l'avessi saputo, sarei venuto anni fa. Non ho nemmeno portato i miei vestiti migliori da sfoggiare. Abbiamo portato delle cosine da mangiare perché...»

La sua voce si smorzò quando zio Murray gli tappò la bocca con la mano, come aveva già fatto un milione di volte in passato. Ne ero sicuro. «Jim, tesoro, ti dispiacerebbe chiudere il becco e lasciar parlare il povero Hank?»

Elliot stava ancora guardando Jimmie sbalordito, così feci le presentazioni. «Ehi, lui è Elliot, il dottore della nostra cittadina, quindi non stupitevi se lo chiamano dottor Elliot. Elliot, lui è mio zio Murray e lui è Jimmie, il suo compagno.»

Jimmie gli porse la mano e io tirai un sospiro di sollievo quando Elliot l'accettò subito, poi però rimasi a bocca aperta quando il dottore esclamò: «Ah! È un vero Gucci questo braccialetto? È stupendo! Lo volevo comprare a mia madre il Natale scorso, poi alla fine ho optato per quello in oro rosa.»

Era un commento perfetto da fare. Jimmie andò in visibilio.

«Ah, davvero? Mi piaceva molto anche quello, però ho pensato che questo sarebbe stato più facile da abbinare ai vestiti. Io adoro l'oro giallo e hanno dovuto convincermi a non comprare l'oro rosa. Amo la loro collezione horsebit, ci spenderei tutti i miei soldi, se potessi, ma lo sai anche tu, tra le bollette e tutto il resto... Hai visto i gemelli a forma di morsetto da cavallo?»

Elliot sembrava sotto shock: era per via dell'atteggiamento da vecchia checca di Jimmie oppure perché un uomo, che forse non era mai stato a cavallo in vita sua, sembrava avere un feticcio per i gioielli ispirati al mondo dell'equitazione? Alla fine Jimmie si fermò per riprendere fiato e Murray lo distrasse, domandandogli se aveva portato un foulard azzurro. Jimmie fremette tutto eccitato e si diresse saltellando verso la macchina per rovistare tra i bagagli.

Elliot si voltò verso di me. «Allora io vado, eh? Sarai contento che i tuoi parenti ti siano venuti a trovare. Ci vediamo presto?»

Lo accompagnai con riluttanza alla macchina e lo osservai mentre saliva. «Caro DottorEllo. Mi dispiace davvero molto…»

«Non c'è problema, Hank. Non sapevi che sarebbero arrivati. Scrivimi un paio di messaggi questa sera, ok?»

«Va bene. Messaggi sconci?»

Quello mi valse un sorriso impertinente. «Certamente,» rispose ammiccante.

«Mi dispiace per Jimmie. Se avessi saputo che venivano, ti avrei avvertito.»

«Non preoccuparti. Non mi aspettavo che Jimmie fosse ricco di famiglia. Tuo zio sembra di origini molto più umili; sono agli antipodi.»

«Jimmie? Ricco? Non credo, DottorEllo.»

La sua espressione era di sufficienza quando rispose: «Hank, quel bracciale costa oltre diecimila dollari. Forse anche quindicimila. Lo so perché ne ho comprato uno simile l'anno scorso. Nessuno spende diecimila dollari per un bracciale sapendo che poi gli mancheranno i soldi per pagare il mutuo, il mese dopo.»

Quindicimila?

Avrei approfondito più tardi. Per il momento avevo un'altra domanda che mi stava a cuore. «Come hai fatto a intuire che dovevi chiedergli del braccialetto?»

Elliot mi lanciò uno sguardo alla "non fare lo stupido". Lo faceva spesso. «Hank, amico. Non ho sempre tenuto nascosta la mia sessualità. Avevo una vita sociale molto attiva all'università, e ho conosciuto abbastanza *divine* da sapere di cosa amano parlare. Dopotutto, stai guardando uno che ha partecipato alla parata del gay pride con due soli capi di abbigliamento addosso.»

«Davvero?»

Sorrise. «Quei minuscoli pantaloncini bianchi si prestavano decisamente allo sparticulo.»

Il solo pensiero mi fece sbavare. «Hai detto che avevi solo due capi addosso, quindi cos'altro avevi?»

Mise in moto e innestò la marcia. «Un cappello da cowboy.»

Poi il bastardo sfrecciò via e mi lasciò lì con l'uccello duro davanti ai miei due zii gay, ignari del fatto che mi sbattevo il dottore della città.

Zio Murray stava tirando fuori le valigie dal portabagagli e Jimmie si stava sistemando nella mia stanza. Andai a prendere dei vestiti dalla camera per il mio esilio in quella degli ospiti e notai che Jimmie stava fissando qualcosa in mezzo al letto, la scatola di preservativi nuova di zecca che Elliot aveva comprato e gettato sul copriletto. La scatola extra large da cinquanta, per super arrapati.

La temperatura nella stanza da letto sembrò salire alle stelle quando io e Jimmie ci guardammo fissi negli occhi.

«Jimmie...» Mi schiarii la voce, non sapevo cosa dire.

«Quindi presumo che tu abbia trovato un amico, è così?» Dalla sua faccia trapelavano curiosità ed eccitazione.

«Senti... non lo sa nessuno, quindi non ne fare parola. Non posso dirti chi è e neanche posso presentartelo.» Stavo facendo disperatamente marcia indietro, cercando di coprire le nostre tracce, invano.

«Dimmi solo se... questa persona speciale è la stessa per cui avevi un bisogno così disperato della mia ricetta super segreta dei biscotti al miele?»

«Sì.»

«Bene. Sarei rimasto sconvolto se l'avessi usata con uno qualunque.»

Riposi la scatola in *fondo* al cassetto e la coprii con alcune altre cose, così Murray non l'avrebbe trovata. Poi fui assalito da un brutto pensiero. «Jimmie? Sai che ti voglio bene, vero?»

A quella domanda, lui corrugò la fronte, ma mi rispose subito. «Certo.»

«E lo sai che ti accetto in tutto e per tutto e so che tu e zio Murray siete innamoratissimi, giusto?»

«Giu-sto.» Jimmie scandì quella risposta in due sillabe, non capendo nel modo più assoluto dove volessi andare a parare.

Guardandolo dritto negli occhi, cercando di rimanere serio, dissi: «Allora non prenderla male, ok?»

«Oo-kay.»

«Vi prego di non fare sesso nel mio letto.» Vidi la sua espressione diventare incredula, o inorridita? «Nel senso che voi due siete come i miei genitori, e so per certo che a rigor di logica lo fate, però non voglio dormire nello stesso posto tutte le sere sapendo che avete fatto delle porcherie qui.»

«Cosa?» Il volto di Jimmie era pieno di indignazione.

«Guarda… non vi chiedo l'astinenza in vacanza, però non fatelo qui. Ci sono tantissimi posti nella mia tenuta lontani da occhi indiscreti in cui potete farlo. Poi io sarò fuori a tosare per molti giorni, quindi le occasioni non vi mancheranno. Non rovinatemi il letto, okay?»

Jimmie rise a crepapelle per il mio atteggiamento puritano. «Okay. Ma un giorno, Hank, mi racconterai come fai a conoscere tutti questi posti nella tenuta. Ho la sensazione che il mio nipotino preferito si sia dedicato ad attività all'aria aperta non contemplate dal *Manuale dei boy scout*.»

Naturalmente il mio rossore mi tradì.

La loro visita fu molto gradita, non solo perché Jimmie mi cucinò dei buonissimi manicaretti e perché zio Murray mi aiutò con alcuni lavoretti attorno a casa. Erano la mia famiglia e mi erano mancati. L'unico problema era che Elliot mi mancava ancora di più.

Resistetti tre giorni prima di lanciare uno sguardo a Murray e Jimmie che si sbaciucchiavano sul mio divano e annunciare che stavo uscendo.

«Uscire?» domandò Murray. «Dove diavolo te ne vuoi andare alle sette di giovedì sera?»

Mi strinsi nelle spalle. «Non lo so. A fare spese notturne in città?»

«Non ci sono negozi aperti a quest…» Jimmie lo colpì sulla pancia e lo guardò in tralice. Murray fissò in malo modo Jimmie, spalancò gli occhi, poi alzò lo sguardo verso di me con comprensione. «Ah! Merda. Non lo sapevo.»

«Non c'è niente da sapere,» dissi con nonchalance, cercando di non farmi scoprire. «Vado a fare un giro in macchina.»

Jimmie mi fece un largo sorriso. «Okay. Divertiti. Ricordati di allacciarti la cintura.»

«Lo faccio sempre,» risposi, contenendo il mio entusiasmo.

«A meno che…» Jimmie si tirò su a sedere, allarmato. «Non ti servano delle cinture di sicurezza dal cassetto?»

Zio Murray era perplesso, ma sapevo che ormai gliel'aveva detto. «No. L'autista ha tutto l'occorrente.»

Jimmie sghignazzò e si rannicchiò nuovamente, e cercai di non pensare che forse avrei dovuto dichiarare tutti i mobili di casa zone interdette al sesso.

In fondo al vialetto di casa, mi fermai e inviai un messaggio a Elliot. *Ho un'emergenza. Sei fuori per lavoro?*

Era un po' squallido da parte mia farlo preoccupare in quel modo, ma ero frustrato ed impaziente di vederlo. Non avevo tempo di tenere conto dei suoi sentimenti. Ero già in strada quando squillò il telefono, lo misi in vivavoce. La preoccupazione nella voce di Elliot era palpabile.

«Hank? Sono Elliot. Tutto bene? Cos'è successo?»

«Ah, dottore. Ho un grosso problema. Tra poco arrivo a casa sua e mi potrà dare una mano.»

Sogghignò, sollevato e divertito. «Ah, sì? Che tipo di problema?»

«Be', dottore. È grosso, lungo e duro e spunta dritto fuori dal mio corpo.»

«Mmm. Sembra grave. Un osso rotto forse? Fa male?»

«Sì, fa un male boia, dottore. Ha qualcosa da darmi per caso?»

«Se si tratta di una frattura, forse la dovrò immobilizzare. Se è una protuberanza, forse dovrò asportarla. Ma se è quello che penso, credo di avere qualcosa per lei qui in casa. Quanto ci mette ad arrivare?»

«Venticinque minuti? Quella *cosa* sarà pronta ad aspettarmi?»

«Certo. Lascio aperta la porta sul retro.»

Elliot abitava vicino a Love Street, non troppo lontano dalla scuola elementare. Parcheggiai in fondo al posteggio della scuola, sotto degli alberi, poi percorsi a grandi passi il vialetto, evitando i lampioni sul lato destro della strada. C'era silenzio quando sgattaiolai nel cortile della casa in affitto di Elliot, mi precipitai sul retro ed entrai attraverso la porta scorrevole. La chiusi a chiave, mi tolsi gli stivali e quando trovai Elliot in camera mi ero già sbottonato jeans e camicia. Era nudo sul letto, con il membro duro, le gambe divaricate, le dita infilate nella fessura.

«Cazzo.» Quella parola fu sussurrata al buio, forse fui io a pronunciarla, ma non ne ero sicuro. Lui mi fece un sorriso di benvenuto e tese la mano per invitarmi a raggiungerlo. Poi mi resi conto che sul palmo c'era un preservativo per me. I miei vestiti caddero sul pavimento, ma non ebbi il tempo per togliermi i calzini, così li lasciai su. Il profilattico era più importante. C'era un canale d'emergenza che aveva bisogno del mio amore.

La penetrazione iniziale, senza nemmeno un tentativo fugace di preliminari o un semplice saluto, fu così deliziosa che faticai a non venire subito. A giudicare dai rumori che faceva Elliot, eravamo sulla stessa barca.

«Oh Gesù, grazie.»

Se Elliot credeva di avere Gesù tra le gambe, da lì a poco avrebbe avuto un'epifania. Lo penetravo con vigore e lo osservavo mentre lo prendeva. Era al settimo cielo e quell'estasi rallentò il mio orgasmo. Mi resi conto che volevo guardarlo mentre faceva quel salto nel vuoto. Quasi sempre ero troppo eccitato per osservarlo mentre veniva. Oppure avevo bocca e occhi occupati altrove.

Come riuscii a trattenermi dal venire, non lo so. Però i miei movimenti diventarono lenti e precisi quando presi la decisione di occuparmi del piacere di Elliot anziché del mio. Lo tirai su, facendogli inarcare la schiena, e glielo infilai dentro e fuori un paio di volte.

«Oh, sì!» urlò.

Era bellissimo, ma il mio obiettivo era il sublime. Tentai di chinarmi in avanti per leccargli i capezzoli mentre spingevo dentro di lui.

«Cazzo, sì. Oh, mordimi qui, Hank!»

Annotai a mente di chiedergli della cosa dei morsi. Per lui i capezzoli erano una specie di feticcio.

Non che mi lamentassi. Non l'avrei mai fatto per una cosa del genere.

Sapevo che la sua prostata era nella parte anteriore del suo canale, così provai un'ultima volta. Divaricai le gambe e mi avvicinai il più possibile al materasso, mirando verso l'alto.

«Oh!»

Trovata! Se il dottor Elliot non riusciva a pronunciare una parola di senso compiuto, allora significava che avevo raggiunto il punto giusto. Gli entrai dentro con delicatezza e puntai verso l'alto. Avevo i fianchi che mi imploravano di andare più veloce, invece stabilizzai il ritmo in modo da potermi puntellare su una mano mentre con l'altra gli afferrai l'uccello.

«Ahh!» urlò quando fu travolto da quel duplice piacere.

La mano andava su e giù, facendo da contrappunto agli affondi. «Avanti, DottorEllo. Voglio vederti esplodere.»

Chiuse gli occhi e fece come gli chiesi, zampillando fiotti tra i nostri corpi e stringendomi forte con le caviglie, mentre le contrazioni delle sue natiche mi massaggiavano il sesso. Mi fermai un attimo per godermi la sensazione in tutto il corpo, e diedi a Elliot il tempo di riprendersi prima di raggiungere l'apice.

Mi aspettavo che gli si afflosciasse, permettendomi di venire. Invece si sollevò sotto di me e mi spinse indietro, stendendomi sulla schiena. Allarmato, mi allontanai e lo guardai. «Qualcosa non va?»

Aveva uno sguardo quasi selvaggio negli occhi mentre mi saliva sopra e ringhiava: «Nulla. Va tutto benissimo. Adesso che sei qui, non può esserci niente che non va.»

Sapevo quello che voleva dire. Era come se mi fosse mancato il pollice sinistro negli ultimi giorni, senza di lui. Allungò una mano all'indietro e tenne fermo il mio sesso mentre si accovacciava sopra di me. Poi scivolò facilmente sul mio uccello e giuro, i bulbi oculari fecero un giro completo nella mia testa. Gli misi le mani sotto le cosce per stabilizzarlo, ma lasciai che fosse lui a guidare e a spingersi giù sul mio corpo al ritmo che voleva. Si chinò all'indietro, si resse sulle mie gambe e aumentò la velocità. Dalla mia posizione, la vista era meravigliosa, grazie tante.

Di lì a poco, l'orgasmo che avevo tentato di ritardare tutta la notte sopraggiunse inesorabile. «Ell!» urlai e sobbalzai verso l'alto mentre venivo. Le sue dita sprofondarono nelle mie gambe mentre faticava a tenersi stretto per l'impeto delle mie contrazioni. Rovesciai gli occhi all'indietro svariate volte prima di accasciarmi. Ero esausto e mi resi appena conto di quando Elliot mi aiutò a togliermi il preservativo e a coprirmi con il lenzuolo.

Però mi accorsi che venne sotto le coperte con me. Gli passai le braccia attorno alle spalle e attirai il suo corpo desideroso verso di me. Mi appoggiò la testa sul petto, accavallò una gamba sulla mia e con la mano sinistra cercò il mio capezzolo per giochicchiarci.

Fu come tornare a casa.

«Mi era mancato,» ammisi nel silenzio. Sembrava stupido. Erano passati solo quattro giorni dall'ultima volta che avevamo fatto sesso. Forse mi era mancato perché in un certo senso non era più sesso e basta: mi era sembrato di fare l'amore quando eravamo venuti assieme.

«Anche tu mi sei mancato, Hank,» rispose a bassa voce. «Non riesco a dormire se non sei con me. Non mi piace come all'improvviso abbia bisogno di te.»

Mi sentivo allo stesso modo. Gli passai le dita nei capelli ricci, poi sulla pelle calda della schiena. «Adesso sono qui, DottorEllo. Dormi. Hai bisogno di riposarti, sistemeremo tutto dopo.»

Si addormentò subito, il che un po' mi preoccupò. Era vero che non riusciva a dormire, e non era una bella cosa per un dottore. In più doveva andare nelle città vicine due volte la settimana a fare ambulatorio. Era al volante la mattina presto e la sera tardi. Mi preoccupava che potesse avere un incidente e a quel punto chi sarebbe accorso sul posto? Chi avrebbe fatto da dottore al dottore?

Nemmeno a me piaceva aver bisogno di Elliot. Mi terrorizzava. Anche se ero il pescatore, adesso ero io a essere stato preso all'amo. Avevo abboccato – solo per sentirne il sapore – ma adesso ero rimasto fregato. E cosa sarebbe successo quando Elliot se ne fosse andato?

Non avevo mai permesso a me stesso di essere vulnerabile, l'idea mi ripugnava. Ascoltai Elliot sonnecchiare e lo attirai ancora più vicino.

Nell'oscurità, sussurrai nella stanza quello che non avevo avuto il coraggio di ammettere con me stesso fino a quel momento.

«Credo di amarti, DottorEllo.»

CAPITOLO 21

Jimmie mi mise con le spalle al muro mentre zio Murray si faceva la doccia.

«Okay, adesso vuota il sacco,» disse sventolandomi una spatola in faccia, con la sua espressione da "poche chiacchiere". «C'è qualcosa che ti preoccupa, e voglio sapere di cosa si tratta. Come faccio ad aiutarti se non mi racconti le cose?»

«Non puoi, Jimmie. Nessuno può farlo.»

Mi lanciò uno sguardo accigliato. Indossava un grembiule a fiori che aveva portato da casa, quindi la cosa non ebbe un gran impatto su di me. «È per via di questo segreto, quel tuo amico speciale che hai adesso?»

Mi strinsi nelle spalle. «Forse.»

«Il tuo amico è Elliot, giusto? Quel tipo che era qui quando siamo arrivati? Il mio gay radar è scattato subito, appena sono sceso dalla macchina, poi quando mi ha chiesto del gioiello di Gucci ha iniziato a urlare.»

Elliot mi avrebbe ucciso, ma dovevo raccontarlo a qualcuno. Dovevo vantarmi. A cosa serviva stare con il ragazzo più carino della città se non potevi dirlo a nessuno? «Sì. Avevi ragione riguardo a quello che mi hai detto quel giorno. È bellissimo, vero?»

«Ooh, sì. È un bel bocconcino, e se non ci fosse Murray a prendermi a calci nel sedere, ti darei del filo da torcere.»

Scoppiai a ridere, come se fosse vero. Jimmie e Murray erano come due metà di una cosa sola. Non potevo immaginarli l'uno senza l'altro.

«Allora, dov'è il problema tra voi due? È un disastro a letto?»

Sbuffai. «Stiamo andando sul personale, non credi, Jimmie? Però no. Non c'è nessun problema del genere tra noi.»

Mescolò la sua creazione culinaria e contrasse le labbra. «Quindi avete trovato un accordo? Attivi, passivi, triangoli, comparse, scambi e avventure?»

Non ero sicuro che morire soffocati dalla propria lingua fosse bello, quindi lo ignorai. Continuò a canzonarmi senza che io gli dessi corda.

«Bene. Quindi il sesso non c'entra. L'altra sera sei tornato più che soddisfatto, quindi suppongo che siate compatibili. Passiamo al lato emotivo.» Dopo una pausa, fece il più grosso salto logico che avessi mai visto. Purtroppo, ci azzeccò. «Lo ami, Hank?»

Alzai la testa come una pecora che aveva appena avvertito un pericolo. Non volevo rispondere, ma le parole mi uscirono di bocca. «Sì. Ma che cazzo di bene può farmi?»

Jimmie mi concesse tutta la sua attenzione. «Cosa vuoi dire? E lui ti ama?»

Il sospiro che feci veniva dal profondo della mia anima. «Che importa, Jimmie? È un maledetto dottore. Non rimarrà in campagna, dove non c'è niente da fare tranne che scommettere su quale sarà la prossima pecora a cagare. Rimarrà qui per altri sei mesi – diciotto al massimo – e poi se ne andrà. Forse tornerà in città. Magari a Melbourne. E che cazzo farò io, allora? Mi ci vedi a vivere in città, Jimmie? E poi, cosa potrei fare lì? L'ultima volta che ho controllato non c'erano molte pecore da tosare da quelle parti, tra le macchine e i grattacieli. Quindi che importanza ha che mi ami? Io so solo che lo amo e che mi spezzerà il cuore quando se ne andrà.»

Jimmie si precipitò vicino a me, appollaiandosi sul bracciolo di una sedia, e mi afferrò le mani. «Gliene hai parlato, Hank? Cosa dice lui?»

Scossi la testa. «Te l'ho detto Jimmie, non ha importanza. È formidabile... anzi un fenomeno. Ti immagini quante vite potrebbe salvare se lavorasse in un grande ospedale? Qui forse ne salva una decina l'anno? In città, ne salverebbe dieci a settimana. Non posso chiedergli di fare questa scelta.»

«Credi che le vostre vite non siano altrettanto importanti? Che le vite di campagna valgano meno, che abbiano bisogno di un dottore di seconda classe?»

«No.»

«Perlomeno sai cosa vuole fare?» Scossi la testa mentre mi stringeva la mano. «Forse non funzionerà, Hank, però almeno dagli una possibilità. Potrebbe sorprenderti. Ora la cena è pronta, vai a lavarti le mani. Poi inviagli un messaggio. Voglio incontrarlo come si deve per assicurarmi che sia all'altezza del cuore del mio nipote preferito. Chiedigli se gli va di venire a cena una di queste sere, e avvisalo che lo torchierò senza pietà quando arriva. Che non si faccia attendere troppo!»

Anziché scuoiarmi vivo per aver detto a Jimmie (e di conseguenza a Murray) della nostra relazione segreta, Elliot accettò l'invito a cena per la sera dopo. Jimmie si diede da fare in cucina tutto il giorno, quindi io e Murray decidemmo di non disturbarlo. Radunammo il gregge delle nerine, e chiesi a Murray cosa ne pensasse del loro stato di salute e della qualità della lana. Dichiarò che erano pronte per essere tosate. Le filatrici a mano avevano bisogno di un vello ancora più lungo per il loro lavoro, quindi dovevo aspettare sedici mesi invece dei soliti dodici tra una tosatura e l'altra. Era un po' più dura per le pecore portare lana extra nel periodo estivo, ma fino a quel momento ero riuscito a evitarlo calcolando bene i tempi.

Prima presi due montoni e ne ispezionai le gonadi e la loro forma, erano stati addomesticati e tolleravano di essere maneggiati senza problemi. Poi fu la volta di Hero, mi assicurai di asportargli il vello intatto. Murray lo lanciò sul mio tavolo e gli diede un'occhiata.

«Questo va bene, Hank. Ha solo un anno, quindi dovrebbe migliorare coi prossimi tagli.»

«Allora devo mettere la madre in pentola? Mi ha fatto un agnellino lo scorso mese, per questo ha avuto una sospensione della pena.»

«Tienila. Se avessi bisogno di spazio, ti darei ragione, però i suoi agnellini sono belli.»

Alla piccola Poppy era stata inanellata la coda, non era molto contenta, ma sua madre l'aveva spinta con il muso verso le mammelle e Poppy se n'era dimenticata presto. Distolsi lo sguardo dai miei diagrammi e ci mettemmo a parlare di razze, separammo il gregge tra i vari montoni e togliemmo loro i grembiuli per l'inseminazione. Poppy aveva solo un mese e c'era la possibilità che Nan ritornasse in calore e rimanesse di nuovo incinta, il che avrebbe portato della lana di bassa qualità. Visto che la sua lana non era comunque buona, non la isolai.

Zio Murray tentò di tosare, a riprova che non si perdeva mai la mano. Se avesse voluto guadagnarsi da vivere con quello, probabilmente avrebbe fatto... non so, forse venti dollari al giorno. Gli sorrisi quando, arrivato alla terza pecora, ci rinunciò lasciandomi finire il lavoro.

Elliot arrivò puntuale, tutto in tiro con i suoi jeans attillati e la camicia da damerino di città, con ricamata sopra l'immagine di un cavallo. Lo riempii di baci nella privacy del capannone prima di portarlo dentro e presentarlo di nuovo ai miei zii.

«Zio Murray, Jimmie. Sono orgoglioso di presentarvi il mio ragazzo, il dottor Elliot Stockton-Montgomery. Ell, questo è zio Murray, il fratello di mia madre, che mi ha dato i soldi per comprare questa fattoria. Zio Murray è quello che fila la lana da solo e lavora a maglia, quindi allevo le pecore nere per lui. Jimmie è il mio stilista d'eccezione, motivo per cui indosso le cose all'ultima moda quando lavoro, il gregge è sempre favorevolmente colpito.» Jimmie rimase senza parole mentre Elliot si divertiva da matti. «Ed è anche il miglior cuoco che abbia mai conosciuto. Non esiste una persona più viziata di me, la pavlova di Jimmie è imbattibile.»

Jimmie sogghignò, imbarazzato per i miei complimenti, e tutti si strinsero le mani. Alla fine Jimmie disse: «Stockton-Montgomery? Questo nome non mi è nuovo.» Ci fu una piccola pausa prima che, con un sussulto improvviso, Jimmie si voltasse verso Elliot con le braccia conserte. «Non ci posso credere! Sei il figlio minore di Alicia Pinkerton! Sapevo che studiavi per diventare dottore, ma non mi ero reso conto che avessi già finito.»

Elliot sorrise sorpreso. «Conosci mia madre?»

Strabuzzai gli occhi. Era meglio che qualcuno mi dicesse che stavo sognando.

«Certo, tesoro! Siamo andati a scuola assieme. All'epoca era fidanzata con quello stronzo di Normal Delaney. Per fortuna che l'ha piantato, guarda lì che fine ha fatto.» Elliot annuì. «Ero così contento quando sposò tuo padre. George era più vecchio di lei di qualche anno e totalmente succube di suo padre, ma lo ammiravo per la sua forza. Poi, quando tuo nonno cedette la ditta a tuo padre, lui gli fece vedere di cosa era capace. Rivoluzionò tutto. A tuo nonno per poco non venne una sincope, ma George sapeva il fatto suo.»

Elliot sorrise. «Credo che il nonno non l'abbia ancora perdonato.»

Jimmie si portò una mano alla gola, sconvolto. «Non dirmi che il vecchio brontolone è ancora vivo?»

«Oh sì. Ha ottantotto anni e gioca ancora a golf tutti i giorni. Scusa ma adesso sono proprio curioso. Come fai di cognome?»

«Kincaid.»

«Dei Kincaid di Easbourne?»

«Sì. Mia madre era Margaret Pendleton e ha sposato Aubrey Kincaid, che era il terzo figlio dei Kincaid. Rupert Eastbourne era il patrigno di mio padre.»

«Tua madre era una Pendleton? Di recente, mio cugino Richard ha sposato Sonya Pendleton. Siete parenti?»

A quel punto mi scollegai, non ce la facevo più ad ascoltare. Lo strano mondo di cui parlavano mi era estraneo, ed era strano. Non avevo dimenticato il commento di DottorEllo sul fatto che Jimmie venisse da una famiglia ricca, visto che si poteva permettere di portare al polso un bracciale da quindicimila dollari. Dal giorno in cui aveva fatto quel commento, molte cose erano diventate chiare. Non avevo mai pensato al tenore di vita di Jimmie e Murray. Vivevano in una casa normalissima, eppure Jimmie lavorava solo due giorni la settimana nel suo negozio da parrucchiere. Murray non lavorava, io pensavo per via degli infortuni, ma forse era perché non ne aveva bisogno.

La cosa più evidente erano i soldi che mi aveva dato Zio Murray. Non erano suoi, erano di Jimmie. Ora mi era chiaro che Jimmie manteneva entrambi.

Ed Elliot era fatto della stessa pasta. Aveva comprato per sua madre un braccialetto da diecimila dollari come regalo, per l'amor di Dio! E io, come dono, gli avevo regalato un agnellino da battezzare.

Parlavo a Murray con il cuore che mi sprofondava mentre mi rendevo conto che non avrei mai potuto competere. Probabilmente ero l'unico gay che Elliot era riuscito a trovare in zona. Non ero speciale, non valeva la pena tenermi. Andavo bene solo per fare sesso, per il momento. Non appena il contratto di Elliot fosse terminato, se ne sarebbe andato. Magari si sarebbe fermato a salutarmi, ma più probabilmente se ne sarebbe andato senza neppure voltarsi indietro.

Sapevo che Elliot aveva notato che mi ero isolato dalla conversazione quella sera. Continuava a guardarmi con aria interrogativa quando l'attenzione degli altri era spostata altrove. Jimmie era contento come una Pasqua, poteva parlare di gente che entrambi conoscevano e essere aggiornato sulle ultime notizie. Zio Murray era noncurante, forse era abituato a Jimmie che teneva banco. Ogni tanto mi faceva qualche domanda, ma altrimenti rimanevamo in silenzio ad ascoltare.

Poi si fece tardi, lasciai metà pavlova nel piatto e mi alzai. «Mi dispiace tanto, ma devo andare a letto. Domani ho una giornata pesante.»

Elliot notò che avevo lasciato metà dessert. «Hank? C'è qualcosa che non va?»

«Niente, Ell. Sono solo stanco. Vuoi rimanere a parlare con Jimmie per un po'? Non c'è problema, ma io devo buttarmi a letto.»

«No. Sono sicuro che io e Jimmie potremo riprendere la conversazione in un altro momento. Murray… è stato un piacere conoscerti, finalmente. Ordinerò uno scialle per il compleanno di mia madre a gennaio. Jimmie… sei uno chef di prim'ordine. Grazie per la cena, però bisogna che vada. Hank mi accompagnerà alla macchina e sono sicuro che ci rivedremo presto.»

Mi erano stati impartiti gli ordini, Murray e Jimmie salutarono e accompagnai Elliot al buio verso il capannone, dove aveva parcheggiato l'auto. Mentre camminavamo rumorosamente sulla ghiaia, presi una decisione. Elliot se ne sarebbe andato, ma per il momento era con me. Avrei accumulato tutte le esperienze e i ricordi che potevo nei sei mesi successivi. Con un po' di fortuna, mi sarebbero bastati per almeno venticinque anni.

Una volta accanto alla macchina, Elliot si voltò verso di me. «Hank? Non ti ho mai visto lasciare una pavlova. Cosa c'è che non va?»

«Niente. È solo che non sono abituato a condividerti, tutto qui,» farfugliai. «Adoro i miei zii ma vorrei che scomparissero, così potrei portarti dentro e prenderti sul mio letto.»

Si rilassò e sembrò credere alle mie stronzate. Ci baciammo fin quando non rimanemmo senza fiato, poi mi ritrassi. «Non era una bugia, ho bisogno di dormire, Ell. Ora vattene, sennò mi addormento su una cazzo di pecora domani.»

Lì, al buio, mi pesò il fatto che Elliot se ne sarebbe andato, ma alla luce del giorno fui in grado di scrollarmi quel pensiero di dosso. Aveva ricevuto l'approvazione di Jimmie e il sorriso compiaciuto di Murray, entrambi l'avevano invitato a cena tutte le volte che voleva.

Domenica sera decidemmo di andare al pub, unendoci agli altri ragazzi, come al solito. C'erano Middy e Neil, Steve, Stewie, Gavin, Sketty, Coxy, Buzz e Tony, tutti parlavano e bevevano. Eravamo seduti attorno ad alcuni tavoli che erano stati uniti, c'erano delle birre e degli stuzzichini, poi arrivò Mike Munro.

«Hank! Speravo che ci fossi. Hai saputo di Bevin Spencer?»

Tutti i ragazzi si zittirono per sentire la notizia. «No. Cos'è successo?»

«Pensavo che ti avesse telefonato. Suo padre è morto in Inghilterra ieri notte. Attacco di cuore o qualcosa del genere. Parte martedì per il funerale.»

Rimanemmo un attimo interdetti e io non mi resi conto di quanto la notizia mi avesse colpito fino a quando Gavin disse: «Merda. Devo andare a casa sua venerdì e sabato.»

Tirai fuori il cellulare dalla tasca posteriore e lo controllai, neanche a farlo apposta c'era l'avviso di una chiamata persa.

Stewie domandò: «Allora cosa ha intenzione di fare?»

«Prova a fare tutto in un giorno. Domani»

Ci fu un coro generale di incredulità misto a sorpresa. «Domani?»

«In un giorno?»

«Non ce la farà mai.»

«Come fa a credere di potercela fare in un giorno?»

«Quante ne ha? Più di quattromila?»

Non me ne capacitavo. *Quattromila in un giorno?*

Elliot mi sfiorò con il ginocchio e mi domandò: «Mi sono perso.»

Gli spiegai. «Spencer doveva tosare un gregge di quattromila capi questa settimana, in due giorni. Ora tenta di farle tutte in un giorno. Domani.»

Gavin disse a voce alta. «Quali sono i suoi piani, Mike?»

«Ha messo insieme una squadra di nove tra i tosatori più veloci. Il suo capannone ha sette postazioni, ma cercherà di farceli stare. Paga tre e quindici per capo e conta di farcela in meno di dieci ore. Ci saranno McManus e Akker. Ho sentito che ha convinto Jameson a venire. Io vado come aiutante e porto Petersen.»

Sentii crescere la mia eccitazione. McManus e Akker assieme? Io avevo visto Jameson all'opera una volta sola in vita mia. Quell'uomo era pura poesia in movimento.

Elliot mi diede un altro colpetto con il ginocchio. «Nove tra i più veloci? Chi è Akker? Tre e quindici per capo?»

Sorrisi come un bambino che stava per incontrare Babbo Natale. «Daniel Akker, lo *shearing gun* del secolo.» Sentii un paio di risatine di scherno. «Tre e quindici è pagato da Dio. Di solito ci pagano tra i due dollari e i due dollari e settantacinque a pecora.»

«Cos'è uno shearing gun?»

«È un'espressione che si usa per definire un tosatore velocissimo, in grado di sbrigare un gran numero di pecore in un giorno solo. È l'equivalente di un "campione di tennis" o di un "asso della Formula Uno", un fenomeno insomma. Ci potrebbero essere discussioni sulla definizione di tosatore fuoriclasse, ma di solito si definisce così uno che riesce a tosare in media più di trecentocinquanta pecore al giorno, o uno che riesce a superare quota quattrocento.»

Elliot mi guardò. «Tu ne hai tosate oltre quattrocento più di una volta, quest'anno.»

Cercai di comportarmi umilmente, ma molti dei ragazzi alzarono i bicchieri e gridarono: "Urrà!" a quella dichiarazione e io feci un grande sorriso. Mike rispose: «Sì, Hank è sicuramente uno veloce, motivo per cui Bev Spencer ha cercato di contattarlo. Sarà una giornata magica. Bev avrà nove fuoriclasse. Per un totale di almeno quattrocento pecore l'ora.»

Vidi che Ell stava facendo i conti in testa. «Cosa? Sette velli al minuto?»

«Sì, per dieci ore, se necessario. Ecco perché arriverà Jameson.»

Stewie si sporse in avanti per parlare a Elliot, con la faccia illuminata. «Jameson è un fuoriclasse, si dice che riesca a ripulire un vello in quindici secondi. Ho già lavorato con lui nelle fattorie più grandi. Si fa pagare un occhio della testa per il suo lavoro e tratta tutti come schiavi, ma è il migliore.»

«Ce la farà a stare al passo con nove fenomeni?» disse Coxy.

«Speriamo di sì, abbiamo Mike e Petersen che tolgono i velli per lui.»

In quel momento squillò il telefono e mi alzai per rispondere lontano da quel frastuono. Era Bevin Spencer. Trenta secondi dopo facevo parte della squadra di tosatori per il giorno successivo e dovetti telefonare a Paddy B per disdire l'impegno preso. Aveva saputo di Spencer e capiva il motivo della mia rinuncia. Gridai per tutta la stanza che Paddy aveva bisogno di un tosatore che mi sostituisse il giorno dopo, e Gavin si offrì volontario.

Era bellissimo vedere che tutti si davano da fare per aiutare un amico allevatore.

Condivisi con gli altri le cose che mi aveva detto Bevin. «Ci sono anche O'Reilly e Jackson Junior.»

«Come diavolo ha fatto a ingaggiare Jackson Junior con così poco preavviso?» domandò Stewie, sbalordito.

Ovviamente Neil, il nostro gazzettino locale, lo sapeva. «Gli Spencer e i Jackson sono un'unica grande famiglia. Jackson Senior è stato sposato per un breve periodo con la sorella maggiore di Bevin Spencer. Lei è morta di cancro appena otto mesi dopo il matrimonio. Jackson Senior allora ha sposato Peggy Reynolds un paio di mesi dopo e Jackson Junior è nato nove mesi e due giorni dopo che avevano seppellito la prima signora Jackson.»

Be', cavolo!

Continuai. «Bevin ha chiesto se qualche donna della zona potrebbe venire a fare un salto a portare da mangiare ai tosatori e agli aiutanti. La signora Spencer è occupata a prenotare i biglietti degli aerei e a fare le valigie.»

Un paio dei ragazzi mi dissero che avevano sparso la voce e persino un tipo seduto a un tavolo lì vicino disse che avrebbe chiamato subito sua moglie.

Finii il mio drink e salutai tutti. Spencer cominciava alle sei l'indomani, un'ora prima, così da lavorare per dieci ore. Elliot mi accompagnò fuori. Il parcheggio era buio, ma non abbastanza. Nella privacy fornita dalle nostre due macchine, gli presi la mano e gliela strinsi.

«Avevo pianificato di venire furtivamente a casa tua stanotte, DottorEllo.»

Lui sospirò e intrecciò le sue dita alle mie. «Non mi ero reso conto di quanto sarebbe stata difficile la nostra relazione, quando l'abbiamo cominciata. Mi piacevi tanto ma all'inizio era più – mi dispiace dirlo – un appetito sessuale da soddisfare. Ora non faccio che pensare a te ogni mattina e ogni sera. Voglio stare con te, Hank. Non mi piacciono tutti questi sotterfugi.»

«Dobbiamo farlo, Ell. Se si venisse a sapere, credi che mi telefonerebbero per pagarmi tre e quindici a pecora? No, mi ritroverei a svolgere piccoli lavori di merda che nessun altro vuole fare.»

«Ne sei proprio convinto, Hank? Perché a volte mi viene da dire "al diavolo" a chiunque abbia inventato queste regole. Volevo stringerti la mano al pub, stasera. Voglio portarti a casa, dove posso abbracciarti tutta la notte, prepararti una bella colazione la mattina prima che tu te ne vada. Voglio avere il diritto di chiamarti quando ne ho voglia, senza dovermi preoccupare di chi può ascoltarci. Voglio dichiarare al mondo che sei "mio", e

CAPITOLO 22

vedere la gente sorridermi con invidia perché tutti ti vorrebbero per sé.»

Quell'ultima cosa mi fece ridere. «A volte anch'io lo vorrei, ma per adesso dobbiamo accontentarci. Ora sparisci, così posso andare a casa. Martedì è il mio giorno libero. Perché non vieni da me dopo il lavoro, Jimmie ti preparerà da mangiare.»

Elliot mi strinse le dita e mi fece un sorriso triste. «Buonanotte Hank. Buona fortuna per domani. Chiamami per dirmi com'è andata, ci vediamo martedì.»

La sera seguente gli telefonai dopo aver parcheggiato al buio, vicino al capanno. Ero distrutto ed euforico al tempo stesso. Avevo trascorso dieci ore a lavorare fianco a fianco con Daniel Akker e Joe Jackson Junior, avevo tosato cinquecentootto pecore e Jameson mi aveva fatto i complimenti per come i miei velli fossero intatti (dentro il capannone tutti si erano stupiti per quelle lodi, non l'avevano mai sentito congratularsi con nessuno), mi ero guadagnato una bella paga e, cosa ancor più importante, avevo scoperto di avere una solida reputazione.

La mia reputazione era più importante di qualsiasi altra cosa. Se mi avessero scoperto, avrei potuto contare su quella.

Il telefono squillò due volte nel mio orecchio prima che Elliot rispondesse. «Hank! Ho saputo del tuo successo. Quattrocentodiciotto nelle prime otto ore. In città non si parlava d'altro, questo pomeriggio. Si dice che tu abbia battuto un mostro sacro, Eckersley, è vero?»

Sorrisi. «Akker. Daniel Akker. Sì, lui ne ha tosate quattrocentododici.»

«Ben fatto, amico. Allora, qual è stato il tuo totale alla fine?»

«Cinquecentootto.»

«Merda! Probabilmente io riuscirei a farne cinque in otto ore. Adesso dove sei?»

«A casa.»

«Bene. Ero preoccupato. Va' a dormire, ci vediamo domani, ok?»

Mi trascinai in casa e riuscii a finire solo metà della cena prima di crollare a letto.

Paul sarebbe venuto mercoledì per la mietitura, così martedì io e Murray ci occupammo della manutenzione del trattore e preparammo gli attrezzi. Con mia grande sorpresa, Elliot si presentò prima del previsto, alle cinque. Stavo togliendo le erbacce dall'orto, mi fece un timido sorriso e alzò le spalle. «Abbiamo avuto un paio di appuntamenti cancellati, così Gloria li ha riorganizzati.»

Lo accolsi a braccia aperte con un gran sorriso, lui mi venne incontro e mi diede un bacio. L'orto non era visibile dalla casa, quindi colsi l'occasione per dargli una palpatina. Quel giorno indossava un paio di jeans neri, quindi le impronte delle mie dita sporche sul suo sedere non si sarebbero notate. Proprio un gran bel culo! Per non parlare delle labbra... E come mi stringeva forte tra le sue braccia! Quelle ciglia meravigliose... Insomma, era tutto bello!

Non era così bello, invece, che Neil ci stesse fissando con uno sguardo inebetito. Lo shock sul suo volto era un classico, se fossi stato dell'umore giusto per riderci su. Fino a un momento prima ero stato travolto da quel bacio perdifiato con il mio ragazzo, e un attimo dopo ero come paralizzato. Terrore, paura, sorpresa, timore e rassegnazione lottavano tra loro mentre tentavo con tutto me stesso di aprir bocca.

«Neil...»

Elliot si voltò allarmato e io notai lo sguardo esterrefatto di Neil su di noi. Però qualcosa, in fondo all'anima, una nuova forza, si stava facendo strada. Qualcosa che era nato un mese prima e, benché fosse ancora un germoglio, stava crescendo. Era orgoglio per me stesso. Un mese prima avrei subito negato qualsiasi cosa Neil avesse visto, anche se era incontrovertibile. Forse in futuro avrei messo un braccio attorno al collo del mio compagno e avrei gridato la verità a tutti. Per il momento, però, non ero sicuro. Sapevo che non potevo – e non volevo – contraddire le conclusioni a cui Neil era giunto, però non sapevo se sarei stato abbastanza forte da sopportare la tempesta che di lì a poco sarebbe scoppiata.

Tutti e tre rimanemmo immobili, ognuno in attesa che qualcun altro facesse la prima mossa. Fu Neil a rompere l'incantesimo.

«Porca puttana!»

Tutto sommato era una bella sintesi della situazione. Feci un passo verso di lui e rimasi sconcertato quando vidi che lui indietreggiò, allontanandosi da me come se fossi contagioso.

«Neil, amico mio... non volevo che lo scoprissi in questo modo.»

Mi guardò stupito. «Cosa? Scoprire che sei...? Che tu e Elliot...? Cazzo, Hank. Che diavolo ti sei fumato?»

Ero convinto della mia posizione. Non volevo che la gente lo sapesse, però non volevo più negare di provare dei sentimenti per Elliot.

«Non mi sono fumato un bel niente, amico. Che io ed Elliot cosa…? Questi non sono affari tuoi. Sono gay. Lo sono sempre stato. Non c'è niente di male in questo.»

La mia dichiarazione l'aveva sconvolto, però all'improvviso mi guardò negli occhi, sembrava confuso. Mi rispose con un tono ferito e dimesso. «Certo che non c'è nulla di male se sei gay. Solo che non lo sapevo.»

Con mio grande stupore, adesso ero *io* a trovarmi in difficoltà. *Non c'era nulla di male nel fatto che fossi gay?* Dov'erano andati a finire la disapprovazione e il disgusto che sapevo avrebbe provato? E cos'era successo alla rabbia e alla ritorsione?

Neil aggiunse, balbettando: «Cioè, perché diavolo non mi hai mai detto nulla? È un po' come… come… non so… nascondere chi sei. È come mentire ai tuoi amici, Hank. È come dire che ti piace la squadra degli Eagles quando invece di nascosto tifi per l'Essendon e non averlo mai detto a nessuno. Come dire che sei nato in Australia quando in realtà sei nato in Nuova Zelanda. Oddio! Non sarai mica anche neozelandese, per caso?»

Era buffo vedere che Neil fosse più preoccupato di scoprire che avrei potuto essere della Nuova Zelanda che del fatto che fossi gay.

«No. Ti garantisco che sono nato nell'Australia occidentale. E tifo per gli Eagles. Anche se, mi dispiace dirtelo, ma Elliot tiene per l'Essendon.»

Elliot annuì dispiaciuto e si scusò con Neil con un sorrisetto. Neil spalancò gli occhi, aveva il cuore infranto. «Cosa? Cristo, Hank! Non hai nessun rispetto per te stesso? Ti ordino di mollare quest'uomo, e chiederemo al Ministero della Sanità di mandarci un medico decente.»

La mia bocca si contrasse in un sorriso sarcastico quando mi resi conto che il mio amico era ancora mio amico e che mi stava prendendo in giro per il mio ragazzo, senza alcun risentimento nella sua voce. Buttai un braccio attorno al collo di Elliot e lo attirai verso di me. «Mi dispiace, Neil. Non si può fare.»

Neil scosse la testa fingendosi disperato. «Le acque chete sono quelle che corrodono i ponti.» Sospirò e mi guardò con gli occhi pieni di tristezza. «Sul serio, perché diavolo avete pensato di doverlo tenerlo nascosto? Comunque, vi confesso che questa cosa mi ha proprio sorpreso. Io so tutto di tutti, ma di voi due…? Certo, si spettegolava da tanto sulla sessualità di Elliot, da quando Shirley MacKenzie ha spifferato a tutti che non hai battuto ciglio quando ha tirato fuori le tette per un esame al seno.» DottorEllo diventò tutto rosso tra le mie braccia e io gli strinsi le spalle per rincuorarlo. Il balcone di Shirley era piuttosto sporgente ed era uno degli argomenti principali tra gli uomini arrapati. «Senti, non mi sembra di chiederti molto, dottore. Ma per il bene di tutti gli uomini eterosessuali scapoli e focosi della zona, potresti fare qualche foto la prossima volta che Shirley viene per farsi fare una visita? Non mi sembra di chiedere molto.»

Diedi una pacca sulla schiena a DottorEllo, che stava soffocando. Non conosceva Neil da tanto tempo come me, e bisognava conoscerlo bene per non rischiare di soffocare dal ridere per le cose che gli uscivano dalla bocca.

«Tornando alle cose serie, Hank. Che gusto ci provi a non dirlo a nessuno? È davvero un brutto modo di comportarsi, amico. Mi hai proprio deluso. Dovrai offrirmi almeno tre birre per farti perdonare. Anzi, facciamo quattro.»

Scoppiai a ridere, sollevato e incredulo allo stesso tempo. «Come posso rifiutare un'offerta del genere?»

Sorrise. «E per carità, fate sesso dentro le quattro mura domestiche! Mi avete fatto venire un infarto quando ho girato l'angolo del capannone. Non è quello che i miei poveri occhi si aspettavano di vedere. E sapete bene che una volta visto, non è più possibile tornare indietro. Cazzo! Devo vedere subito un paio di tette per cancellare l'immagine di voi due che vi sbaciucchiavate.»

Elliot alzò le sopracciglia. «Be', ci hai pensato che se io non sono in studio per vedere Hank, forse anche Gloria ha la serata libera?»

Neil lo guardò sorpreso. «Merda! Perché diavolo stai ancora qui a parlare con me? Non avresti potuto informare un povero ragazzo disperato dieci minuti fa?» Si voltò di scatto e si precipitò verso la macchina così in fretta che dovetti correre per stargli dietro.

«Neil? Neil! Prima di andare a sbavare dietro a un paio di tette, ti dispiace dirmi il motivo della tua visita?»

Non si fermò, salì in macchina e mise in moto.

«Neil!» urlai esasperato.

Tirò giù il finestrino e mi disse: «Tette, Hank! Tette! Adesso so che non capisci, ma un eterosessuale ha delle esigenze. Un altro giorno ti dirò che mio padre è interessato a un paio dei tuoi montoni.»

Gli angoli della mia bocca si alzarono. «Davvero?»

«Sì. Si fida di te, dice che gliene servono tre o quattro. Quindi per favore mettimene da parte quattro per l'ultima settimana di novembre, quando lo andrò a trovare.»

Esitai. «Ora che sono gay, ti fidi ancora? Sei sicuro che vuoi ancora fare affari con me?»

Mi fece un sorrisetto e scosse il capo. «Per la cronaca, Hank, sei sempre stato gay, solo che io non lo sapevo. Come potrebbe cambiare la qualità del tuo gregge il fatto che infili il cazzo in strani posti?»

Mi sembrava di toccare il cielo con un dito. C'erano tante cose che avrei dovuto elaborare riguardo quell'ultimo scambio di idee, però per il momento il mio amico doveva abbassare la cresta.

«Chi ha detto che è *il mio* cazzo, Neil? Cos'è, Elliot non ce l'ha?»

Gli occhi di Neil si spalancarono nuovamente per lo shock, e in un attimo innestò la marcia. «Tette!» urlò. «Ho bisogno di tette!» E se ne andò via dal vialetto ghiaiato con una sgommata.

Quella sera, a cena, Murray, Jimmie, Elliot e io ridemmo per quella reazione. Poi presi la mano di Elliot e gli mostrai la grande sorpresa che mi aveva fatto Jimmie il giorno prima, recapitata a caro prezzo mentre stavo tosando da Bevin Spencer. Elliot si alzò in piedi a fissare il divano senza capire.

«È un divano. Un bellissimo divano, devo ammettere, ma pur sempre un divano. Perché sei così entusiasta?»

Lo abbracciai da dietro e gli sussurrai all'orecchio. «È il mio nuovo divano letto. Comodissimo per sedersi sopra, ma ancora più bello da tirare fuori per gli zii che ti vengono a trovare.»

Il sorriso che gli comparve in viso lo trasformò. Il mio cuore prese a battere più forte. «Ah, per fortuna. Non sei tu che mi ha detto che i contadini si alzano col sole e vanno a letto con le galline?»

Quella notte ci riappropriammo del letto, ridacchiando come due ragazzine, tappandoci la bocca per non fare rumore mentre facevamo l'amore. Poi caddi in un sonno profondo. Con Elliot accanto, tutto il mondo sembrava più bello.

Mercoledì fu una giornata sconvolgente e dalle rivelazioni scioccanti. Cominciò come la maggior parte di tutti gli altri giorni, in piedi presto, colazione, animali da nutrire e lavoro. Elliot era uscito alle 7:00 per andare a casa a cambiarsi prima di andare allo studio medico, e Paul arrivò alle 8:00 con alcune notizie belle e altre meno.

«Hank! Indovina un po'? Narelle ha detto sì! Gliel'ho chiesto tanto tempo fa e ieri sera finalmente ha accettato.» Ero al settimo cielo per lui e gli chiesi quando avevano intenzione di sposarsi. Diventò rosso e calciò una foglia sulla ghiaia. «Credo presto. Il fatto è che... stai per diventare zio.»

Mi aveva colto alla sprovvista. In tutta sincerità non avevo mai pensato ai figli. Essere gay non dichiarato mi aveva negato ogni possibilità di portare avanti il nome dei Woods. Era stato stupido da parte mia pensare che nemmeno Paul avrebbe potuto averne.

«Diventerai papà? Mi stai prendendo in giro? Fantastico! Congratulazioni!» Sorrise a trentadue denti e lo presi per abbracciarlo con entusiasmo.

Paul era al settimo cielo. «La sera in cui le ho chiesto di sposarmi, ho fatto molta fatica a convincerla che avevo pianificato tutto. Mi ha detto che aveva una notizia da darmi; le ho risposto che ne avevo una anch'io. La sua era il bambino poi, è venuto il suo turno di ascoltare, quando le ho detto che volevo sposarla non mi ha creduto. Pensava che fosse una reazione impulsiva alla mia imminente paternità.»

«Allora quando dovrebbe nascere Woods Junior?»

«Alla fine di aprile.»

«Papà come ha preso la notizia che diventerà nonno?»

Paul si grattò la mascella. «Benone. È contentissimo. Vedrai quando arriva.»

Mi sentii venir meno. «Papà sta arrivando?»

«Sì. Dovrebbe essere qui tra dieci minuti.»

«Cosa? Sai che ci sono zio Murray e Jimmie, vero? L'hai detto a papà?»

Zio Murray e papà non si parlavano dalla sera in cui ero stato cacciato di casa.

Paul mi diede una pacca sulla schiena, un po' più forte del necessario, ma in modo fraterno. «Hank, devi sapere che papà è cambiato molto da quando te ne sei andato. Si è... addolcito. È più aperto all'idea che tu sia gay. Gli manchi molto, Hank.» Quella era una novità. Se gli mancavo, allora perché non me l'aveva detto? «Forse non te ne rendi conto, ma c'è molto della mamma in te. Hai i suoi stessi capelli scuri, gli occhi castani e il suo sorriso. Quando te ne sei andato, per papà è stato come perdere mamma un'altra volta. Sa che Murray è qui. E anche Jimmie. È voluto venire. Anche se non lo dice, gli dispiace averti cacciato ed è molto grato a entrambi per averti accolto in casa loro. Un paio di anni fa, sui giornali, c'era un articolone su un padre che non accettava l'omosessualità del figlio. Il ragazzo morì suicida, e l'articolo era scritto dal padre che non aveva avuto mai l'occasione di dirgli che si era pentito. Papà ha ritagliato l'articolo per conservarlo.»

«Io non farò la stessa fine.»

«No. Ma ha capito che bisogna chiedere scusa prima che sia troppo tardi.»

Feci una smorfia, incredulo. «E pensi che papà stia venendo qui per chiedermi scusa? Non credo proprio, Paul. Papà non mi accetterà mai. Andrà su tutte le furie quando conoscerà il mio ragazzo.» Ops!

«Hai un fidanzato?» domandò entusiasta. «Chi?»

Quella volta fui io ad arrossire e balbettare. «L'hai già visto. Il dottor Elliot? Ti avevo detto che non c'era niente tra noi e all'epoca era vero. Ma adesso le cose sono... uhm, cambiate.»

Paul era sinceramente contento. Sembrava strano. La mia famiglia? Tutta riunita? E *felice* per me, perché avevo un fidanzato?

Per fortuna che Paul mi aveva avvertito. Quando arrivò papà, invece di irrigidirmi, pronto a difendere Jimmie e Murray da qualsiasi suo commento omofobo, me ne stetti da parte a osservare. Papà mi salutò con una forte stretta di mano e un sorriso che, lo dovevo ammettere, sembrava davvero sincero.

Si illuminò quando, dopo aver lanciato un'occhiata a zio Murray, disse: «Accidenti, Murray, come sei diventato vecchio.»

Bisogna conoscere il maschio rurale australiano per poter capire. Quella frase non era in alcun modo offensiva, il tono era amichevole, di una persona che ti conosce da tanto. Poter dire una cosa del genere significava, primo, che conoscevi quella persona da più della metà della tua vita e, secondo, che sapevi che non si sarebbe offesa.

Murray fece un grande sorriso e rispose: «Io? E di chi è quella pancia da birra e quella pelata?»

Guardai mio padre attonito, non l'avevo mai considerato vecchio, invece dovetti ammettere che sì, stava diventando calvo. *Cazzo, spero di non aver ereditato i suoi stessi geni!* Invece, a sua difesa, non aveva la pancia da bevitore. Ma la complicità che si era rinnovata tra due vecchi amici con quelle parole era commovente.

Mi accorsi che anche Jimmie l'aveva notato. Si teneva in disparte e sorrideva beato. Solo il fatto che battesse la punta del piede per terra tradiva il suo nervosismo. Batté le mani e chiese radioso: «Allora? Cosa ne dite di un bel caffè?»

Era un po' prestino, ma siccome Paul e papà erano in strada dalle sei di mattina, ci prendemmo una pausa per un caffè, una fetta di torta e dei muffin fatti da Jimmie. Poi io, papà, Murray e Paul ci dirigemmo verso il capannone e ci spartimmo i lavori. Murray si fece carico della mietitrice e si incamminò con papà al fianco, mentre

Paul e io preparavamo il trattore e la pressa. Era un lavoro sporco, faceva caldo e non era per niente divertente, ma ero contento. Avevo ancora tre consanguinei al mondo, e tutti e tre erano con me. Tre e un terzo, anzi. C'era un bambino che aveva il mio DNA nella pancia della sua mamma.

Quando giunse il tramonto, avevamo mietuto tutti i campi e creato le balle di fieno, e quattro uomini luridi non vedevano l'ora di farsi una doccia. Murray aveva problemi di artrite, così la fece per primo, intanto io andai a prendere delle birre per papà e Paul. Mentre Jimmie preparava la cena noi ci sedemmo fuori, sfidando le zanzare.

«Allora, ho saputo che diventerai nonno, eh papà? Quand'è che sei diventato così vecchio?»

Mi diede un colpetto sulla nuca, che per fortuna mi aspettavo e a cui mi ero preparato. «'Fanculo. È da anni che attendevo questo momento. A quanto pare tu non mi darai nipoti, quindi non rovinarmi questo momento di gioia, adesso che Paul è riuscito finalmente a mettere incinta una donna.»

«Ehi!» Paul era indignato, ma scoppiò a ridere comunque. «A proposito, hai saputo che Hankie ha un ragazzo, papà?»

Non reagii neppure sentendomi chiamare con quel soprannome che odiavo, aspettavo la reazione di papà, invece lui rimase completamente rilassato e si voltò verso di me.

«Sì? Hai incontrato qualcuno nella grande città?»

«No. Qui da noi. Il dottore locale.»

Papà si irrigidì, la bottiglia di birra sospesa a mezz'aria, poi se la portò alla bocca e deglutì. Non era contento che uscissi con uno del posto, ma almeno fece uno sforzo per non mettersi a urlare. «Sì? E le cose come vanno, tutto bene?»

Sapevo cosa voleva dire. «Alcuni lo sanno, papà. Non tutti, ma sono sicuro che non rimarrà un segreto a vita. Per quelli che lo sanno non è un problema. Ho una buona reputazione qui, papà, credo di poter badare a me stesso.» Gli feci qualche nome di persone importanti per farlo contento. «Stewie Tanner mi ha comprato dieci montoni quest'anno e il padre di Neil Wilson me ne ha ordinati altri. Li vendo bene, papà. E sono riuscito a tosare oltre quattrocento pecore ben quattro volte, quest'anno. Lunedì ne ho tosate cinquecentootto alla fattoria di Bevin Spencer, ho battuto Daniel Akker, ce l'avevo a fianco.»

A Paul andò di traverso la birra e si tirò su a sedere. «Hai battuto quel fenomeno di Akker? Perché questa è la prima volta che ne sento parlare?»

Mi strinsi nelle spalle. «È successo un paio di giorni fa. Spencer ha organizzato una squadra di nove tra i tosatori più veloci per tosare quattromila pecore in un giorno, lavorando dieci ore. Akker, McManus, Jackson Junior, Rick O'Reilly, Mickey Ryan, Johnnie Jones, Marsh Western e io. McManus ne ha fatte quattrocentotrentadue nelle prime otto ore, quindi è stato il più bravo di tutti. Mickey era in gran forma e ne ha tosate centoquaranta nelle prime due ore. Accidenti! Era un fulmine! Poi durante la giornata è andato calando.»

Paul sorrideva radioso. «Spencer ti ha ingaggiato per il suo team di fenomeni?»

«Certo! Sono stato il secondo a cui ha telefonato dopo Jackson Junior,» risposi gongolando. Va bene, le cose non erano andate proprio così, ma solo Spencer lo sapeva.

Papà annuì. «I Jackson sono imparentati con gli Spencer.»

Zio Murray venne fuori e sentì la fine del discorso. «Ah, sì. Quella Peggy Reynolds ha sempre avuto un debole per il vecchio Joe Jackson. Se quella ragazza non fosse morta di cancro, di sicuro l'avrebbe avvelenata, così Joe sarebbe rimasto di nuovo solo. Giravano voci che Peggy e Joe se la intendessero mentre la moglie era ancora in vita, ma io non ci credo. Quel bambino era arrivato troppo presto. Era prematuro. E quando è diventata Peggy Jackson, quella donna si è sistemata. Si è dedicata anima e corpo al marito e ai figli. Non ho mai sentito pettegolezzi sui loro litigi, e lui non aveva occhi che per lei. La amava ed era contento a casa sua.»

Ok, avevo sentito più informazioni del necessario. A volte mi dimenticavo che zio Murray era cresciuto in zona. Conosceva tutte le vecchie famiglie.

Stavo ancora aspettando di fare la doccia quando arrivò Elliot. Lo vidi esitare quando notò Paul, ma io gli rivolsi un sorriso di benvenuto, facendogli capire che quello che c'era tra noi non era più un segreto per la mia famiglia.

«Sei tutto sporco. Io non ti vengo vicino finché non ti sei lavato,» disse in tono scherzoso.

Credo di avergli risposto con una scintilla negli occhi. «Papà ha appena finito di fare la doccia. Che ne dici di venire in bagno con me e aiutarmi a lavarmi?»

Il mio povero fratello tossì e diventò tutto rosso, poi si riprese abbastanza da dire: «Scordatelo. Poi va a finire che consumate tutta l'acqua calda!»

Papà gridò per farsi sentire che aveva finito, e Paul scattò in piedi. «Vado io,» sentenziò e poi sparì. Papà ci venne vicino e scrutò il mio ragazzo da capo a piedi.

«Papà, ti presento il dottor Elliot Stockton-Montgomery. Ell, mio padre, Travis Woods.»

Provai una punta di dolore quando papà esitò ad allungare la mano, poi però apprezzai il fatto che ci avesse provato. L'esitazione fu momentanea, per il resto sembrò cordiale. Jimmie cercò di appianare le cose e di riempire i vuoti nella conversazione. A parte farmi il piedino sotto il tavolo – che sperai gli altri non notassero – io ed Elliot ci comportammo con circospezione. Paul e papà non erano proprio a loro agio, non c'era bisogno di sbandierare il nostro amore ai quattro venti.

Detto questo, era strano andare a dormire quando c'erano sei uomini stipati in una piccola casa. Insistei perché Elliot rimanesse, io lo desideravo ed Elliot ne aveva bisogno. Paul aveva portato un materassino gonfiabile e condivideva la stanza degli ospiti con papà, mentre Murray e Jimmie dormivano sul divano letto in salotto. Quello significava che dovevamo liberare il soggiorno in modo che Jimmie potesse tirare fuori il letto, e l'unica altra stanza della casa era la cucina. Quindi ci ritirammo tutti allo stesso tempo. Elliot scomparve nella mia stanza e io notai l'espressione di disapprovazione sul volto di papà.

Mentre tutti erano momentaneamente fuori dalla stanza, buttai un braccio muscoloso attorno a mio padre e lo abbracciai. Avvertii la sua sorpresa. Erano passati cinque, forse addirittura sei anni dall'ultima volta che l'avevamo fatto.

«Grazie, papà,» sussurrai. «So che per te è difficile, ma apprezzo il fatto che almeno ci provi.»

Sentii le sue braccia stringermi forte e le parole che non mi aveva detto da quando ero un ragazzino. «Ti voglio bene, Hank. Sei mio figlio, e nonostante quello che ho fatto o detto, ti ho sempre amato. Mi dispiace non avertelo mai confessato prima.» Si ritrasse dopo avermi dato due pacche tra le scapole e sfrecciò in camera con la testa voltata in modo che non potessi guardarlo in faccia.

Immaginai che avesse le lacrime agli occhi, proprio come me.

CAPITOLO 23

Quello fu un weekend molto speciale, infatti io ed Elliot ne approfittammo fino in fondo. Elliot non era reperibile, Jimmie e Murray si occupavano della mia casa, quindi andammo a Perth e rimanemmo a dormire nella loro. Elliot mi portò fuori per una cenetta romantica in un ristorante molto chic, passeggiammo lungo il fiume Swan mano nella mano e scopammo come ricci.

Pura magia.

Domenica, però, dopo aver pulito, risalimmo in macchina e tornammo a casa. Mentre Elliot era al volante della sua macchina, parlammo di cose importanti. Tre ore in auto senza niente da fare furono un'ottima occasione per conoscerlo meglio. Aveva un fratello maggiore che aveva seguito le orme del padre negli affari, e una sorella minore che era morta per una patologia cardiaca congenita all'età di quattro anni. Elliot, all'epoca, ne aveva sette. Era stato quell'episodio a spingerlo a diventare medico.

Gli raccontai dei ricordi che avevo di mia madre e dei miei progetti per la fattoria.

Ero ignaro della tragedia che stava per accadere. Nei film, perlomeno, ti danno un po' di preavviso, una musica preparatoria. Ma quando ti colpisce dal nulla, è difficile da comprendere.

Alcuni dicono che essere coinvolti in un incidente è come essere dentro un film al rallentatore: per un attimo è come se le nostre vite siano sospese e gli eventi si protraggano all'infinito. Per me non fu così. Per me fu: *Argh! Bang! Crash! Ahi!* Quattro cose in quattro secondi e poi più nulla. Solo nelle settimane seguenti riuscii a elaborare tutte le sensazioni, le cose che avevo visto, i suoni che avevo sentito e le sequenze di quanto accaduto.

Una sorta di presagio di quanto stava per accadere furono le luci dei freni che si accesero nella roulotte che avevamo davanti. Tenevamo un'andatura di quindici chilometri sotto i limiti di velocità; la quattro per quattro che trainava la roulotte non era in grado di raggiungere il limite dei centodieci. Avevamo scherzato sui "nomadi grigi", il termine dato ai pensionati (dai capelli grigi) che sentivano l'esigenza di fare fagotto e comprare una roulotte per poter visitare tutto il Paese. Erano nomadi, rimanevano nello stesso posto solo un paio di mesi in inverno.

Poi però frenarono bruscamente davanti a noi. Anche Elliot pigiò il freno, le ruote inchiodarono, dietro di noi si alzò una fumata nera. Istintivamente tesi le braccia per prepararmi, mentre lui cercava di non perdere il controllo. Poi vidi la roulotte iniziare a sbandare di lato, sgommando, finché non finì sul ciglio erboso della strada. Le ruote del fuoristrada andarono a sbattere e poi la roulotte si ribaltò e girò su se stessa, più e più volte, tirandosi dietro il veicolo a cui era agganciata.

Tutto accadde in un maledetto attimo… un singolo secondo della mia vita.

Poi uno pneumatico volò verso di noi, sbatté sul parabrezza – *crash!* – frantumando il vetro e facendone cadere le schegge nell'abitacolo. In sogno, vedo ancora quel proiettile nero arrivare verso di noi, così veloce da non lasciarmi neppure il tempo di pensare *Ma che cazzo è?* prima dell'impatto. A un certo punto ricordo di aver visto una macchina rossa, una piccola berlina, sfrecciarci accanto. Solo dopo seppi il perché della presenza di quella macchina. Dal verbale della polizia risultò che la piccola berlina rossa aveva cercato di superare dalla direzione opposta e si trovava sulla corsia sbagliata, la nostra.

Poi ci fu il rumore del vetro che si frantumava per terra, il metallo che si accartocciava, le ossa che si riassestavano e gli airbag che si gonfiavano. Elliot non riusciva a vedere davanti a sé, sbandava cercando di evitare la roulotte capovolta, quando lo pneumatico ci colpì, frantumando il parabrezza e occultandogli ulteriormente la visuale. Sterzò per evitare il traffico e si schiantò contro un albero, dalla mia parte, io fui sbalzato in avanti e di lato.

Avvertii subito un dolore ai polmoni, in faccia, al braccio, al petto e all'addome.

Elliot fu il primo a riprendersi.

«Merda. Hank! Hank! Stai bene?»

Tossii e tentai di capire quali parti del mio corpo fossero ancora funzionanti. «Sono vivo. Sto bene.» Avevo sbattuto la faccia contro l'airbag. «E tu stai bene?»

«Sopravvivrò. Devo andare a vedere come stanno gli altri, tesoro. Ti amo, ma devo controllare come stanno anche le altre persone coinvolte nell'incidente. Sei sicuro di stare bene?»

Non stavo bene perché mi ero perso quella dichiarazione importantissima nel mezzo della frase di Elliot. Me la dovette ripetere qualche giorno dopo. Rovistai in cerca della cintura di sicurezza e la sganciai. Elliot stava già scendendo dall'auto.

«La tua parte è distrutta, Hank. Scavalca dalla mia, forza. Dai un'occhiata di dietro, vedi se riesci a trovare la mia borsa medica, capito? Quella con tutti i giocattolini del dottore? Portamela.»

Fece una corsetta verso la roulotte, il mezzo era irriconoscibile. Un rottame, i pannelli bianchi, le lenzuola e i vestiti sparsi sul ciglio erboso. Mi trattenni dal dire qualche parolaccia, scavalcai il vano portaoggetti e uscii dalla portiera del guidatore.

Mi trovai di fronte al caos.

La polvere non si era ancora dissolta, ma mi rendevo già conto di essere in mezzo a un incubo. Più avanti c'era quel che restava della roulotte, e attaccata c'era ancora la quattro per quattro distrutta, con il tetto quasi completamente divelto. Elliot stava cercando di allungare la mano attraverso il buco nel finestrino. Riuscivo a vedere un braccio che fuoriusciva da quel pertugio. Era tutto coperto di sangue.

Dall'altra parte della strada, dietro di noi, con il muso rivolto in direzione opposta, c'era un camion carico di bestiame, rovesciato su un lato, con la pancia del veicolo che mi guardava. Gli animali si lamentavano per la paura e il dolore, stipati in quello spazio angusto, e scalciavano cercando di liberarsi. Un paio di mucche vagavano libere per la strada, disorientate. Più tardi venni a sapere che la berlina rossa aveva tentato di superare il camion di bestiame. Vedendo che si sarebbe scontrata con la roulotte e la macchina, la berlina aveva tagliato la strada al camion, obbligandolo a sterzare verso il ciglio, dove si era ribaltato, raschiando il telaio sulla strada e facendo buchi sul terreno. La berlina aveva urtato contro il camion più grande nel tentativo disperato di tornare nella propria corsia. Però, visto che andava a una velocità superiore ai centodieci, si era ribaltata più volte, scagliandosi sulla strada come una palla di cannone. Dalla mia posizione, scioccato vicino al rottame della macchina di Elliot, riuscivo a vedere la berlina a cento metri di distanza sulla strada, piegata in due vicino a un albero.

Non riuscivo a immaginare che ci potessero essere dei sopravvissuti.

«Hank!»

Elliot mi stava chiamando, quindi trovai in fretta la sua borsa e gliela portai. Lanciai un'occhiata dentro la quattro per quattro e il mio cuore sprofondò. C'era una coppia di anziani intrappolata, entrambi erano feriti e insanguinati. Elliot parlava all'uomo con calma e gli chiedeva dove gli facesse più male.

Tirai la cerniera della borsa e l'aprii in due come avevo visto fare lui. C'erano delle tasche piene di roba e moltissimi strumenti medici interessanti.

Elliot si voltò verso di me. «Hank, ho bisogno che tu vada a controllare gli altri due veicoli e che mi faccia un rapporto. Io rimango qui. Poi torna a dirmi il più velocemente possibile se ci sono altri feriti.»

Gli obbedii senza riflettere, contento che qualcun altro gestisse la situazione. Corsi verso il camion capovolto su un lato, con il parabrezza crepato ma ancora intatto, e mi issai per vedere dal finestrino del guidatore. L'autista si lamentava ed aveva ancora la cintura allacciata. Alzò lo sguardo, e riconobbi Frank Watson.

«Frank! Stai bene?»

Gemette a voce alta. «Porca puttana! Accidenti, amico! Ho il braccio rotto.»

Notai che era piegato con una strana angolazione rispetto alla spalla. «Ok. Tieniti al finestrino con il braccio buono, io cercherò di allungarmi per slacciarti la cintura, va bene?»

Con qualche manovra, lo feci uscire. Tremava ed era pallido, però non sanguinava da nessuna parte. Lo misi a sedere per terra e andai a controllare gli altri.

Un uomo sulla trentina, su una Commodore, si fermò. Lo mandai a controllare la berlina rossa. Dal modo in cui guardò dentro e poi vomitò per terra vicino all'auto, capii che per l'autista era ormai troppo tardi.

Dalla direzione opposta, si erano fermate altre due auto. Un autista venne da noi e si occupò di Frank, il che mi diede modo di riferire a Elliot quel che avevo visto.

«Com'è la situazione là, Hank?»

«Chiunque fosse alla guida della macchina rossa non ce l'ha fatta. Ho tirato fuori Frank Watson dal camion. Si è ferito al braccio e alla spalla, però non sanguina da nessuna parte. A parte questo, parla e si muove bene.»

«Bene. Trovami un cellulare che funzioni e contatta un operatore di emergenza.»

Un altro autista stava già parlando al telefono, sapevo che aveva contattato il numero d'emergenza. Però stava facendo un gran casino. «Non so dove siamo! Siamo sulla strada, ci sono incidenti ovunque!» gridava. Io gli strappai il telefono di mano.

«Pronto?» dissi. «Parlo con il pronto intervento?»

«Dica,» rispose una pacata voce femminile. «Potrebbe dirmi da dove chiama e darmi una breve descrizione della situazione?»

Mi stava scoppiando un feroce mal di testa, lo sentivo dietro agli occhi, ma cercai di rispondere in maniera coerente. «Ci troviamo a sei chilometri a sud di Highbury sulla Great Southern Highway. Si tratta di un incidente a catena. C'è un camion rovesciato su un lato, un'auto e una roulotte in pessime condizioni e altre due macchine. Ci sono due persone nel fuoristrada che al momento non riusciamo a tirare fuori. L'autista del camion è ferito ma sta bene. Nella macchina rossa... non credo ci siano persone vive. Ci sono capi di bestiame intrappolati, alcuni feriti e altri vaganti.»

«E il quarto veicolo?»

«Siamo noi. Per adesso stiamo bene. La persona che è con me è un medico, quindi sta dando una mano, però ci serve un'ambulanza, subito.»

«Sì, signore. Le sto inviando dei veicoli sul posto.»

Elliot mi stava facendo cenno di andare da lui, gli allungai il telefono. Pieno di orgoglio, lo osservai mentre parlava con tono autoritario alla signora all'altro capo della linea. «Sono il dottor Elliot Stockton-Montgomery. È necessario l'elisoccorso. Ci sono due feriti gravi che hanno bisogno di essere operati con urgenza.» Lo vidi ascoltare la signora e poi descrivere le ferite, fratture al bacino, emorragie interne, battito cardiaco qui, pressione cardiaca là. Mi faceva male respirare, ma ero contento di essere almeno fuori dall'automobile.

Dietro di me si sentì un colpo di pistola che ci fece sobbalzare.

«Che cazzo è stato, Hank?» gridò Elliot, ancora al telefono.

Mi guardai alle spalle, con calma. «Stanno abbattendo i capi di bestiame in condizioni più gravi.»

Si fermarono altre macchine, trovai una donna piuttosto calma, una madre sulla ventina. Era in grado di gestire la situazione. Elliot le passò il telefono e le riferì tutto, poi lei trasmise le informazioni all'operatore. Elliot assistette le due persone intrappolate. Cercò di raggiungerli attraverso il vetro rotto e il tetto schiacciato. La madre ci riferì che c'era una macchina della polizia a due minuti da lì, altro personale medico a dieci minuti e che l'elisoccorso era decollato. Ci sarebbero voluti trenta o quaranta minuti e sarebbe stato necessario creare uno spazio sulla strada per l'atterraggio.

Elliot alzò gli occhi verso di me, allarmato. «Hank! Bisogna tirare fuori questa donna. La pressione sta scendendo troppo. Sta perdendo sangue da qualche parte che non riesco a vedere. Non si salverà se non fermiamo l'emorragia. Dobbiamo fare in modo di entrare nell'automobile.»

Finalmente, un lavoro che potevo fare. Di fronte a una donna che sanguinava ero inutile, ma datemi una macchina schiacciata come una scatola di sardine e… forse qualcosa riesco a combinare.

La voce non mi mancava.

Aprii la bocca e gridai a pieni polmoni alla folla circostante: «Il dottore dice che dobbiamo tirare fuori queste persone SUBITO! Mi servono degli attrezzi! Piedi di porco, mazze, asce, funi, tutto quello che avete! Guardate in macchina e portate tutto qui!»

Un paio di cesoie salvavita sarebbero state utili, ma alla fine ci arrangiammo con quello che avevamo. Altri quattro ragazzi robusti si offrirono di aiutarci e, con le funi e le barre di acciaio prese dal camion incidentato, riuscimmo a forzare la portiera del guidatore. L'uomo anziano cadde fuori ed Elliot lo visitò mentre noi cercavamo di aprire il tetto per estrarre la donna dal lato del passeggero. L'anziano signore era molto preoccupato per sua moglie, mi faceva pena.

Arrivò la polizia con altri attrezzi per tagliare la lamiera. Un adolescente – avrà avuto non più di sedici anni – si intrufolò dentro e cercò freneticamente di svitare i bulloni sotto al sedile del guidatore per fare spazio. Alla fine desistemmo dal cercare di togliere il tetto, legammo delle funi attorno ai pezzi rotti e, usando tutta la forza che avevamo in corpo, riuscimmo a piegare la lamiera all'indietro.

Arrivò l'ambulanza con due altri paramedici a cui DottorEllo impartì ordini. Erano preoccupati per la donna, tutti e tre erano chini sulla macchina quando il marito collassò sull'erba, a qualche metro di distanza. Mi agitai quando lo vidi impallidire e accasciarsi.

«Elliot!» gridai.

Accorsi dall'anziano signore, mentre Elliot cercava affannosamente di controllargli il battito. Provò sul polso e sul collo, poi gli appoggiò la testa sul petto. Era evidente che non c'era polso, cominciò le compressioni. Gli posizionò due mani al centro del petto e iniziò a pompare a un ritmo che a me pareva frenetico. Per poco non svenni anch'io. C'era gente ovunque, macchine parcheggiate in tutte le direzioni, mucche che scalciavano e muggivano in preda alla paura e al dolore, luci lampeggianti e un brusio generale.

Per fortuna le due macchine della polizia stavano iniziando a ripulire la strada e a creare un perimetro per l'elisoccorso. L'elicottero doveva atterrare proprio lì. In lontananza, un lenzuolo bianco copriva la macchina rossa, un poliziotto faceva la guardia per assicurarsi che nessuno si avvicinasse. C'erano madri, padri, contadini, turisti, studenti universitari – un sacco di gente – ed Elliot chi chiamò? Avete già capito.

«Hank! Ho bisogno del tuo aiuto!»

Cosa si aspettava che facessi? Non gli avevo detto che mi girava la testa e che mi facevano male il braccio e il petto. Mi avvicinai per assistere a una lezione improvvisata di rianimazione cardiopolmonare, in cui dovetti comprimere il petto di quell'uomo così forte che ebbi paura di rompergli le costole. Elliot schizzò nell'ambulanza aperta e tornò con un defibrillatore portatile proprio quando una donna si fece largo tra la folla, annunciando che era un'infermiera inglese. Feci del mio meglio per seguire le loro istruzioni.

«Indietro! Niente. Continua, Hank. Si sta caricando. Indietro. C'è polso? No? Aspetta. Hank, riprova. Sì! Ha ripreso a battere. Bravo, Hank. No, non respira. Prendi il…»

Tra di loro parlavano in gergo medico, mentre io me ne stavo lì con la sensazione di essere utile come un gorilla a una gara di ortografia.

Gli misero una specie di pallone sulla bocca e con le mani lo comprimevano per farlo respirare. I due paramedici e la donna gridavano disperati, avevano bisogno di assistenza e soprattutto di Elliot, quindi presi in mano il pallone, pompando aria dentro a un uomo che non conoscevo, mentre l'infermiera britannica controllava se c'erano altre lesioni. Elliot bisognava clonarlo.

Sentii il suono del metallo divelto, consapevole della sensazione di sollievo generale che si diffuse quando estrassero la donna. Mi sentivo stupido, ma l'avevo visto fare in TV, così guardai quell'estraneo privo di sensi a cui stavo facendo la respirazione artificiale e gli dissi: «Ha sentito? Hanno tirato fuori sua moglie dalla macchina. Il mio ragazzo in questo momento sta facendo concorrenza a Dio. È un fenomeno, vedrà che la salverà; ne sono sicuro.»

Avevo il polso in fiamme e cominciavo a sentire i crampi alle dita, l'infermiera mi sostituì per qualche minuto, poi ci scambiammo di nuovo i ruoli. Sentii qualcuno dire che l'elicottero si stava avvicinando e dopo nemmeno un minuto sentii il ronzio delle pale, stava atterrando.

Lanciai un'occhiata verso Elliot e rimasi inorridito nel vedere che era ricoperto di sangue mentre praticava un intervento sulla donna. Mi sembrava di essere finito nel bel mezzo di una replica di MASH.

L'infermiera avvertì il mio stato di shock e mi rassicurò, le dita sempre sul polso dell'anziano, lo stetoscopio nelle orecchie per assicurarsi che il battito fosse ancora regolare. «Va tutto bene. Il suo ragazzo è davvero in gamba. Quella donna ha un'emorragia arteriosa da qualche parte, sta cercando di localizzarla. Non sopravvivrà se non riesco a tamponarla entro due minuti.»

Qualcuno venne da noi e buttò una coperta sopra tutti e tre – l'uomo incosciente, l'infermiera e io – mentre l'elicottero atterrava sollevando un gran vento e un sacco di polvere. Nonostante il dolore al polso e al petto, continuavo a pompare, nella consapevolezza che erano arrivati i soccorsi. L'uomo non dava ancora segni di vita, ma mi avevano assicurato che stava bene, non era più pallido come un morto.

Arrivarono i soccorsi. Persone esperte vestite di arancione mi vennero accanto per esaminare l'uomo, parlando in gergo medico con l'infermiera. Tirarono fuori un macchinario con un lungo tubicino attaccato. Poi mi spinsero indietro e inserirono il tubo giù per la gola del paziente. Non ero più necessario. Mi feci da parte e mi stesi sul ciglio della strada in osservazione. Elliot stava ancora facendo qualcosa *all'interno* della zona pelvica della donna, per poco non mi venne da vomitare. Era una cosa innaturale. Qualcuno aveva preparato una flebo, le stavano facendo una trasfusione, mentre dall'altra parte continuava a perdere sangue sull'uomo che amavo. Lo guardai mentre si ritraeva e le premeva due mani sul ventre. Tutti e tre – Elliot e i due paramedici iniziali – osservavano un monitor collegato alla donna. Per qualche minuto interminabile rimasero con il fiato sospeso, poi Elliot sorrise, sollevato.

I paramedici dell'elisoccorso avevano messo in sicurezza l'uomo ed erano tornati a prendere il secondo paziente. Sollevarono la donna, collegarono le macchine a tubi e cavi, parlarono a Elliot e salirono in fretta e furia sull'elicottero che in un attimo prese velocità e decollò.

Arrivò una seconda ambulanza e divise la folla di curiosi per poter passare. Vidi uno della nuova squadra avvicinarsi a Frank, che era appoggiato a una macchina della polizia. Mi raggiunse una donna, ero ancora seduto sulla strada. Avevo deciso di stare lì perché l'asfalto era immobile, solido. *Porca miseria... mi sentivo di merda.*

«Salve! Sono Debbie, un paramedico. Sei stato coinvolto nell'incidente?»

Annuii e indicai la nostra macchina. «Sì, noi eravamo su quella.»

Mi diede un'occhiata generale. «Cos'è successo alla vostra auto? Si è ribaltata o vi siete schiantati contro l'albero? Dove ti fa più male?»

«Dopo aver sbandato, abbiamo sbattuto contro l'albero, dalla mia parte. Guidava Elliot.»

«Riesci a fare un respiro profondo?»

Ci provai e mi si annebbiò la vista. «No,» sbuffai. «Mi fa troppo male.»

«Okay, tesoro. Dov'è che ti fa più male?»

Indicai la cassa toracica, dalla parte sinistra. Mentre lo facevo, sentii delle fitte lungo il braccio. «Sul fianco, al polso. Cazzo, che male!»

«Okay. Hai sbattuto la testa nello schianto?»

«No, c'era l'airbag.»

«Bene. Ora non muoverti, ti tolgo la maglietta per dare un'occhiata alle costole, okay?»

Per fortuna che mi chiese di non muovermi, perché stavo cominciando a tremare un pochino. Forse era una reazione istintiva. Il mio campo visivo si stava restringendo sempre di più e mi sentivo come se non entrasse abbastanza aria nei polmoni. Mi veniva da vomitare.

Alzai di poco il braccio, in modo che potesse togliermi la maglia. Poi Debbie, quella sadica maledetta, decise di premere sulle costole. Sentii qualcosa muoversi dentro e poi urlai a squarciagola. «Ahi!» Avrei voluto offenderla con vari epiteti, nessuno dei quali sarebbe stato molto carino, ma riuscivo a malapena a respirare. Mi sentivo i polmoni stretti in una morsa, mi mancava l'aria. Non riuscivo a parlare.

«Hank?»

Oh, per fortuna. Era la voce di DottorEllo. Avrebbe mandato via quella diavolessa.

Parlò con quella pazza assatanata, che aveva ancora le mani appoggiate sulla mia spalla. Mi ripromisi di domandare a Elliot se potevo prendere in prestito una rivista medica delle sue. Non ne potevo davvero più di tutta quella gente che parlava attorno a me senza che io sapessi che volevano dire. *Trauma toracico, pneumotorace, movimento paradosso, cianosi, contusione polmonare.* Capii solo fratture alle costole, polmoni perforati e shock. Speravo solo che non si trattasse di me.

«Hank, tesoro! Guardami, Hank. Non mi puoi fare questo. Come potrei mai perdonarmelo se dovessi rimanere gravemente ferito sotto la mia sorveglianza? No, non parlare. Fammi solo cenno di sì o di no con la testa. Okay? Dimmi, riesci a respirare normalmente?»

La risposta era no, DottorEllo.

«Okay, dimmi, il dolore al torace, è in un unico punto? Sì? Solo qui? Ti fa male da qualche altra parte?»

Con grande difficoltà alzai il braccio e indicai verso il polso.

«Ti fa male il collo? La schiena? E la testa?»

Sentii qualcosa e mi resi conto che mi stava tagliando la maglietta. Brontolai.

«Lo so, Hank. È anche una delle mie preferite, lo so. Mi dispiace, non poterla aprire dalle cuciture, tesoro. Te ne comprerò altre dieci, promesso.»

Gli avrei fatto onorare quella promessa.

Poi ricominciarono con i loro discorsi. Bla bla bla bla… stronzate varie. *Intubazione, respirazione artificiale, ossigenazione, trasporto.* Un sacco di paroloni. *Radiografie, operazioni, ospedale, Perth.*

Elliot rimase al mio fianco mentre mi davano degli analgesici. Era come se fossi sospeso su una nuvoletta rosa, poi... o forse stavano trasportando il mio corpo ferito sull'ambulanza. Mi misero una maschera sulla faccia, mi sembrava di essere su un altro pianeta.

«Hank? Vengo con te, ok? Quando starai meglio te ne dirò quattro per non avermi detto prima che eri ferito. Per il momento cercherò di essere calmo e ragionevole, ritieniti fortunato, credo tu abbia solo alcune costole rotte, bello. Non ti preoccupare. Dobbiamo portarti in ospedale, ti faranno delle radiografie per valutare le lesioni. Il motivo per cui non riesci a respirare è perché hai delle contusioni ai polmoni. La parte del polmone che è stata colpita non riesce a immettere ossigeno nel sangue, quindi le altre parti devono lavorare di più. Con un po' di fortuna ci saranno solo qualche frattura e degli ematomi. Però potrebbe anche essere peggio, motivo per cui torniamo a Perth.»

Grazie al cielo DottorEllo aveva ragione. Avevo due costole fratturate e contusioni estese. Temevano che l'osso scheggiato avesse potuto perforarmi il polmone, o che l'intera gabbia toracica fosse collassata, ma mi dissero che ero stato fortunato. Capirai! Due costole rotte, un polso fratturato e tre giorni in ospedale non erano la mia idea di fortuna.

Frank Watson se la cavò con una semplice lussazione e non fu nemmeno ricoverato in ospedale, lui sì che era stato fortunato.

Il diciannovenne sulla berlina rossa non fu altrettanto fortunato. L'uomo, che venni poi a sapere si chiamava Seth, era morto sul colpo. Aveva una fidanzata e un futuro davanti a sé, andato in fumo in un istante, tutto perché non era stato abbastanza paziente da aspettare che la corsia fosse libera per sorpassare in sicurezza.

Theo Costas, l'autista della quattro per quattro e della roulotte, scrisse una lettera a me ed Elliot in cui non finiva più di ringraziarci. A me non sembrava di meritarla, ma Elliot mi ricordò che avevo praticato la rianimazione cardiopolmonare su di lui per almeno sette minuti e avevo anche fatto la respirazione artificiale per quindici minuti usando il pallone che Elliot chiamava rianimatore. Theo era stato sottoposto a un intervento a cuore aperto dopo l'incidente, aveva riportato una frattura alla clavicola, all'omero, al pollice e alla rotula. Sua moglie aveva riportato gravi lesioni, ma se l'era cavata. Aveva varie ferite interne e due fratture al bacino. Rimase in ospedale cinque mesi prima di stare abbastanza bene da poter tornare a casa.

Elliot aveva delle contusioni allo sterno, dovute alla cintura di sicurezza e al colpo di frusta, ma a parte quello, era illeso.

Le nostre vite, però, cambiarono per sempre. Il nostro segreto si venne a sapere… eccome!

Non abbiamo mai saputo chi lo avesse spifferato: sulla scena dell'incidente c'erano Frank Watson e altri due cittadini coinvolti nel caos del traffico. Forse erano stati loro. Mi vennero a trovare alcune persone all'ospedale, dove Elliot era conosciuto come il mio "partner"… quindi godevo dei diritti coniugali. E poi si venne a sapere che io ed Elliot stavamo tornando da Perth insieme e tutti trassero le loro conclusioni.

Quelle giuste.
Accidenti a loro!

CAPITOLO 24

«Vi hanno sgamati.»

Quella fu la seconda frase che pronunciò Neil, quando venne a trovarmi in ospedale, dopo avermi domandato: «Come stai, amico mio?» Fu come un pugno allo stomaco, mi si gelò il sangue. *Porca vacca*!

«No...» continuò Neil, «non è una tragedia. Certo che al momento non si parla d'altro, ma è anche vero che tutti fanno commenti su come abbiate salvato la vita ad altri e tutte quelle storie lì. Alcuni sono rimasti sconvolti, ma per molti non è affatto un problema. Ho sentito dire, però, che Sarah Ferguson ha cominciato il lutto, si è vestita tutta di nero dopo aver saputo che i due scapoli più papabili della città non sono più sul mercato.»

«Ma quante stronzate dici?» ribattei. «Sarah Ferguson si veste sempre di nero.»

«Sì, però adesso è in lutto. Molti dicono *"l'avevo sempre saputo"*, e altri se ne escono con qualche malignità, ma sono in tanti a difendervi. Ieri sera al pub, c'era Big Bob che ne diceva peste e corna dei *froci*, io allora gli ho chiesto quante pecore poteva tosare in un giorno. Si è subito zittito.»

«Spero che non facciano gli stronzi con Elliot,» ringhiai.

Neil sorrise. «Non credo proprio. È il loro idolo. Sul giornale hanno scritto un articolo su di lui, non l'hai letto? *Dottore di provincia opera sul ciglio della strada e salva una vita*. Non te l'ha fatto vedere Elliot?»

No. Quando glielo avevo chiesto, si era rifiutato di darmene una copia. Elliot sarebbe rimasto a casa di

Jimmie e Murray per qualche giorno, ma sapevo che doveva tornare in città per lavorare. L'idea che dovesse affrontare una valanga di pettegolezzi mi preoccupava, ma ero bloccato a Perth. Mi avrebbero dimesso l'indomani, quindi Murray e Jimmie stavano venendo a casa per stare con me, visto che non avevo il permesso di viaggiare. Fui costretto a restare a Perth per una settimana, sotto la stretta sorveglianza di Jimmie, invece Elliot tornò a Dumbleyung.

«Perché non posso vedere l'articolo, DottorEllo?»

«Perché sono tutte stronzate. Qualsiasi dottore che fosse stato coinvolto in quell'incidente avrebbe fatto la stessa identica cosa, stanno cercando di farmi passare per un eroe quando in realtà ho fatto solo il mio lavoro. E tutti i paramedici che hanno prestato soccorso? La polizia? Tu? E che dire di quelli che sono riusciti ad aprire la macchina perché io potessi occuparmi dei pazienti?»

«Lo so,» risposi cercando di rincuorarlo, «però me lo fai vedere lo stesso?»

«No,» disse risoluto.

Sospirai e cambiai argomento, guardandolo con occhi preoccupati. «Mi devi promettere che starai attento in città, okay? Non camminare per strada da solo. Non aprire la porta di casa dopo il tramonto. Non occuparti di eventuali emergenze da solo. Adesso vedo di contattare Dennis Hopley, il poliziotto locale, gli chiederò di tenerti d'occhio.»

Elliot si sedette sulla poltrona vicino al mio letto e sorrise con uno sguardo di intesa. «Andrà tutto bene, tesoro. So quel che è successo a tuo zio, ma non capiterà anche a me. La società ha fatto grandi passi in questi ultimi vent'anni. Prendersela con i gay non è più considerato un comportamento di cui andar fieri, e ci sono punizioni severe in merito, per molti il gioco non vale la candela.»

«Io qualche paura ce l'ho ancora, Ell.»

Mi si avvicinò e mi diede un bacio pieno di tenerezza sul sopracciglio. «Vedrai che non succederà nulla.»

All'improvviso un nuovo pensiero mi si affacciò nella mente. «Non è che... te ne andrai senza dirmelo, vero?»

«Andarmene?»

«Via da Dumbleyung. Da me,» spiegai. «So che per te le cose saranno difficili e forse il dottor Larsen potrebbe chiederti di andartene, però non scomparirai senza prima avermi avvertito, vero?»

Nel suo sguardo lessi tutto il suo stupore, l'incredulità e anche un po' di *davvero pensi questo di me?* Alzò le sopracciglia e mi spiegò per bene come stavano le cose. «Tanto per cominciare George Larsen, anche se volesse, non potrebbe licenziarmi perché sono gay, è contro la legge, anche se sono sicuro che per lui non è un problema. Secondo, non me ne andrei mai senza avvertirti, e mi fa star male che tu pensi questo. Terzo, non me ne vado, Hank. Ne parleremo, ma credimi, io non ti abbandono.»

Il pensiero che non se ne sarebbe andato in quel momento, ma che lo avrebbe fatto in futuro, mi spezzava il cuore. Avevo la lacrima facile per via degli antidolorifici, avrei voluto piangere a dirotto come una donna in balia delle emozioni durante il plenilunio. Cercai la sua mano, avevo bisogno di un contatto fisico con lui. «Ma un giorno te ne andrai, Elliot. A un certo punto dovrai farlo. Tornerai a Melbourne e farai una brillante carriera, perché te lo meriti. Non sarà subito, o il prossimo mese, ma in futuro sì. Ti chiedo solo di darmi un preavviso. Dimmelo per tempo quando sarà il momento, così mi preparo.»

Era seduto sulla poltrona accanto al mio letto e giochicchiava con le dita della mia mano destra. Il mio braccio sinistro era ingessato dalla mano fino al gomito. «Sarai turbato se me ne vado, Hank?»

E io che credevo che nella nostra relazione fosse lui quello intelligente. «Turbato? Porca miseria, mi si spezzerà il cuore quando te ne andrai, DottorEllo.»

«Cuore? Mi vuoi dire che c'è di mezzo il cuore?»

Maledissi Dio in silenzio per aver creato degli uomini così incapaci di comunicare. Non se n'era reso conto Elliot?

«Ti amo, Elliot. Da un bel po' di tempo. Certo che c'entra il cuore. Ti ho presentato anche a mio padre, santo cielo! Perché l'avrei fatto se non ti amassi? Ho preso a pugni il fratello del mio migliore amico perché ti aveva offeso. Mi sono intrufolato in città come un ladro solo per stringerti di notte, perché tu potessi dormire. Mi sono fatto le analisi e ho detto al dottor Larsen che sono gay, e ti assicuro che non è stata la conversazione più facile del mondo. Ti ho regalato un agnello da battezzare. Ho in mente di comprarti un paio di galline per farti rimanere. E dopo tutto questo, tu pensi ancora che non ti ami?»

Rimase senza parole per un attimo prima di sorridere e dire: «Galline? Davvero? Vuoi comprarmi delle galline?»

Di tutto quel discorso doveva proprio concentrarsi sulla parte meno importante... ovvio.

Feci un sospirone. «Sì, DottorEllo. Voglio comprarti delle galline che terrò a casa mia.»

«Bello! Potrò decidere come chiamarle?»

Tossii per non ridere dall'esasperazione. «Saranno tue, ci potrai fare quel che vuoi.»

«Ottimo. E nel caso te ne fossi scordato, te l'ho già detto che ti amo. Non ho intenzione di andare da nessuna parte. Perché dovrei abbandonare l'uomo che amo, Hank?»

Quella era una novità. «Mi ami?»

«Te lo sei dimenticato?»

«Credo che mi ricorderei di qualcosa di così importante.»

«Te l'ho detto dopo l'incidente.»

«Notizia dell'ultima ora, Ell. Ero un po' ridotto male e disorientato. Quindi, cosa ne dici di ridirmelo così che possa sentirlo come si deve?»

Ci sorridemmo, poi di sua spontanea volontà si alzò in piedi e si chinò su di me, a pochi centimetri dalla mia bocca. «Ti amo, Henry Woods.»

Con un sorriso che mi andava da un orecchio all'altro attirai il suo viso contro il mio, così da sentire il sapore di quelle parole sulle labbra. Sapevano di miele e melassa. Fece attenzione a non appoggiarsi al mio torace e gliene fui molto grato, perché avevo qualche difficoltà a respirare. «Ora spiegami perché uno bello e intelligente come te fa una cosa stupida come innamorarsi di un tosatore senza arte né parte come me?»

Mi fece un sorriso affettuoso. «Non ho resistito. Nessun altro uomo mi aveva mai regalato un agnello da battezzare e aveva fatto a pugni per me. Sin dall'inizio ero attratto dal tuo aspetto esteriore, ma quando ho scoperto com'eri dentro, era già troppo tardi. Lo so da molto tempo, Hank, che sei l'uomo per me. L'ho detto a mio padre e lui ha dovuto avvertire mia madre che non tornerò a Melbourne nel prossimo futuro.»

«Ah no?»

«No. Ho detto a papà che ho perso la testa per un tosatore fuoriclasse. Ne ho parlato anche con George Larsen, ci stiamo mettendo d'accordo sul prezzo da pagare per il suo studio medico. Vuole andare in pensione fra un paio d'anni, però desidera continuare a lavorare part time. Rileverò il suo studio, se mi vuoi in modo permanente. Ho contattato anche un mio collega e gli ho proposto di mettersi in società. È un mormone, ha tredici figli. Una casa in campagna con tanto spazio sembra fare al caso suo. Ci sta pensando su. In tre, credo che potremmo occuparci di tutta la comunità locale. A nessuno di noi interessa la fama o la gloria, il che è un bene, perché sarebbe difficile ottenerle in uno studio di provincia. George vuole lavorare meno, però non ha intenzione di smettere del tutto di vedere i suoi pazienti, a Iggy interessa un posto sicuro e felice dove crescere i suoi figli e io ho abbastanza soldi da potermi permettere di smettere di lavorare. Voglio solo essere felice con te.»

Stavo sinceramente pensando di suonare il campanello per chiamare l'infermiera, mi sentivo una stretta al petto, ero senza fiato. «Sì?»

«Sì. Allora, mi vuoi?»

E me lo chiedeva anche? «Prova a sbarazzarti di me, Elliot. Non ci riuscirai, non ti lascerò mai più andar via.»

Mi diede un altro bacio, colmo di amore e tenerezza. «Non dovrai farlo, Hank. Non andrò da nessuna parte. Mai.»

EPILOGO

Dopo dieci giorni con Murray e Jimmie, non vedevo l'ora di tornarmene a casa mia. La *mia* casa, dal mio Buck, dal mio Elliot.

Sabato mattina Elliot venne a prendermi in città, tornammo a casa guidando piano e facendo molte soste. Dormii per parte del tragitto, ero ancora in convalescenza e avevo bisogno di molto riposo. Elliot aveva sostituito la macchina con un modello nuovo di zecca, e notai che si manteneva sempre dieci chilometri sotto il limite di velocità. Guidava con un certo nervosismo – soprattutto quando un camion di pecore o di mucche veniva dalla direzione opposta – ma fu bravo a non darlo a vedere.

Arrivammo alla fattoria verso metà pomeriggio. Anche se ero stanco, insistetti nel voler fare un giro di ispezione generale. Le formiche avevano infestato i pomodori, i cetrioli stavano marcendo e il pollaio aveva bisogno di una bella pulita, ma a parte quello, tutto era a posto.

Presi dei calmanti che mi fecero cadere tra le braccia di Morfeo per ben quattordici ore.

Domenica ce la prendemmo comoda, e feci una passeggiata nella tenuta mano nella mano con Elliot per controllare le greggi e le staccionate. Poppy cresceva bene, Donnie e Phantom erano contenti di poterci dare dentro, finalmente, e a giudicare dalle pance arrotondate delle mie pecore migliori, W002 e W003 avevano fatto un ottimo lavoro.

Quando Elliot mi disse che saremmo andati al pub domenica pomeriggio per vedere gli altri, mi rifiutai.

Insistette, ma io ero irremovibile. Mi fece un pompino e cedetti come un castello di carte in un tornado.

Ero teso, ma Elliot mi disse che sarebbe andato tutto bene. Mi aveva garantito che in città tutti avevano accettato di buon grado il suo *nuovo* status di omosessuale, e quelli che avevano un problema si tenevano alla larga. Tutti volevano comunque vedermi.

Stentai a credere a quelle ultime parole.

Quando arrivammo, sembrava che ci fossero un sacco di auto nel parcheggio, e ben presto scoprii che c'erano sul serio, perché l'intera città pareva essersi riversata nel pub. Mi tremavano le gambe quando ci avvicinammo alla porta, ed ero contento che Elliot mi stringesse la mano. Avevo ancora il braccio fasciato – o*diavo quelle cazzo di fasciature!* – e avevo una benda elastica attorno alle costole; a parte quello stavo bene, se non fosse stato per il cuore che mi stava per schizzare fuori dal petto.

Elliot mi spinse dentro al pub.

Si alzarono cori di giubilo, sorrisi e fischi da ogni parte, tutti rivolti a noi. Mi fermai con gli occhi spalancati. Qualcuno aveva appeso alle travi del soffitto un poster con su scritto "Elliot e Hank!". C'era anche Middy che applaudiva con un gran sorrisone, e Neil fischiava in quel baccano generale. Riconobbi Gloria, Little D, Di, Denny, il dottor Larsen, Sandy, Rooster, Stewie, Steve, Gavin, Coxy, Frank e Sue-Ann Watson, Tim e Keira Davies, Dennis Hopley, Bevin e Mrs. Spencer... Incredibile... c'erano proprio tutti.

Elliot mi strinse la mano. «Volevano esprimere il loro apprezzamento per quello che abbiamo fatto nell'incidente. Gli avevo detto che non c'era bisogno, ma non hanno voluto sentire ragioni. Volevano anche esprimere tutta la loro solidarietà per la nostra relazione, la loro gratitudine per avermi come dottore, e i loro ringraziamenti per aver salvato delle vite.» Si fermò a riflettere. «Secondo me volevano anche una cazzo di scusa per festeggiare.»

Scoppiai a ridere. Aveva ragione. Qualcuno diceva che c'era una festa e la maggior parte delle persone neanche si preoccupava di sapere cosa si festeggiava. *Tuo figlio si sposa? Certo che vengo. Ti sei tolto l'appendice? Nessun problema. Porto la birra. Riunione per i diritti dei matrimoni gay? Okay, dimmi a che ora.*

Con discrezione, Elliot si mise alla mia sinistra, così potemmo camminare tra la gente senza paura che per sbaglio mi urtassero contro le ferite. Strinsi le mani a una marea di gente e promisi di raccontare tutti i particolari dell'incidente che ricordavo. Qualcuno mi allungò una birra, altri mi promisero che mi avrebbero portato uno stufato, e altri ancora mi diedero dello stronzo per avergli soffiato lo scapolo più ambito della città.

Ero sopraffatto.

Poi, a un tratto, mi ritrovai di fronte Big D. Rimasi di sale, invece lui con estrema disinvoltura mi tolse dalla mano il bicchiere di birra mezzo vuoto e me ne diede uno pieno.

«Ecco. Questa è la birra che ti devo per chiederti scusa di essermi lasciato scappare il montone.»

Si voltò e scomparve tra la folla. Per me fu un grande sollievo e capii il suo messaggio. Era il suo modo di dire: «Nessun rancore. Penso sempre che tu e l'altro frocetto siate due teste di cazzo, ma in futuro andremo d'accordo, basta che non me lo sbattiate in faccia.»

Non avevo intenzione di farlo con nessuno.

Poi rimasi sconvolto quando Mickey Ryan mi strinse la mano per un tempo più lungo del necessario. Prendendomi per le dita, mi disse: «Però sarebbe stato bello averlo saputo prima…»

Voleva dire che…?

Wow, il dottor Larsen aveva ragione.

Poi si fece tardi abbastanza per andarsene senza che nessuno si offendesse. Cominciavo ad accusare la stanchezza, Elliot mi aiutò a salire in macchina e mi portò a casa. Non ero nelle condizioni fisiche giuste per avere un rapporto sessuale completo, però una mano ce l'avevo, giusto? Già, e su di me era andata benissimo nell'ultima settimana, quindi la provai su Elliot e notai che anche su di lui funzionò altrettanto bene.

Con le tende spalancate, osservammo la luna piena levarsi in cielo dalla finestra della camera da letto. Elliot mi teneva più stretto che poteva, facendo attenzione a non farmi male.

«Hank?»

«Mmm?»

«Ai piedi della collina, dietro al gelso. Cosa c'è?»

«La casa colonica originale, presumo. È rimasto solo il comignolo, ma tagliando via felci ed erba, si vedrebbero le fondamenta e tutto.»

«È un buon punto per una casa? È soggetto a inondazioni?»

Sospirai. «Presumo che gli occupanti originali non volessero venire quassù sulla collina, lontani dalla loro risorsa d'acqua. Chiunque abbia costruito questo posto non aveva bisogno del fiume, visto che c'è l'acqua corrente. Quindi hanno costruito sulla collina per il panorama. È un bel posto laggiù, il fiume non arriva così in alto, non è a rischio di inondazioni. Perché? Vuoi costruire una villa laggiù per noi?»

«No,» rispose, accoccolandosi accanto a me. «Però pensavo che sarebbe un posto meraviglioso come dépendance, oppure come casa per le vacanze. Perché capirai anche tu che mia madre vorrà venirci a trovare per lunghi periodi e non ho nessuna intenzione di fare le nostre acrobazie a letto con il silenziatore solo perché c'è lei. Quindi avrà bisogno di un posto dove stare.»

Ah, le gioie dei suoceri!

Guardai la luna levarsi sempre più alta in cielo.

«DottorEllo?»

«Mmm?»

«Tu hai molti soldi, vero?»

Ci fu una pausa. «Ehm… abbastanza. Perché?»

«Perché è meglio che cominciamo a costruirla presto. Ho due zii, un papà, un fratello e una futura cognata incinta di mio o mia nipote. E la sai una cosa? Se verranno a trovarci, sarò molto contento di fargli sentire come ti faccio urlare a letto, anche se preferirei che stessero da un'altra parte.»

Non riuscivo a vedere la sua faccia, però sapevo che era di un adorabile color bordò.

«Hank?»

«Sì, amico?»

«Ti amo.»

«Anch'io, DottorEllo.»

Silenzio.

«Hank?»

«Sì, amore?»

«Non vedo l'ora che tu guarisca per farmi sbattere da tutte le parti come se fossi una delle tue pecore.»

Sbuffai. «Anch'io, DottorEllo.»

Silenzio.

«Hank?»

«Sì, amore?»

«Il soprannome DottorEllo mi fa sempre schifo.»

«Potrei chiamarti "dolcezza" se preferisci?»

Silenzio.

«Hank?»

«Sì, dimmi!»

«Chiamami pure DottorEllo.»

Scoppiai a ridere e lo attirai più vicino. «Ho intenzione di chiamarti così per il resto dei miei giorni.»

«Perfetto.»

Poi cademmo in un sonno profondo.

RENAE KAYE è un'amante e una collezionista di libri, che pensa che le biblioteche siano luoghi malefici dove ti costringono a restituire i libri. Ha consumato il suo primo romanzo per adulti alla tenera età di tredici anni e da allora non ha mai smesso. Dopo anni – e migliaia di storie! – passati a leggere di personaggi che non facevano quello che voleva lei, ha deciso di scrivere un romanzo suo e ha scoperto che i personaggi continuano a non fare quello che lei vuole. Questo però non l'ha fermata. Crede che forse, un giorno, il mondo creerà una coppia perfetta, e che quella sarà la storia più noiosa di sempre. Così, fino a quel momento, si ritrova incastrata con personaggi capricciosi, sarcastici ed imperfetti che vogliono solo raccontare la propria storia.

Renae vive a Perth, nell'Australia Occidentale, e scrive in intervalli di cinque minuti tra le pretese di due bambini, un marito paziente, fin troppi animali domestici, troppe faccende e il suo adorato orto. È stata il membro più giovane di una famiglia numerosa ed è sopravvissuta e crede che una risata (e un buon libro) possano curare qualsiasi cosa.

Potete contattarla a renaekaye@iinet.net.au.

www.ingramcontent.com/pod-product-compliance
Lightning Source LLC
Chambersburg PA
CBHW031300170626
46807CB00001B/238